Das Buch

Die junge, extrem erfolgreiche Unternehmerin Weberlein wird von ihrem neuen Privatmasseur Schritt für Schritt öffentlich zur Schau gestellt. Der Weg zur Polizei ist ihr verwehrt, da er ein wirkungsvolles Druckmittel gegen sie in der Hand hat.

Das erklärte Ziel des Masseurs ist es, sie komplett zu zerstören. Er liebt Schmuck, den man nicht mehr abnehmen kann.

Ein interessantes Katz und Mausspiel beginnt. Eines von der Sorte, bei der die satte Katze ihre Beute immer wieder für einen kleinen Moment laufen lässt. Allerdings bleibt die Maus in diesem Fall nicht ganz so chancenlos, wie im Tierleben. Frau Weberlein ist alles, nur nicht „kleines schutzloses Mäuschen". Sie wehrt sich mit aller Energie gegen den Masseur. Dabei bekommt sie Unterstützung von völlig unerwarteter Seite. Wobei… diese unerwartete Seite steht auch auf Schmuck. Wenn auch anderen.

Gabriel Erbé
Eine seltsame Erpressung

Bibliografische Information der Deutschen Nationalbibliothek. Die Deutsche Nationalbibliothek verzeichnet diese Publikation in der Deutschen Nationalbibliografie; detaillierte bibliografische Daten sind im Internet über www.dnb.de abrufbar.

Herstellung und Verlag:	BoD – Books on Demand - Norderstedt

Umschlaggestaltung: Gabriel Erbé

© 2015 Gabriel Erbé

ISBN 978-3-73477922-0

Kapitel 1

„Heute keine Anrufe mehr an mich weiterleiten! Absolut keine!"

Ich liebte es, mit schnellen entschlossenen Schritten durch mein Vorzimmer zu rauschen und noch ein paar letzte Befehle zu erteilen. Mein Assistent hatte sich von seinem Stuhl erhoben und dienstbeflissen genickt. Alles andere hätte ihm einen rüden Verweis eingebracht. Das Gefühl dieser absoluten Macht bereitete mir immer noch ein Hochgefühl.

Vor dem Haupteingang meines Unternehmens wartete der Fahrdienstleiter neben meinem Sportwagen. In dem Moment, in dem er mich kommen sah, öffnete er mir die Fahrertüre.

„Ich wünsche Ihnen einen angenehmen Nachmittag Frau Weberlein."

Er deutete eine Verbeugung an, wobei er seine Uniformkappe vor die Brust hielt.

Ich trat das Gaspedal meines Porsches kräftig durch und fädelte mich zügig in den Verkehr ein. Einige sportliche Manöver später hatten sich die Anspannungen des Tages so weit abgebaut, dass ich vom Gas gehen konnte. Als ich mein Anwesen erreichte, öffnete sich das schwere zweiflügige Tor und ich konnte meinen Wagen langsam über die langgezogene Einfahrt gleiten lassen. Einige endlos erscheinende Sekunden fuhr ich genau auf mein prachtvolles Haus zu. Dann bog ich ab, um den Porsche in seine Doppelgarage zu stellen.

Ein Blick auf die Uhr zeigte mir, dass ich noch eine halbe Stunde Zeit hatte, bis der neue Masseur vor dem Tor stehen würde. Meinem alten langjährigen Masseur hatte ich gekündigt, da sich bei ihm rheumatische Beschwerden einstellten. Bevor der irgendwann mit verkrümmten Fingern vor mir stehen würde, hatte ich ihn lieber direkt rausgeschmissen. Immerhin hatte er noch den Anstand, mir einen jungen Kollegen zu empfehlen, der definitiv nicht an Rheuma litt. Mein

Securitychef hatte die Unterlagen geprüft. Alles war in bester Ordnung.

Nach einer wohltuenden Dusche zog ich meinen Lieblingskimono über und setzte mich mit einem Glas Pfirsichlikör an die Bar. Obwohl ich den Arbeitstag schon so früh beendet hatte, war ich mit dem Erreichten hochzufrieden. Es gab mir immer wieder einen unglaublichen Kick, wenn ich merkte, wie meine Mitarbeiter zu mir aufschauten. Nachdem die gemerkt hatten, dass ich jeden einzelnen Ablauf in meinem Unternehmen kannte und jeden, der mir irgendwelchen Mist erzählen wollte, klar in seine Schranken wies, hatten sie den Respekt gezeigt, den ich verdiente. Ich musste dafür zwar immer wieder bis spät in die Nacht arbeiten, aber das war es mir wert. Das Verhalten anderer Unternehmer, die ihren Mitarbeitern Spielraum für Selbstverantwortung gaben, empfand ich als grob fahrlässig.

Ich hing noch eine zeitlang meinen Gedanken nach, bis der Masseur um punkt 17 Uhr läutete. Der erste Eindruck, den ich über den Monitor erhielt, war vielversprechend. Also öffnete ich ihm die Nebentüre zur Einfahrt. Sein Auto hatte er weisungsgemäß irgendwo in der Straße geparkt. Den Anblick eines hässlichen alten Kleinwagens in meinem Hof hätte ich nicht ertragen. Und mehr als einen Kleinwagen konnte ein Masseur unmöglich sein Eigen nennen.

Ohne Eile ging ich zur Haustüre und sah ihm zu, wie er die Freitreppe zu mir hoch kam. Was ich sah, gefiel mir gut. Guter Körperbau. Leicht gebräunt. Wenn er seine Arbeit auch so gut erledigen würde, wie er aussah, würde ich ihn einstellen. Ich ließ die Begrüßungszeremonie weg und ging ihm in den Massageraum voraus. Als er mit seinen Vorbereitungen fertig war, ließ ich den Kimono fallen und legte mich auf die Massagebank. Er deckte meinen Körper mit einem warmen Tuch ab und begann die Massage an meinen Beinen.

Zwei Stunden später fühlte ich mich ausgeruht und entspannt. Er hatte perfekte Arbeit geleistet. Als er mir in den Kimono helfen wollte, wies ich ihn an, hinter der Bar auf mich zu warten. Ich wollte mir erst den Rest des Öls abduschen. Zwar war eigentlich alles einmassiert, aber ich hatte diese Dusche nach der Massage schon immer genommen und sah keinen Grund, das jetzt zu ändern. Eine gute Viertelstunde später setzte ich mich an die Bar.

„Kennen Sie sich mit Cocktails aus?" wollte ich von ihm wissen.

„Sicherlich nicht so gut, wie ein professioneller Barkeeper, aber ganz ungebildet bin ich nicht."

„Gut, dann machen Sie mir doch mal eine Southern Lady."

„Wodka, Amaretto, Grenadine, Ananassaft, Sahne und natürlich Eiswürfel", verkündete er mir strahlend.

„Sie enttäuschen mich. Wir sind hier nicht bei irgendeinem Quiz. Sie sollen den machen."

Sein Lächeln verschwand und er machte sich an die Arbeit. Vier Minuten später stellte er das Glas vor mich auf den Tresen.

Trotz des Ausrutschers mit dem kleinkindhaften Aufzählen der Zutaten hatte er den Job schon so gut wie sicher. Wenn der Cocktail jetzt auch noch gelungen war, würde ich ihm das nach dem Genuss des Getränkes mitteilen. Schließlich hatte ich an meinem freien Nachmittag keinen Grund zur übertriebenen Eile. Ich drehte mich von der Bar weg und genoss den unverbauten Blick in die Landschaft.

Kapitel 2

Um mich herum war alles schwarz. Ich hatte keine Ahnung wo ich war und was passiert war. Ich wollte aufstehen und nach dem Licht suchen, kam aber nicht hoch, da ich meine Arme, auf die ich mich stützen wollte, nicht richtig bewegen konnte. Genau genommen galt das für meinen gesamten Körper. Meine Beine lagen eng aneinander. Ich konnte sie nicht anziehen, da sie irgendwo befestigt waren. Ebenso waren meine Schultern irgendwie festgebunden.

Trotzdem spürte ich keine Fesseln. Ich konnte sogar alle Gliedmaßen bewegen. Nur eben extrem eingeschränkt.

„Da bist du ja wieder Bienchen"

Ich musste keine Sekunde nachdenken. Das war die Stimme des Masseurs. Er hatte am Nachmittag zwar nicht viel Gelegenheit zu sprechen, aber ich war mir trotzdem sicher.

„Was wollen Sie und wie kommen Sie dazu, mich Bienchen zu nennen? Den Namen habe ich mit 18 abgelegt. Also raus mit der Sprache! Was soll das hier? Und machen Sie endlich das Licht an!"

„Das Licht ist an. Du bist nur ein bisschen gehandikapt, da ich dir eine Augenbinde angelegt habe. Es gibt ein paar Dinge zu klären. Wenn du in der Gegend herumschauen kannst, während ich dir das erkläre, bist du zu abgelenkt. Ich brauche aber deine volle Aufmerksamkeit."

„Hören Sie auf mich zu duzen. Ich verbiete Ihnen, mich zu duzen!"

„Das ist dann auch schon gleich der erste Punkt. Ich werde dich immer duzen und du wirst mich immer mit ‚Sie' ansprechen. Wenn in der Anrede ein Name angebracht ist, wirst du mich ‚Herr Wolf' nennen. Diesen Blödsinn mit ‚mein Meister' oder ‚mein Gebieter' können wir uns ersparen."

„Soll das jetzt so eine Sklavennummer werden? Und ich bin deine Sklavin? Wie denkst du denn eigentlich, wie das funktionieren soll? Ich weiß wer du bist. Mein Securitychef weiß wer du bist. Ein Anruf und die ganze Sache ist vorbei."

„Nein, nicht wirklich. Das hier läuft ein bisschen anders. Wenn ich dir erklärt habe, weshalb du in dieser Situation bist, wirst du es verstehen."

„Du kannst mich zu nichts zwingen. Irgendwann wirst du verlieren. Das Erste, das du dir abschminken kannst, ist der Scheiß mit ‚Sie' und ‚Herr Wolf'."

„Ich habe kein Interesse an diesem Blödsinn mit ‚böse Sklavin will bestraft werden'. Dazu bin ich einfach nicht der

Typ. Macht mir keinen Spaß und ich nehme mal an, dir macht das auch keine Spaß."

„Und jetzt du Penner? Was jetzt?"

„Zunächst mal informiere ich dich darüber, dass du in einem sehr schicken Schlafsack liegst. Allerdings keiner dieser handelsüblichen Daunenschlafsäcke, sondern einer, der im Wesentlichen aus Latex besteht. Innen sind sogar extra Ärmel angebracht. Wenn der Schlafsack, so wie jetzt, vernünftig geschlossen ist, kannst du deine Arme nur sehr eingeschränkt bewegen, da die Ärmel in ihrer ganzen Länge im Schlafsack festgenäht sind. Anders wäre auch schlecht, weil du dann ja die Möglichkeit hättest, dich selber zu befreien. Im Beinbereich ist der Schlafsack recht eng gehalten. Sieht einfach besser aus."

„Wie kommst du auf die Idee, dass du hier so eine Nummer durchziehen kannst? Was kommt als nächstes? Willst du mich zum Sex zwingen? Nur zu! Allerdings musst du mich dafür aus diesem bescheuerten Sack rauslassen!"

„Keine Angst. Daran habe ich nicht das geringst Interesse."

„Was ist es dann? Willst du Geld?"

„Auch. Aber das ist nicht das Wesentliche, Bienchen. Was ich wirklich will ist: Dir deine Grenzen zeigen und dich genüsslich und nachhaltig ruinieren."

„Jetzt mach' den bescheuerten Sack auf und hau ab!"

„Gut. Ich lasse dich jetzt erstmal für eine Stunde alleine. Wäre gut, wenn du danach aufhörst mich zu duzen. ‚Herr Wolf' ist die korrekte Ansprache."

Ich konnte hören, wie er aus dem Raum ging und die Zimmertüre schloss. Eigentlich musste ich nur bis zum nächsten Tag durchhalten. Wenn ich nicht pünktlich zur Arbeit erscheinen würde, brauchte ich nur etwa eine Stunde zu warten und mein Securitychef würde nach mir suchen. Danach würde dieser kleine Idiot schneller im Knast landen, als ihm lieb wäre. Wie spät war es eigentlich? Wie lange hatte er mich bewusstlos gehalten? Weshalb war ich eigentlich bewusstlos geworden? Wahrscheinlich K.O.-Tropfen im

Drink. Vermutlich hatte mein Ex-Masseur rausgeplappert, welche Drinks ich gerne nach der Massage nahm. Die hatte der Neue dann geübt und in der Zeit, in der ich geduscht hatte, hatte er für jeden der Drinks das passende Glas vorbereitet. Glücklicherweise hatte ich die Überwachungskameras für die Wohnräume eingeschaltet. Die Beweismittel gegen ihn würden erdrückend sein.

Zuerst aber musste ich versuchen aus diesem dämlichen Sack herauszukommen. Ich zog ruckartig die Beine an, um die Befestigung des Schlafsacks abzureißen. Dabei merkte ich schmerzhaft, dass nicht der Schlafsack, sondern meine Füße befestigt waren. Eine zuvor lockere Schlaufe hatte sich bei dem Ruck eng um meine Fußgelenke gelegt. Als ich die Beine wieder ausstreckte löste sich die Schlaufe nur sehr zögerlich. Vermutlich galt das Gleiche auch für die Befestigung meiner Schultern. Ich beschloss, das besser nicht auszuprobieren. Mir blieb tatsächlich nichts anderes, als ausgestreckt liegen zu bleiben, die köchelnde Wut im Zaum zu halten und darauf zu hoffen, dass der Idiot möglichst bald zurückkommen würde.

Schließlich wurde es mir zu blöd und ich fing an, aus Leibeskräften um Hilfe zu schreien. Mir war zwar klar, dass das nichts bringen konnte, da mein Haus alleine in einem großen Park stand, aber woher wollte ich eigentlich wissen, dass ich überhaupt noch in meinem Haus war? Vielleicht lag ich ja schon in seiner erbärmlichen Absteige.

Ich musste nicht lange warten, bis ich hörte, dass er in den Raum trat.

„Wenn man nicht alles vorher sagt. Ich war davon ausgegangen, dass du auch von selber auf die Idee kommen würdest, dass ich so etwas nicht dulden kann."

„Das ist mir scheißegal du Penner. Lass mich hier raus oder ich schreie den ganzen Planeten zusammen!"

Ich holte tief Luft und kreischte los. Kaum war der schrille Ton da, als er auch schon wieder weg war. Er hatte mir etwas großes Weiches in den Mund gedrückt.

„Du bist jetzt nicht ernsthaft der Meinung, dass ich nicht in der Lage bin, dich ruhig zu bekommen?"

Als Antwort versuchte ich das lauteste Geräusch zu machen, dass mir noch möglich war. Immerhin schloss der Knebel nicht dicht ab. Er setzte sich auf meinen Oberkörper und hob wenig gefühlvoll meinen Kopf so weit an, dass mein Kinn auf meiner Brust lag. Kurz darauf merkte ich, wie er den Knebel unangenehm fest verschloss.

„Welche Ruhe. Den Rest der versprochenen Stunde wirst du jetzt schon noch warten müssen. Dann erkläre ich dir alles. Oder zumindest das Wichtigste."

Als die Türe endlich wieder auf ging, war ich mir sicher, dass weit mehr als nur eine Stunde vergangen sein musste.

„Ich werde dir jetzt die Augenbinde abnehmen."

Das Licht war stark gedimmt. Trotzdem erkannte ich schnell, dass ich in meinem Filmraum lag. Direkt neben dem Raum, in dem der Rechner und die Festplatten für das Überwachungssystem untergebracht waren Die Zwischentüre war geöffnet.

„Ich sehe, du warst der Meinung, dass ich den Nebenraum nicht finde? Hast du davon geträumt, mich mit deinen Aufnahmen hopps gehen zu lassen?"

Ich konnte ihn nur anschauen.

„Dazu bin ich der Falsche", erklärte er mir jovial, „Ich bin selber so ein Überwachungsfreak. Dazu wirst du in wenigen Minuten mehr wissen. Wir schauen uns jetzt nämlich einen kleinen Film an."

Obwohl ich versuchte, ihn durch ein paar Laute darauf aufmerksam zu machen, dass ich noch immer geknebelt war, ließ er das Teil in meinem Mund.

Auf dem Riesenbildschirm erschienen Bilder eines Bilderbucheigenheims mit gepflegtem Garten. Die Mutter spielte mit der kleinen Tochter Nachlaufen im Garten. Alle lachten, alle waren fröhlich und ausgelassen. Ohne den Knebel im Mund hätte ich ihm schnell klar gemacht, dass ich solche

Bilder einfach nur nervig fand. Warum sollte ich mir anschauen, wie die beiden über den Rasen liefen?

Dann wechselte die Kameraeinstellung. Ich sah eine schmale Straße. In einiger Entfernung näherte sich ein Wagen mit hoher Geschwindigkeit. Genau so, wie ich selber es auf diesen schmalen Straßen auch immer machte. Der Kick war einfach gigantisch. Als der Wagen nur noch gut hundert Meter entfernt war, lief ein Kind auf die Straße. Es war das gleiche Kind, von dem ich eben noch die Bilder aus dem Garten gesehen hatte. Fast im gleichen Moment kam die Mutter schreiend hinterher. Als sie das Kind hochnehmen wollte, wurde sie von dem Wagen erfasst und in die Luft geschleudert.

Der Film wechselte wieder in eine andere Kameraeinstellung. Auch wenn das für mich eigentlich nicht nötig war, da ich bereits erkannt hatte, dass niemand anderes als ich selber hinter dem Steuer des Autos gesessen hatte.

Ich konnte sehen, wie ich mich erst neben das Kind und dann neben die Frau gehockt hatte. Beide hatten keinen Puls und sahen auch ansonsten so aus, als ob sie tot wären. Was hätte ich schon groß machen sollen? Es war nur noch wenig Zeit bis zu meinem nächsten Termin und wenn ich den Notruf gewählt hätte, hätte das die beiden auch nicht mehr lebendig gemacht. Also hatte ich mich in den Wagen gesetzt und war weitergefahren. Nach dem Termin hatte ich noch mal darüber nachgedacht, ob ich nicht doch etwas tun könnte. Schließlich hatte ich es bleiben lassen. Noch in der gleichen Nacht hatte ich das Auto über die Grenze gebracht. Dort hatte ich den Wagen mit gestecktem Schlüssel in der nächsten besten Stadt abgestellt. Eine Stunde später war er weg.

Ich hatte ihn danach nicht als gestohlen gemeldet. Falls die Polizei tatsächlich meine Spur gefunden hätte, hätte ich denen irgendeinen Senf erzählt. Zum Beispiel: „Als Sie angerufen haben, bin ich natürlich sofort in die Garage und stellen Sie sich vor: Der muss mir aus der Garage geklaut worden sein. Ich habe so viele Autos, dass mir das erst jetzt auffällt."

Es war aber nie dazu gekommen. Damit hatte ich den ganzen Vorfall aus meinem Gedächtnis gestrichen. Und jetzt kam dieser Vollidiot und zog das alles wieder hervor.

„Ich nehme dir den Knebel jetzt ab. Wäre gut, wenn du schön ruhig bleibst."

Ohne auf eine Geste von mir zu warten, öffnete er den Verschluss und zog den Ball heraus.

„Irgendwelche Fragen?"

„Was soll der ganze Scheiß hier? Die beiden sind mir vor das Auto gelaufen. Was sollte ich denn tun? Tot ist tot."

„Schon mal was von Polizei gehört? Von Schuld? Von Strafe?"

„Davon werden die auch nicht mehr lebendig. Mein Leben aber geht noch weiter. Außerdem habe ich eine Verantwortung für meine Mitarbeiter. Ohne mich sind die gar nicht in der Lage, den Laden am Laufen zu halten."

„Mit so etwas in der Art hatte ich eigentlich gerechnet. Trotzdem dachte ich mir, dass du in meiner Anwesenheit etwas diplomatischer bist. Aber gut. Als ich damals nach Hause kam, brauchte ich eine halbe Ewigkeit, bis ich wirklich kapiert hatte, dass meine Frau und meine Tochter tot waren. Überfahren von irgendeinem verfluchten Raser, der dann noch nicht einmal den Arsch in der Hose hatte, den Rettungsdienst zu rufen und sich zu stellen. Nein. Er musste auch noch Fahrerflucht begehen. Die Polizei meinte, dass das manchmal auch aus einer Kurzschlusshandlung heraus passieren würde. Es bestünde durchaus eine Chance, dass sich der Täter noch stellen würde. Aber nichts passierte."

Er machte eine Pause. Scheinbar wollte er mir Gelegenheit geben irgendwie auf diese herzzerreißende Geschichte zu reagieren. Als aber nichts kam, fuhr er fort: „Erst Tage später, als die beiden unter der Erde waren, kam ich wieder so weit zu mir, dass ich mir die Filme ansah, die meine Überwachungskameras unermüdlich erstellten. Das war damals zu so einer Art notwendigem Hobby geworden. Wir lebten dort ziemlich einsam. Deshalb wollte ich, falls mal Einbrecher kommen würden, wenigstens vernünftige Aufnahmen haben. Dass ich jemals solche Bilder sehen würde, hätte ich niemals gedacht."

„Und jetzt? Was soll jetzt passieren?" wollte ich wissen.

Er schaute mich eine zeitlang an, ohne etwas zu sagen. Ich hielt seinem Blick mühelos stand. Falls er das als irgendein Psychospiel verstand, war er bei mir an der falschen Adresse. Noch nie hatte es jemanden gegeben, der mit so primitiven Waffen auch nur die Spur einer Chance gegen mich gehabt hätte.

„Was jetzt passiert? Das habe ich dir eben schon gesagt. Ich werde jetzt anfangen dein Leben langsam und genüsslich gegen die Wand zu fahren. Eigentlich hätte ich mit den Aufnahmen nur zur Polizei gehen müssen. Aber die Art, wie du dich aus dem Staub gemacht hast, sprach dagegen. Ich wollte dich finden und dann zu Grunde richten."

„Ich muss mal auf die Toilette. Was macht der große Rächer jetzt?"

„Kein Problem. Ich bin mit dem Wichtigsten durch. Du musst jetzt ohnehin aufstehen und zur Arbeit gehen. Ein letzter Hinweis vielleicht noch. Versuche nicht, mich irgendwie unschädlich zu machen. Mein Handy empfängt etwa alle 24 Stunden eine SMS. Wenn ich die nicht mit einem täglich wechselnden Code beantworte, wird eine Menge Filmmaterial ins Netz gestellt. Und das sind nicht nur die Filme von dem Unfall. Bei einer ersten Sichtung deiner gesammelten Werke ist mir auch noch das ein oder andere sehr interessante Stück in die Hände gefallen. Dabei bin ich noch nicht einmal annäherungsweise durch."

Ohne Eile begann er den Schlafsack zu öffnen. Es dauerte einige Minuten, bis ich mich endlich wieder frei bewegen konnte. Ich musste feststellen, dass er mich komplett nackt eingepackt hatte.

„Vermutlich möchtest du dich jetzt erstmal duschen. Das ist kein Problem. Wir sehen uns heute Mittag zum Essen in der Stadt. Du darfst wählen. In deinem Handy findest du meine Nummer unter dem Stichwort ‚Herr Wolf'. Versäume nicht, mich bis spätestens halb zwölf zu informieren. Ich wünsche dann einen angenehmen Tag."

Als er schon fast an der Tür war, warf ich ihm noch, „Das kannst du vergessen, du Penner!" hinterher. Er tat so, als ob er nichts gehört hätte und verschwand. Ich war mir sicher, dass er in dem Moment verloren hatte, in dem er die Entscheidung getroffen hatte, mich frei zu lassen.

Kapitel 3

„Schicken Sie Maier zu mir. Sofort!"

„Welchen Maier?" wollte die Empfangsdame wissen, als ich das Foyer schon fast durchquert hatte.

„Security-Maier."

Kaum hatte ich in meinem Büro Platz genommen, als der Chef der Security auch schon gemeldet wurde. Normalerweise hätte ich mich jetzt erstmal zurückgelehnt um mich daran zu erfreuen, wie er auf das Wort gehorchte und ihn dann noch ein wenig warten lassen. Diesmal hatte ich allerdings keine Zeit dazu.

„Sie haben meinen neuen Masseur durchleuchtet?"

„Selbstverständlich. Sie haben den Bericht vorliegen."

„Den habe ich gelesen. Sogar mehr als einmal. Ich kann da nichts finden, was auf einen potenziellen Erpresser hinweist."

Mein Gegenüber wurde eine Spur blasser.

„Es ist auch nichts dergleichen in seiner Akte vermerkt."

„Trotzdem ist er es. Um es kurz zu machen. Er hat mich gestern betäubt und meine Filme aus dem angeblich so gut gesicherten Aufzeichnungsraum geklaut. Jetzt droht er damit, diese Filme zu veröffentlichen."

„Sie möchten, dass ich die Polizei einschalte und denen bei den Ermittlungen behilflich bin?"

Ich verdrehte die Augen.

„Selbstverständlich nicht. Nichts kann ich so wenig brauchen, wie eine öffentlich gemachte Erpressung. Suchen Sie gefälligst selber nach einer Lösung. Schließlich habe Sie mich mit Ihren schlampigen Ermittlungen erst in diese Situation gebracht."

„Selbstverständlich. Würden Sie mir bitte schildern, was vorgefallen ist?"

„Das habe ich Ihnen gerade schon gesagt. Er hat mich betäubt. Vermutlich mit irgendwelchen K.O.-Tropfen. Danach hat er den Aufzeichnungsraum geöffnet und mir dann erklärt, dass er diese Filme veröffentlichen wird, wenn ich nicht das tue, was er sagt."

„Darf ich fragen, was Sie tun sollen?"

„Im Moment nicht mehr, als ihn heute Mittag zum Essen einladen. Die Wahl des Restaurants liegt bei mir. Ich soll ihm nur bis 11 Uhr 30 Bescheid gegeben haben."

„Wie verhindert er, dass wir ihn dort einfach einkassieren? Oder anders gefragt: Was passiert, wenn wir ihn einkassieren?"

„Er hat mir erzählt, dass er alle 24 Stunden eine SMS bekommt. Wenn er die nicht beantwortet, werden die Filme automatisch ins Netz gestellt. Geht so etwas überhaupt?"

„Kein Problem. Die einfachste Variante ist die, dass er irgendwo einen Rechner stehen hat, der diese SMS sendet und den Empfang auswertet."

„Also finden Sie diesen gottverdammten Rechner und danach kassieren Sie den Mann ein."

„Sollte er tatsächlich diese einfache Variante gewählt haben, dann müssten wir nur in seine Wohnung gehen und den Rechner unschädlich machen. Es ist allerdings zu befürchten, dass er das Programm auf irgendeinem Server irgendwo in der Welt versteckt hat. Vielleicht hat er sich auch in einen der vielen ungeschützten Rechner dieser Welt eingehackt. Beides ist dann allerdings nicht so einfach zu finden. Dafür bräuchten wir definitiv einen ziemlich guten Experten."

„Was schlagen Sie also vor?"

„Wir fangen mit seiner Wohnung an und folgen dann allen Spuren, die wir dort finden, bis wir seine Lebensversicherung gefunden haben oder irgendetwas anderes, das wir als Druckmittel gegen ihn nutzen können."

„Wieso ‚Lebensversicherung'? Ich habe Ihnen nicht den Auftrag erteilt, den Mann umzubringen."

„Trotzdem würde ich dieses SMS-Programm so nennen. Jedenfalls werden wir damit eine ganze Zeit beschäftigt sein. Ich muss Ihnen empfehlen, den Mittagstermin wahrzunehmen. Bevor wir nicht wissen, was er tatsächlich alles machen kann, sollten wir ihn nicht unnötig provozieren."

„Was soll ich? Mit diesem Penner zu Mittag essen?"

„Das war mein Vorschlag. Ja."

„Sollte ich das machen, werde ich Sie informieren."

„Immerhin könnte sich dann jemand an ihn dran hängen. Wir sollten keine Gelegenheit auslassen. Vor allem, da wir am Anfang der Ermittlungen stehen und noch so gut wie keine Karten auf der Hand haben."

Ich gab mir einen Ruck. Schließlich hatte der Mann recht.

„Okay, so machen wir das."

Ich tippte auf mein Telefon und wartete mit trommelnden Fingern, bis sich mein Assistent meldete.

„Reservieren Sie bei Salvatore einen Tisch für zwei Personen. Halb Eins."

Danach schaute ich meinen Securitychef an.

„Gibt es sonst noch was?"

„Die Nummer unter der Sie den Termin mitteilen sollen."

Ich reichte ihm mein Handy „Er hat sich unter ‚Herr Wolf' ins Telefonbuch eingetragen."

Er schaute mich überrascht an.

„Das bedeutet, dass er jetzt alle abgespeicherten Nummern hat?"

Ich musste mir eingestehen, dass ich darüber gar nicht nachgedacht hatte.

„Ja, hat er. Ein Grund mehr, ihn schnellstmöglich aus dem Verkehr zu ziehen."

Mein Securitychef hatte inzwischen das Telefonbuch geöffnet.

„Sie haben nur eine einzige Nummer abgespeichert. Er hat also Ihre gesamte Adressliste gelöscht. Ihr Assistent sollte die am besten gleich wieder eingeben."

„Sie brauchen mir nicht zu erzählen, wer hier was zu tun hat. War es das dann?"

„Für den Moment ja."

Ich winkte ihn Richtung Türe.

„Dann ab an die Arbeit. Ich bezahle hier keinen fürs Rumstehen."

„Frau Weberlein, Sie haben in einer Viertelstunde den Mittagstermin bei Salvatore."

„Danke."

Ich schlug die Akte zu. Dabei fiel nicht zum ersten Mal an dem Tag mein Blick auf den Ring, den der Masseur mir an den rechten Ringfinger gesteckt hatte. Eigentlich war das ein schlichter breiter Edelstahlring. Das Besondere war der zweite kleinere Ring, der mittels einer kleinen Öse als Schmuck angebracht war. Als ich den Ring entdeckt hatte, musste ich nicht erst recherchieren, ob der eine bestimmte Bedeutung hatte. Natürlich wusste ich, dass der Ring der O mich als devote Person einstufte. Ich hatte ihn sofort vom Finger abstreifen wollen. Bei jedem Versuch durchfuhr mich allerdings ein stechender Schmerz. Schließlich hatte ich es aufgegeben. Nicht nur deshalb würde es beim Essen nicht an Gesprächsstoff mangeln.

Wenig später setzte mich mein Fahrdienstleiter vor dem Restaurant ab. Mit den Worten „Hallo Bienchen", hielt der bereits wartende Masseur mir die Restauranttüre auf und folgte mir in den Gastraum. Als Salvatore persönlich an den Tisch kam, legte der Masseur seine Hand auf meine Hand.

„Ich denke, du nimmst ein stilles Wasser Bienchen?"

Vor lauter Überraschung gelang es mir nicht, sofort eine Antwort zu geben. Also wendete sich der Masseur direkt an Salvatore.

„Für meine nette Begleitung bitte ein stilles Wasser und einen einfachen Vorspeisensalat. Mir bringen Sie bitte ein Glas alkoholfreies Hefe und Ravioli mit Steinpilzen."

Salvatore schaute sichtlich verwirrt zwischen ihm und mir hin und her. Als ich nur kurz nickte, ging er an den Tresen, um die Bestellung weiterzugeben und dann die Getränke zu servieren.

Mit gedämpfter aber sehr nachdrücklicher Stimme eröffnete ich das Gespräch.

„Was geht eigentlich in deinem Hirn vor sich? Bilde dir nicht ein, dass du noch ein einziges Mal für mich bestellen kannst, als ob ich keinen eigenen Willen hätte."

„Aber du trägst doch diesen Ring Bienchen", antwortete er lächelnd. „Solange du den trägst, wirst du schon damit leben müssen, dass ich dir einige Entscheidungen abnehmen werde. Keine Angst, du sollst nicht verhungern. So viele Pfunde an Übergewicht hast du schließlich auch nicht."

„Ich habe kein einziges Gramm Übergewicht!"

„Na, nun bleib mal ruhig. Du fällst mir gegenüber aus der Rolle. Immer schön ruhig und unterwürfig und die Anrede nicht vergessen", antwortete er mit ruhiger Stimme.

„Sprechen wir über diesen verfluchten Ring du dämlicher Penner. Ich bekomme ihn nicht ab."

„Das ist auch so gedacht", nickte er. „Irgendwas mit kleinen Spiralfedern, die einen Mechanismus in Gang bringen, der dafür sorgt, dass sich der Ring nicht mehr abstreifen lässt. Genau habe ich das nicht verstanden. Außerdem ist da noch so ein kleiner Widerhaken, der sich von innen in deine Haut gebohrt hat. Deshalb kannst du den Ring vermutlich nicht einmal drehen."

„Du erzählst mir hier, dass ich den nie wieder abbekomme?"

„Richtig", antwortete er lächelnd.

„Und was ist, wenn sich da irgendwas entzündet?"

„Keine Angst. Das ist alles desinfiziert und so tief geht der Widerhaken auch nicht rein. Die Haut wird mit der Zeit einfach drum herum wachsen. Glaub' mir, in ein paar Wochen wirst du dich dran gewöhnt haben. Und wenn sich trotzdem etwas entzünden sollte, lässt du ihn dir einfach abnehmen."

Ich sah ihn irritiert an „Du hast mir eben noch gesagt, dass sich der Ring nicht abnehmen lässt."

„Das stimmt auch", nickte er, „jetzt gerade meinte ich deinen Finger."

Es gelang mir nicht, diese Information sofort zu verarbeiten. Es konnte doch nicht sein, dass der Mann allen Ernstes ganz locker über die Amputation meines Fingers plaudern konnte.

Er nutzte die Gesprächspause, indem er unbekümmert auf den Ring schaute. „Ist doch hübsch. Und außerdem ganz schön mutig von dir, deine Veranlagung so öffentlich und endgültig zu zeigen."

Damit brachte er mich in die Realität zurück. Inzwischen stand Salvatore am Tisch und servierte die Hauptspeise. Ich hatte nicht mitbekommen, wann er damit angefangen hatte.

„Du kannst deine Hände ruhig zeigen Bienchen. Ich stehe zu dir und deinen devoten Sehnsüchten. Du hast diesen Schritt jetzt gemacht. Also musst du auch dazu stehen."

„Jetzt hör mal mit dem Mist auf. Unser guter Salvatore weiß ja schon gar nicht mehr, wo er hinschauen soll."

Der Angesprochene sah mich erleichtert an. „Ah Signora, da haben Sie mich aber ordentlich reingelegt. Ich gebe zu, ich habe einen Moment geglaubt, dass Sie…" Als er nicht wusste, wie er den Satz zu Ende bringen sollte, schoss ihm die Röte ins Gesicht.

„Alles nur ein kleiner Spaß", half ich ihm, wobei ich mich gar nicht wiedererkannte. Normalerweise hätte ich jetzt einen riesigen Aufstand hingelegt.

„Ja, ja, mit Salvatore kann man das ja machen."

Damit wendete er sich vom Tisch ab und ging Richtung Tresen. Sein Koch, der die Szene durch das Guckloch beobachtet hatte, sah, wie sein Chef genervt die Augen verdrehte.

„Na, ich dachte schon, du hättest dich bereits in dein Schicksal ergeben." Der Masseur lächelte mich freundlich an. „Dabei macht das alles doch viel mehr Spaß, wenn du dich wehrst. Nicht, dass du eine Chance hast. Aber es macht trotzdem mehr Spaß. Wenn Salvatore gleich an den Tisch zurückkommt, wirst du ihm bitte erklären, dass du dein Leben jetzt seiner wahren Bestimmung zuführen wirst und als meine liebende Untergebene leben willst."

„In deinem Gehirn muss ein ernsthafter Schaden vorliegen. Das mache ich natürlich nicht. Stattdessen wirst du dein Wehren bekommen. Aber mehr als dir lieb sein wird. Und ich garantiere dir, dass du keinen Spaß haben wirst."

„Nun gewöhne dich doch wenigstens daran, dass du mich mit ‚Sie' und ‚Herr Wolf' anzusprechen hast." Als keine Reaktion von mir kam, schickte er, „Salvatore zuliebe", hinterher.

„Du wirst verlieren. Du bist nur ein kleiner mittelmäßiger Masseur und kein bisschen mehr."

Ich warf meine Serviette auf den Salat und verließ wutschnaubend das Restaurant. Bevor die Türe zu fiel, rief ich noch „Der Herr bezahlt", in den Raum. Wie ich später erfuhr, genoss ‚Der Herr' das hervorragende Essen in aller Ruhe und verabschiedete sich, nachdem er ein kräftiges Trinkgeld gegeben hatte.

In meiner Firma vergrub ich mich für die nächsten Stunden in der Arbeit. Der Gedanke, dass dieser miese Herr Wolf nichts anderes vor hatte, als mich in den Ruin zu führen, oder wie er das auch immer ausgedrückte, gab mir noch zusätzliche Energie. Das Letzte, das er erreichen durfte war, dass ich meine Arbeit vernachlässigen würde.

Erst am späten Nachmittag meldete sich mein Securitychef. Um ihm und vor allem mir selber zu signalisieren, dass ich alles im Griff hatte, ließ ich ihn diesmal wieder ein paar Minuten warten, bevor er in mein Büro durfte.

„Wir haben den Mann durchgehend beschattet. Er hat das Restaurant eine halbe Stunde nach Ihnen verlassen. Der

Eindruck, den er vermittelte, war große Gelassenheit. So, als ob er Urlaub in unserer Stadt machen würde."

„War der jetzt ernsthaft shoppen?" Noch bevor die Frage raus war, hätte ich mir am liebsten den Mund zugehalten. Das kaum merkliche Lächeln meines Gegenübers bestätigte meine Vermutung. Seiner Ansicht nach würde ein Mann niemals freiwillig shoppen gehen. Das war eindeutig Frauensache.

„Nein, das nicht. Er hat sich mehr in den Parks aufgehalten oder hat Straßen mit alter Bausubstanz besichtigt."

„Das ist alles, was Sie zu berichten haben?"

„Seit einer Stunde ist er in seiner Wohnung. Die Jungs sitzen in der mobilen Einsatzzentrale. Während seines Spazierganges haben sie die Wohnung verwanzt. Uns wird keiner seiner Pläne entgehen."

„Warum haben Sie keine Kameras montiert?"

„Haben wir."

„Dann sagen Sie das gefälligst auch! Also? Was macht er in seiner Wohnung?"

„Er hat den Fernseher angemacht und sich auf sein Sofa geschmissen."

Ich schaute meinen Securitychef ungläubig an.

„Was macht der? Wieso sitzt der nicht am Computer? Das kann doch nicht sein, dass der einfach gar nichts macht."

„Bedaure. Genau so ist es."

„Und? Gibt es irgendwelche Hinweise in der Wohnung? Lassen Sie sich doch nicht alles aus der Nase ziehen!"

„Wir haben das Appartement natürlich gründlich gefilzt." Er hob entschuldigend die Hände. „Nichts. Absolut nichts. Sein Computer ist absolut frei von jeglicher Software, die etwas mit Ihrem Fall zu tun haben könnte. Zur Sicherheit haben wir ein komplettes Backup gezogen und sichten das hier in der Firma nochmals gründlich. Eigentlich kann ich daraus nur schließen, dass er eine zweite Wohnung oder was auch immer haben muss, in der er die Fäden ziehen kann. Zumindest, wenn er überhaupt Fäden hat, die er ziehen kann."

„Gut. Ihre Leute bleiben an ihm dran. Wenn sie mehr Einsatzkräfte brauchen, dann besorgen Sie sich welche. Die Angelegenheit hat höchste Priorität."

Er deutete ein Kopfnicken an und wendete sich zum Gehen.

„Moment! Das ist noch nicht alles. Besorgen Sie mir jemanden, der mir diesen ekelhaften Ring abnehmen kann!"

„Welchen Termin darf ich vormerken?"

„Am besten sofort."

„Ich melde mich."

An diesem Abend kam ich erst um 23 Uhr nach Hause. Der Handwerker, den mein Securitymann aufgetrieben hatte, hatte sich größte Mühe gegeben, den Mechanismus des Ringes zu ergründen. Er hatte es sogar geschafft, einen Faden zwischen Ring und Finger durchzuziehen. Aber auch damit konnte er den kleinen Widerhaken, der alles fixierte, nicht lösen. Schließlich hatte er aufgegeben.

„Wenn da keine lebendiger Finger drin wäre, würde ich das Teil einfach einspannen und mit der Flex bearbeiten. Aber mit dem Finger in dem Ring geht das nicht. Sie würden mit Sicherheit bleibende Schäden an dem Finger behalten."

Ich war sogar bereit das Risiko einzugehen. Als er mir dann aber klar gemacht hatte, dass die Chancen auf einen dauerhaft gesunden Finger höher wären, wenn ein Chirurg den Finger abtrennt und wieder annäht, hatte ich die Werkstatt frustriert verlassen. Zweimal am gleichen Tag auf die mögliche Amputation meines Fingers angesprochen zu werden war einfach zu viel für mich.

Jetzt saß ich an meiner Bar und versuchte erfolglos den Abendlikör zu genießen. Bald danach wurden meine Augen müde und ich legte mich schlafen.

Am Morgen wurde ich durch das Klingeln meines Handys wach. Ein Blick auf die Uhr zeigte mir, dass ich eigentlich noch eine Stunde im Bett liegen bleiben konnte. Ich nahm das Handy vom Nachttisch und las die eingegangene SMS.

Danach war ich hellwach und tippte auf den Link, den der Masseur mir geschickt hatte.

Ich landete auf einem kleinen Videoportal. In dem Video sah ich mich selber. Ich tanzte in völlig derangierter Kleidung alleine in meinem Wohnzimmer. In der Hand hielt ich ein halb gefülltes Whiskyglas. Mein Gesicht glänzte. Der Ausdruck in den Augen zeigte, dass ich komplett weggetreten war.

Natürlich kannte ich das Video. Ich hatte es mit meiner eigenen Überwachungsanlage aufgenommen und aufbewahrt, um mich selber immer wieder daran erinnern zu können, dass ich bei Alkohol dazu neigte meine Grenzen zu überschreiten. Jetzt hatte dieses miese Dreckstück von Masseur genau das ins Netz gestellt. Seine Bemerkung, dass er extra ein weniger bekanntes Portal ausgewählt hatte, klang für mich wie Hohn. Das war letztlich nichts anderes als eine Art Zeitzünder. Irgendwann würde es sich schon verbreiten. Fast wäre ich zur Beruhigung an meine Bar gegangen. Der einzige Grund, der mich davon abhielt war der, dass ich mir sicher war, dass der Masseur genau das erreichen wollte. Statt eines Drinks bereitete ich mir mein Frühstück zu und las die SMS nochmals durch. Er forderte mich darin auf, auch heute wieder mit ihm zu Mittag zu essen. Die Bedingungen waren die gleichen wie am Vortag.

Mein erster Besucher in der Firma war wieder mein Securitychef. Nach gerade mal fünf Minuten war ich ihn wieder los. Der Mann hatte keine Idee, wann und wie der Masseur das Video ins Netz gestellt hatte. Die gesamte Abteilung ermittelte jetzt mit Hochdruck. Am liebsten hätte ich ihn und seine ‚Jungs' im hohen Bogen auf die Straße befördert. Da ich dann aber keinen gehabt hätte, der für mich ermitteln würde, blieb mir nichts anderes, als ihm nochmals die Wichtigkeit des Auftrages klar zu machen.

Den Rest des Vormittages verbrachte ich, wie immer, mit einem Haufen Arbeit und einigen kurzen Besprechungen. Die meiste Zeit gelang es mir, den Mittagstermin mit dem Masseur zu verdrängen. Als es schließlich soweit war, ging ich zwei Straßen weiter zu einem Fast-Food-Restaurant. Ich wollte nicht noch mal den Fehler machen und ihm die Chance geben, mich bei einem meiner Lieblingsrestaurants unmöglich zu machen.

Wie am Vortag erschien er fröhlich lächelnd und pünktlich.

„Bekommt man hier denn auch so ein wunderbares Essen wie bei Salvatore?"

„Nein."

Statt sich über meine kurze Antwort zu beklagen, besorgte er für sich eines der Menus und brachte mir einen Becher Wasser und einen kleinen Salat.

„Ich sehe, du trägst immer noch diesen wunderschönen Ring. Das freut mich sehr."

„Hör mit dem Geschwafel auf! Was hast du dir dabei gedacht, dieses Video ins Netz zu stellen?"

Er sah mich erstaunt an. „Habe ich dir nicht gesagt, dass ich dich fertig machen werde? Das alleine ist schon Grund genug. Aber du hast mir ja auch noch freiwillig weitere Gründe geliefert."

Als ich ihn fragend anschaute, erklärte er: „Du hast mich gestern weiterhin nicht so angesprochen, wie ich es dir erklärt habe und du hast mich bei Salvatore einfach sitzen lassen."

„Na und?"

„Nix, na und. Ich bin durchaus bereit, dir eine gewisse Eingewöhnungszeit einzuräumen. Nur das war gestern dann doch zu viel. Und gerade eben hast du mich schon wieder geduzt. Das kann ich nicht durchgehen lassen."

„Und was gedenkst du dagegen zu tun?"

„Iß deinen Salat auf."

Als ich meine Hände demonstrativ in den Schoß legte, wandte er sich ohne Eile seinem Essen zu. Am Ende legte er die Serviette auf das Tablett und verabschiedete sich mit den Worten:

„Das Wegräumen der Tabletts ist deine Aufgabe. Ich werde dich heute Abend um punkt 20 Uhr besuchen. Keine

Angst. Es wird schon nicht so schlimm werden. Immerhin hast du brav gewartet, bis ich mit dem Essen fertig war."

Als er mir den Rücken zuwandte, schleuderte ich ihm meinen Wasserbecher hinterher. Seine ganze Reaktion war, dass er kurz stockte und dann, ohne sich zu mir umzudrehen, das Lokal verließ.

Obwohl ich mir selber eingestehen musste, dass die Aktion mit dem Wasser kindisch war, breitete sich danach ein Hochgefühl in mir aus. In der Firma verflog das allerdings sofort wieder, als mir berichtet wurde, dass man mit der Recherche noch kein Stück weiter gekommen war.

„Er muss damit gerechnet haben, bevor er anfing Sie zu attackieren", schloss der Securitychef seinen Bericht.

„Meinen Sie, ich zahle Ihnen das ganze Geld, damit Sie mir das erklären, was schon lange klar ist? Natürlich hat der sich gründlich vorbereitet und natürlich war dem klar, dass ich mir das nicht gefallen lassen werde. Sie sollen mir den Mann auf dem Silbertablett liefern. Oder wenn das nicht möglich ist, zumindest dafür sorgen, dass er mir nichts mehr anhaben kann. Und jetzt raus und an die Arbeit."

Nachdem er mein Büro verlassen hatte, brauchte ich ein paar Minuten, bis ich meine Atmung wieder heruntergefahren hatte. Ich stürzte mich mit vollem Elan in die Arbeit. Erst gegen zehn Uhr am Abend schloss ich endlich die Tür zu meiner Villa auf. Natürlich hatte der Masseur mir befohlen, bereits zwei Stunden früher zuhause zu sein. Aber, um genau das nicht zu befolgen, wäre ich sogar noch für eine Stunde in der Gegend herumgefahren. Die Zeiten, in denen der Masseur glaubte, mir Befehle erteilen zu können, waren vorbei, bevor sie richtig begonnen hatten. Ich ging direkt zur Bar, um mir einen Likör einzugießen.

Gerade, als ich das Glas zum Mund führen wollte, senkte sich eine breite Schlaufe um meinen Kopf und wurde, noch bevor ich reagieren konnte, an meinem Hals festgezogen. Als ich versuchte, mit den Finger drunter zu kommen, verengte sich die Schlaufe so stark, dass ich Panik hatte, in wenigen Sekunden keine Luft mehr zu bekommen. Ich zwang mich flach zu atmen und die Hände wieder herunter zu nehmen, worauf die Schlaufe nachgab.

„Ich sehe, du verstehst, wie das funktioniert. Wenn du kooperierst, brauchst du keine Angst um deine Atemluft zu haben. Anderenfalls ziehe ich einfach wieder an."

Als ich den Kopf langsam drehte, sah ich, dass die Schlaufe an einem langen Stiel befestigt war. Auf diese Weise hielt er mich mit der einen Hand mühelos auf Abstand, während er mit der anderen Hand an einer Schnur ziehen konnte, um die Schlaufe nach belieben enger zu machen.

„Wenn du so freundlich wärest, mich zu begrüßen?"

„Leck mich."

Die Antwort war ein langsames Ziehen an dem Seil. Ich merkte sofort, wie die Schlaufe wieder meine Atemluft abschnitt. In mir sträubte sich alles dagegen, aber schließlich gelang es mir dann doch „Herr Wolf", zu krächzen. Er verminderte sofort den Druck und ließ mich ein paar tiefe Atemzüge machen.

„Du ziehst dich jetzt bitte aus Bienchen."

Als er in einem kurzen Moment verlorener Selbstkontrolle die Panik in meinen Augen sah, fügte er hinzu: „Keine Angst. Ich habe nach wie vor keine sexuellen Interessen an dir. Also schinde jetzt keine Zeit. Zieh dich aus. Einfach alles fallen lassen."

Es blieb mir nichts anderes übrig, als zu gehorchen. Hätte ich wenigstens einen Pullover angehabt, dann hätte er die Schlaufe lösen müssen, aber so konnte ich tatsächlich alles nach unten fallen lassen. Ein paar Minuten später stand ich nackt vor ihm. Er hatte die Schlaufe inzwischen so stark gelockert, dass ich meinen Hals problemlos in der Schlaufe bewegen konnte.

„Dreh dich einmal komplett herum. Ich will einen Blick auf deinen gesamten Körper werfen."

Widerstrebend fing ich an, mich zu drehen. Es machte mich rasend, dass ich schon wieder keine Kontrolle über die Situation hatte und brav seinen Anweisungen gehorchen musste.

„Eigentlich habe ich das bei der Massage schon alles gesehen, aber ich wollte doch noch mal in aller Ruhe einen Blick darauf werfen. Ich denke, dein Körper ist für die nächste Zeit in einem ganz guten Ausgangszustand."

Als ich ihn wieder anschaute, nahm er eine Tasche von seinem Rücken und zog etwas undefinierbares Schwarzes heraus, das er mir zuwarf.

„Das ist eine wunderbare Lederhaube. Ich möchte, dass du die überziehst. Schau sie dir in Ruhe an. Die Stelle, an der der Reißverschluss anfängt, kommt genau oben auf den Kopf. Der Reißverschluss geht dann nach hinten zum Nacken hin zu."

Ich drehte das Teil ratlos in meinen Händen, bis ich die bezeichneten Stellen gefunden hatte. Im gleichen Moment sah ich ihn ungläubig an.

„Was ist Bienchen?"

„Das kann so nicht richtig sein. Wenn ich die so aufziehe, kann ich nichts mehr sehen!"

„Richtig. Genau so ist das gedacht. Und jetzt leg los."

Ich dachte einen Moment lang darüber nach, mich zu weigern. Als ich aber merkte, wie der Druck an meinem Hals wieder zunahm, stülpte ich die Ledermaske über. Ich tastete nach dem Reißverschluss und zog ihn vorsichtig zu. Glücklicherweise war unter dem Verschluss eine Lasche angebracht, die dafür sorgte, dass sich meine Haare nicht verfangen konnten. Ich befühlte mein Gesicht und stellte fest, dass die Nase die einzige freie Partie war. Selbst der Mund war von der Maske bedeckt.

„Du hast sicher schon gemerkt, dass die Maske an deinem gesamten Kopf anliegt. Damit das auch so bleibt, gibt es am Hals einen Verschlussriemen. Ich werde jetzt die Schlinge um deinen Hals so weit lösen, dass du diesen Riemen schließen kannst. Der funktioniert, wie eine einfache Gürtelschnalle."

Mir blieb wieder keine andere Wahl, als zu gehorchen. Jetzt, wo ich nichts mehr sehen konnte, war es nicht ratsam, doch noch einen Kampf anzufangen. Ich konnte nur den

Kürzeren ziehen. Also zog ich die Schnalle brav zu und wartete ab, was er als Nächstes mit mir machen würde.

„Leg dich auf den Rücken. Schön lang ausgestreckt."

Als ich lag, hörte ich ihn wieder in irgendeiner Tasche kramen.

„Jetzt heb die Beine hoch. Ausgestreckt."

Kaum hatte ich die Beine oben, als er begann etwas darüber zu stülpen.

„Nicht wieder der Schlafsack", meckerte ich ihn, durch die Maske gedämpft, an.

„Du hast doch etwas vor dem Mund. Das bedeutet natürlich, dass du schweigen sollst. Das hört sich doch außerdem überhaupt nicht schön an, wenn du durch die Maske sprichst. Sei also still und freu dich darüber, dass du unter der Maske keinen Knebel trägst."

Unbeirrt zog er den Sack weiter über meine Beine und arbeitete dann meine Arme in die dafür vorgesehenen Taschen. Am Ende zog er den Sack über meine Schultern und verschloss ihn endgültig. Wieder war ich komplett und hoffnungslos gefangen.

„Ich muss jetzt noch kurz etwas vorbereiten. Bis dahin möchte ich, dass du schön hier liegen bleibst. Schaffst du das? Einmal kurz Nicken reicht völlig."

Mir war eher danach, ihm beide Mittelfinger vors Gesicht zu halten, als jetzt auch noch brav zu nicken. Er wusste doch genau, dass ich nicht weg konnte. Wozu dann noch diesen schalen Spruch? Das Einzige, was ich als Protest machen konnte, war, ihm einfach keine Antwort zu geben.

„Du spielst die Taube? Kein Problem."

Ich merkte, wie er erst am Fußende des Schlafsacks und dann an den Schultern herumhantierte. Bevor mir klar wurde, was das geben konnte, entstand ein starker Zug an meinen Füßen und Schultern. Scheinbar hatte er die beiden Enden des Sackes mit einem Seil verbunden, das er jetzt langsam anzog. Erst als ich deutlich spürbar ins Hohlkreuz gegangen war, hörte er auf und verknotete das Seil. Ich lag jetzt, unfähig zu irgendeiner Bewegung, auf der Seite.

Wie beim ersten Erlebnis dieser Art hatte ich wieder kein Gefühl für die Zeit. Ich verkniff es mir, nach ihm zu rufen. Das hätte mit Sicherheit wieder nur zu diesem schrecklichen Knebel geführt.

Als er endlich zurückkam, löste er das Seil.

„Ist deine Taubheit jetzt verschwunden?"

Ich hätte ihn am liebsten angeschrien. Dieses dämliche Erziehungsspielchen war mir wirklich zu primitiv. Trotzdem nickte ich deutlich sichtbar mit dem Kopf.

„Braves Bienchen. Zum Dank werde ich dir jetzt auch etwas schenken."

Ich merkte, wie er in der Gegend meines rechten Armes den Sack öffnete. Scheinbar hatte das Teil mehrere Öffnungen, deren Verschlüsse mit Sicherheit so angebracht waren, dass man sie von innen nicht erreichen konnte. An dem Luftzug, der meinen Oberarm traf, merkte ich, dass dort eine ziemlich große Öffnung sein musste. Automatisch versuchte ich den Arm irgendwie aus dem Loch heraus zu bekommen.

„Lass das besser bleiben. Es macht mir kein Problem, die ganze Prozedur für dich noch unangenehmer zu machen."

Schon wieder musste ich mich geschlagen geben. Also streckte ich den Arm wieder aus und wartete darauf, was als nächstes geschehen würde. Er machte sich direkt über meinem Ellenbogen zu schaffen. Als ich merkte, was er vorhatte, war es eigentlich auch schon passiert. Er hatte mir einen breiten Armreif angelegt, der sich sehr eng anfühlte und mit einem ratschenden Geräusch schloss.

Nachdem er die ganze Prozedur am linken Arm wiederholt hatte, zog er zu meiner Überraschung den Sack bis zum Ellenbogen herunter. Das nächste Geräusch, das ich hörte, war Kettengerassel. Er verband die beiden Oberarmbänder hinter meinem Rücken mit einer ziemlich kurzen Kette. Danach befreite er mich vollständig aus dem Sack.

„Du kannst jetzt aufstehen."

Als ich endlich auf wackeligen Beinen stand, führte er mich durch die Wohnung bis in mein Schlafzimmer. Zumindest behauptete er das.

„Leg dich aufs Bett. Einfach nach hinten fallen lassen."

Ich versuchte mit den Füßen zu fühlen, ob ich wirklich vor meinem Bett stand und setzte mich dann vorsichtig hin.

„Kann ich dir nicht verübeln. Trotzdem musst du lernen mir zu vertrauen. Ich werde dich jetzt verlassen. Es gibt für mich noch einiges zu tun. Die Kette hinter deinem Rücken ist mit einem Zeitschloss gesichert. Morgen um 6 sollte die eigentlich aufgehen. Dann darfst du dir auch die Maske abnehmen. Ich erwarte dich übrigens morgen wieder zum Mittag. Du wirst in einem ärmellosen Oberteil erscheinen."

Kapitel 4

Als ich mir sicher war, dass er wirklich weg war, versuchte ich verzweifelt, an den Verschluss der Maske zu kommen. Schließlich musste ich mir eingestehen, dass ich keine Chance hatte, meine Hände auch nur annäherungsweise in die Nähe des Nackens zu bekommen. Ebenso wenig hatte ich die Möglichkeit Hilfe zu holen. In meinem jetzigen Zustand, also komplett nackt, mit einer Maske über dem Kopf und irgendwie hinter dem Rücken zusammengebundenen Armen konnte ich unmöglich bis zur Straße gehen und darauf hoffen, dass mich jemand aufsammeln würde, der es gut mit mir meint. Selbst wenn das passieren würde, hätte ich vermutlich ziemlich schnell die Polizei am Hals. Telefonieren war ebenfalls nicht möglich. Zum einen wusste ich nicht, ob ich das Telefon überhaupt finden würde und wenn doch, wen hätte ich dann anrufen sollen? In meinem jetzigen Zustand durfte mich einfach niemand sehen. Die Demütigung wäre zu groß gewesen.

Schließlich gab ich es auf, nach Lösungen zu suchen und versucht mich auf den kommenden Tag vorzubereiten. Ich musste unbedingt wieder das Ruder in die Hand bekommen.

Am Morgen, nachdem sich das Schloss endlich geöffnet hatte, stellte ich fest, dass meine Ellenbogen die ganze Nacht höchstens 10 Zentimeter voneinander entfernt, fixiert waren. Die Kette war durch Ösen gezogen, die an meinen Armreifen nach Bedarf ausgeklappt werden konnten.

Nachdem ich meine Arme vorsichtig an ihre alte Bewegungsfreiheit gewöhnt hatte, pfefferte ich die Kette und die Haube in den Müll. Die Armreifen waren scheinbar, so wie der Ring, nicht dafür konstruiert, jemals wieder geöffnet zu werden. Kurzfristig konnte ich nicht darauf hoffen, mich von diesen ‚Schmuckstücken' befreien zu können. Wichtiger war, dass ich den Plan, den ich mir in der Nacht zurechtgelegt hatte, in die Tat umsetzte.

Nachdem ich mir eine ausgiebige heiße Dusche gegönnt hatte, packte ich ein paar Koffer mit dem Nötigsten, verstaute alles in meinem Cayenne, schloss das Haus ab und fuhr Richtung Autobahn. Sobald ich mich in den Verkehr eingefädelt hatte, tippte ich die Schnellwahlnummer meines Assistenten ein.

„Ich bin auf unbestimmte Zeit auf Geschäftsreise. Wir korrespondieren ausschließlich per Mail."

Mir ging es bei dem Gedanken, selber nicht anwesend zu sein, nicht wirklich gut. Dafür hielt ich von den Kompetenzen meiner Mitarbeiter einfach zu wenig. Wenn ich mich jedoch weiterhin als Zielscheibe für diesen kranken Typen anbieten würde, konnte es nach jetzigem Stand der Dinge nur noch schlimmer kommen. Er hatte mich lange genug vorgeführt.

Am späten Vormittag kam ich an meinem Ferienhaus an. Es lag am Rand eines kleinen Dorfes in der Eifel, direkt an der luxemburgischen Grenze. Von dort wollte ich meine Firma leiten, bis der ganze Spuk zu Ende war. Ich brauchte vorerst nicht mehr, als meinen Laptop und vielleicht mal das Handy, um mit irgendeinem Kunden oder Geschäftspartner direkt zu sprechen. Nachdem ich die Koffer in das Schlafzimmer gerollt hatte, setzte ich mich mit einer frischen Tasse Kaffee in das kleine Büro, das ich mir, nur durch ein Regal vom Wohnzimmer abgetrennt, hatte einrichten lassen. Wie auch an den vorangegangenen Tagen war die Arbeit die beste Ablenkung für mich. Erst, als mein Magen sich irgendwann am Nachmittag meldete, machte ich meine erste Pause.

Der Blick in den Kühlschrank und die Vorratsschränke war erwartungsgemäß ernüchternd. Außer dem Frühstück nahm ich seit Jahren alle Speisen auswärts zu mir. Bisher hatte ich mir immer eine Haushaltshilfe oder in seltenen Fällen einen Liebhaber mit Kochkenntnissen mit in die Eifel genommen. Auf beides musste ich diesmal verzichten. Es blieb mir also nichts anderes übrig, als mich ins Auto zu setzen und einen Großeinkauf zu machen.

Bisher hatte ich mir noch nie Gedanken darüber gemacht, wo man in dieser Einsamkeit eigentlich einkaufen konnte. Nicht, dass ich mich zuhause um den Lebensmitteleinkauf kümmerte, aber da wusste ich wenigstens wo ein paar von den passenden Läden waren. Ich fand tatsächlich erst in 20km Entfernung etwas. Und das auch nur, weil ich eine kleine Bevölkerungsbefragung gemacht hatte. Damit ich nicht noch einmal sinnlos meine Zeit verplempern musste, deckte ich mich direkt für einen ganzen Monat mit Dosenfutter der verschiedensten Art ein. Beim Einladen meiner Einkäufe machten sich die Bänder um meine Oberarme unangenehm bemerkbar. Als ich die Wasserkästen in den Kofferraum hob, gelang mir das nur mit stark schmerzenden Oberarmen. Zurück im Ferienhaus leerte ich kurzentschlossen einen meiner Hartschalenkoffer und benutzte ihn zum Transport der Dosen und Kisten. Eine Dose kippte ich direkt in einen Topf und setzte mich ein paar Minuten später mit mittelmäßigen Ravioli an den Tisch.

Gleichzeitig prüfte ich die neuen Mails und war nicht überrascht auch eine von dem Masseur zu finden. Er regte sich darüber auf, dass ich nicht zum Essen erschienen war. Als Strafe hatte er wieder irgendetwas ins Netz gestellt. Als ich den Link öffnete stockte mir für einen Moment der Atem. Ich sah mich selber mit dieser bescheuerten Maske in meinem Schlafzimmer. Er hatte für ein zehnminütiges Video mehrere Szenen zusammengeschnitten. Mir dabei selber zuzuschauen, wie ich komplett nackt auf dem Bett lag und entweder den völlig hoffnungslosen Versuch unternahm, irgendwie an den Verschluss der Maske zu kommen, oder mich einfach nur verzweifelt hin und her zu werfen, empfand ich als absolut demütigend. Besonders der Versuch, die Schnalle irgendwie am Bettpfosten zu öffnen, war vollkommen lächerlich. Wenn das irgendeine andere Person gewesen wäre, hätte ich mit Sicherheit meinen Spaß an dieser Idiotin gehabt. Jetzt aber war ich es selber. Je länger ich das Video betrachtete, umso weniger verspürte ich Appetit auf die Ravioli. Schließlich schob ich den Teller weg. Im Abspann des Filmes las ich ‚Bienchen' als Hauptdarstellerin.

Er hatte tatsächlich eine Webcam oder irgendwas in der Art in meinem Schlafzimmer angebracht und ich hatte es noch nicht einmal gemerkt. Ich griff zum Handy und wählte die Nummer meines Securitychefs.

„Wie stets?"

„Keine besonderen Vorkommnisse."

„Was heißt denn ‚keine besonderen Vorkommnisse'? Sie sollen den Typen nicht gemütlich observieren. Sie sollen an seine Daten herankommen. Seinen Computer ausschalten."

„Wir sind nicht die Polizei, Frau Weberlein. Wir können nicht mal so eben die einfacheren Wege beschreiten, die denen zur Verfügung stehen. Wir können nur observieren und ab und zu mal versehentlich etwas machen, was im Nachhinein vielleicht als nicht ganz korrekt eingestuft werden könnte. Wenn Sie schnelle Erfolge haben wollen, dann vertrauen Sie sich der Polizei an. Ich jedenfalls mache nichts, was mich in den Knast bringt. Erst recht nicht bei einem Typen, der scheinbar Überwachen zu seinem Lebensinhalt gemacht hat."

„Woher wissen Sie, dass das so ist?"

„Weil ich eine Mail von ihm bekommen habe. Darum weiß ich das. Er hat uns nämlich gefilmt, als wir uns in seiner

Wohnung umgeschaut haben. Und seit wann wissen Sie das?"

„Das spielt keine Rolle. Ist er denn jetzt wenigstens zu Hause?"

„Nach unserer Beobachtung ist er zu Hause."

„Ich denke, Sie haben seine Wohnung verwanzt?"

„Gerade eben habe ich ihnen erklärt, dass er uns dabei gefilmt hat. Sind Sie jetzt ernsthaft der Meinung, dass er die Wanzen an den Stellen gelassen hat, an denen wir die positioniert haben? So nach dem Motto: An fremdes Eigentum geht man nicht ran?"

„Sie vergreifen sich in Ton und Wortwahl! Ich erwarte von Ihnen, dass Sie den Job vernünftig und zügig fertig machen. Egal wie!"

„Insgesamt machen Sie mir den Job durch Ihr Verhalten nicht einfacher", antwortete er mir ungerührt.

„Warum?"

„Weil unter anderem der Schutz Ihrer Person dazu gehört. Das gestaltet sich schwierig, wenn ich nicht weiß, wo Sie sind."

„Je weniger das wissen, umso besser. Kümmern Sie sich voll und ganz darum, diesen Widerling unschädlich zu machen!"

Damit beendete ich das Gespräch. Dieser blöde Angsthase. Warum wollte der nicht mal was riskieren? Schließlich bekam er gutes Geld von mir. Und so ein paar Monate Knast konnten dem auch nicht schaden. Ich würde ihm sogar die Wiedereinstellung garantieren. Natürlich zu vermindertem Gehalt. Schließlich wäre er dann ein ehemaliger Straftäter und damit froh, überhaupt einen Arbeitgeber zu finden.

Jetzt ging es darum einen zweiten Weg zu finden, um den Masseur unschädlich zu machen. Es machte mich fast wahnsinnig, dass ich ihm so schutzlos ausgeliefert war. Es war mir zwar gelungen, meine Spur zu verwischen und mich damit in Sicherheit zu bringen, aber das konnte ich nicht wirklich als Sieg verbuchen. Noch immer hatte er die deutlich besseren Karten in der Hand.

Ich setzte mich wieder an den Schreibtisch, um wenigstens noch ein paar Stunden vernünftig zu arbeiten. Aber schon als ich den Laptop aufklappte merkte ich, dass das zum ersten Mal nicht funktionieren würde. Ich hatte immer noch das demütigende Video vor Augen. Gleichzeitig kreiste der Masseur in meinen Gedanken. Wenn ich schon nicht arbeiten konnte, dann dachte ich mir, könnte ich mich ja mal um die lästigen Oberarmreifen kümmern. Ich nahm mir einen kleinen Handspiegel und stellte mich damit vor den großen Spiegel in meinem Ankleideraum. Ursprünglich hatte man den wohl mal als Kinderzimmer gedacht. Für mich war er einfach nur ideal. Dadurch war das Schlafzimmer schön leer und ich konnte das große Bett genau in der Mitte des Raumes platzieren.

Nachdem ich den Bogen raus hatte, wie ich den Spiegel halten musste, damit ich den gesamten Armreif sehen konnte, hatte ich bald die beiden Verschlussstellen gefunden. Das Material traf dort nicht in einem geraden Schnitt aufeinander, sondern war ineinander verzahnt. Ich hatte keine Ahnung, warum man sich diese Mühe gegeben hatte. Ansonsten konnte ich außer den Ringen mit denen ich die Nacht über gefesselt war, nichts entdecken. Überall war einfach nur blanker glatter Edelstahl. Als ich mir überlegte, dass ich den Verschluss einfach aufhebeln könnte, wurde mir klar, weshalb man sich die Mühe mit der Verzahnung gegeben hatte. Es gab einfach keinen Ansatzpunkt für ein einigermaßen stabiles Werkzeug. Alles, was man ansetzen konnte, durfte nicht viel breiter als eine Nadel sein. Nur kannte ich kein Material, das bei einer solch kleinen Breite so stabil war, dass man es als Hebel hätte benutzen können. Ich setze mich auf den Stuhl am Schminktisch und schaute verzweifelt auf mein Spiegelbild. Mit dem Tanktop und den glänzenden Bändern hätte ich schon fast als eine dieser Kampfamazonen durchgehen können. Wo sollte das Ganze eigentlich hinführen? Musste ich jetzt tatsächlich bis an mein Lebensende mit diesen Dingern herumlaufen? Ich konnte doch unmöglich im Sommer immer nur lange blickdichte Ärmel tragen. Den Ring an meinem Finger konnte ich noch so gerade akzeptieren. Vermutlich war es möglich, wenigstens diesen frei baumelnden kleinen Ring abzutrennen. Danach wäre das kein besonderes Schmuckstück mehr. Aber die Bänder?

Schließlich gab ich mir einen Ruck. Ich machte unten alles dicht und legte mich dann ins Bett. Das Schlafdefizit der vergangenen Nacht sorgte dafür, dass ich schon wenige Atemzüge später eingeschlafen war.

Kapitel 5

Das Sonnenlicht fiel direkt auf mein Bett. Ich hatte am Abend vergessen, das Rollo herunterzulassen. Als ich mich drehte wollte, um aus dem Licht herauszurollen, merkte ich, dass irgendetwas nicht stimmte. Schlagartig war ich wach. Ich war wieder gefesselt. Da ich diesmal keine verbundenen Augen hatte, erkannte ich schnell, dass meine Hände an ihren jeweiligen Bettpfosten befestigt waren. Die Füße waren zusammengebunden und mit einer etwas längeren Schnur ebenfalls an den Bettpfosten befestigt

„Guten Morgen Bienchen."

Der Masseur saß mit seinem widerlichen Grinsen neben dem Bett.

„Mach mich sofort los!"

Statt einer Antwort nahm er eine Schere und fing in aller Ruhe an, meinen Pyjama aufzuschneiden. Ich widerstand dem Drang, ihn durch Zappeln daran zu hindern. Stattdessen versuchte ich es mit Vernunft.

„Wenn du dich an meiner Kleidung störst, wäre es einfacher, wenn ich die ausziehe. Spart Kosten. Schließlich kann ich mir nicht jedes Mal, wenn du mich überfällst, neue Nachtwäsche kaufen."

„Dann müsste ich die Fesseln lösen. Das ist mir im Moment aber zu aufwendig. Abgesehen davon brauchst du das Teil in der nächsten Zeit ohnehin nicht mehr."

Währenddessen arbeitete er unbeirrt weiter. Er hielt es noch nicht einmal für notwendig, die Knöpfe des Oberteiles zu öffnen. Stattdessen schnitt er, versonnen lächelnd, an der Knopfleiste entlang. Als er endlich fertig war, zog er den zerschnittenen Stoff unter mir hervor und brachte ihn aus dem Raum. Eigentlich hatte ich erwartet, dass er den Stoff einfach auf den Boden fallen lassen würde. Aber scheinbar wohnte in seinem kaputten Kopf auch ein Ordnungsfreak. Soweit ich seinen Weg erahnen konnte, schien er die Reste tatsächlich in den Müll zu schmeißen. Als er zurückkam, hatte er einen dicken Filzstift in der Hand und machte einen Strich auf meinen Bauch. Ich sah zwischen ihm und meinem Bauch hin und her.

„Was gibt das denn jetzt schon wieder für einen Scheiß?"

Wieder nahm er den Filzer und machte einen weiteren Strich parallel zu dem ersten. Ohne ein Wort zu sagen, verschloss er den Stift wieder und schaute mich stumm an.

„Ich vermute mal, du willst, dass ich dich mit ‚Herr Wolf' anspreche und sieze?"

„Richtig vermutet. Und wie lautet die Frage dann genau?"

„Das kannst du dir selber beantworten."

Während er den dritten Strich aufmalte, erklärte er mir „So kommen wir nicht weiter Bienchen. Es ist für dich wirklich besser, wenn du dich in dein Schicksal fügst. Du kannst ohnehin nichts dagegen machen."

„Wenn ich nichts dagegen machen kann, dann brauche ich deine dämlichen Spielchen auch nicht mitzumachen."

„Okay. Dann kann ich das von meiner Seite auch abkürzen. Eigentlich hättest du dir das nächste Schmuckstück erst mit zehn Strichen verdient. Aber auf die Weise bekommst du es schon jetzt."

Ich hatte schon wieder zu hoch gepokert. Obwohl sich in mir alles dagegen sträubte, versuchte ich ihn von seinem Vorhaben abzubringen.

„Nein, nein. Ich werde auch brav sein Herr Wolf."

Er schaute mich bedauernd an.

„Schön, dass du ein Einsehen hast. Vielleicht gelingt es dir ja, dass du heute nicht noch mehr Schmuck bekommst."

Er griff hinter sich und holte zwei Edelstahlbänder hervor, die denen, die ich an meinen Oberarmen trug, sehr ähnlich sahen. Nur waren sie im Durchmesser etwas größer. Das durfte jetzt echt nicht wahr sein.

„Nein, bitte nicht. Ich mache auch alles mit. Nicht noch so ein Teil, das man nicht mehr abbekommt."

Lächelnd zeigte er mir einen Knebel. „Bist du jetzt bitte ruhig?"

Ich presste die Lippen aufeinander und nickte.

„Gut. Dann wollen wir mal."

Er nahm einen der beiden Reifen und teilte ihn in zwei Teile. Die erste Hälfte legte er unter meinen Oberschenkel. Soweit ich sehen konnte etwa eine handbreit unterhalb meines Schrittes. Danach setze er die andere Hälfte von oben auf, wobei er genau darauf achtete, dass er keine Haut einklemmte. Als er die beiden Teile zusammendrückte, hörte ich wieder das ratschende Geräusch, das den Schmuck meiner Oberarme bereits zu einem endgültigen Bestandteil meines Körpers gemacht hatte.

Ich wusste, ich konnte mich nicht wehren. Wenn ich gezappelt hätte, hätte er alle Mittel ergreifen können, um mich ruhig zu stellen. Also blieb ich einfach liegen. Wenig später hatte er die Prozedur an meinem anderen Oberschenkel wiederholt. Beide Reifen waren so eng, dass sie oben und unten eine Ebene mit der Haut bildeten.

Damit war es also passiert. Was sollte jetzt noch alles kommen? Würde er für jeden Ungehorsam ein weiteres dieser teuflischen Teile aus der Tasche ziehen? Während ich mich noch mit diesem Gedanken beschäftigte, hakte er eine kurze Kette zwischen den Reifen ein, die zu meinem Horror ebenfalls mit einem ratschenden Schloss gesichert wurde.

„Darf ich fragen, ob die Kette jetzt auch endgültig ist, Herr Wolf?"

Ich hätte kotzen können, als ich mich so reden hörte.

„Darfst du. Nein die Kette ist nicht endgültig. Die ist nur provisorisch. Aber die endgültige Kette wird die gleiche Länge haben."

„Damit kann ich aber keine Hosen mehr tragen."

„Richtig. Du wirst deine Garderobe ein wenig anpassen müssen."

„Das ist doch krank!"

Wieder nahm er den Filzstift und machte einen Strich auf meinen Bauch.

„So. Und jetzt wollen wir erstmal frühstücken. Es ist noch viel zu tun. Wir sollten nicht trödeln."

Er nahm ein Hundehalsband mit zugehöriger Leine und legte es mir um den Hals.

„Nur, damit du nicht auf dumme Gedanken kommst."

Danach löste er meine Fesseln und bat mich aufzustehen. Also schwang ich meine Beine herum. Bei meinem ersten Schritt wäre ich fast gestolpert. Die Kette zwischen meinen Beinen schränkte mich noch stärker ein, als ich ohnehin befürchtet hatte.

„Dreh dich mit dem Rücken zu mir."

Kaum hatte ich dem Befehl Folge geleistet, als ich auch schon merkte, wie er eine Schnur durch die Ösen meiner Oberarmbänder zog. Nachdem er die Schnur angezogen hatte, murmelte er, „fünf Zentimeter. Für den Anfang ganz gut."

„Mehr geht auch nicht. Ich kann das schon jetzt kaum aushalten. Wenn ich das erwähnen darf, Herr Wolf."

„Alles eine Frage des Trainings. Du glaubst gar nicht, was du alles kannst. Jetzt wollen wir aber keine Zeit verschwenden. Bedauerlicherweise können wir es uns hier nicht bequem machen, da früher oder später jemand nach dir suchen wird."

Er führte mich in die Küche und hakte die Hundeleine in eine Kette ein, die vom Lampenhaken herunterhing.

„Eigentlich müsste das für dich reichen. Während ich kurz deine Mails sichte, kannst du schon mal Frühstück machen.

Und beeil dich ein bisschen. Sonst gibt es wieder Striche auf deinem Bauch."

Ich wackelte mit meinen Händen, die relativ nutzlos hinter meinem Rücken baumelten. Mit etwas Mühe konnte ich jeweils eine Hand bis auf Brusthöhe nach vorne strecken. „Wie soll das gehen?"

„Streng dich einfach mal an. Es gibt Menschen, die ihr ganzes Leben mit Handicaps meistern müssen. Und das, ohne eigenes Verschulden. Da willst du doch wohl nicht aufgeben, bevor du es überhaupt angefangen hast."

Ohne mir die Chance auf eine Erwiderung zu geben, ließ er mich alleine. Da ich keine Ahnung hatte, was er noch alles mit mir vorhatte, machte ich mich, so gut es ging an die Arbeit. Dabei trichterte ich mir ein, dass meine Flucht mit jedem weiteren ‚Schmuckstück' nur um so schwieriger werden würde. Ich merkte schnell, dass ich den Kühlschrank ohne Probleme bedienen konnte. Zwar musste ich mich seitlich davor stellen und meine Hand dann über meine Schulter hinweg beobachten, aber es ging. Als nächstes nahm ich mir vor, Kaffee zu kochen. Der Automat stand auf der Anrichte und war damit genau auf der richtigen Höhe. Die Tassen hatte ich glücklicherweise direkt daneben platziert. Ich liebte dieses gewisse Flair der Cafes. Glücklicherweise hatte ich mich bei der Einrichtung für einen völlig überteuerten Vollautomaten entschieden. Auf die Weise blieb mir die Hantiererei mit der Kaffeemühle und dem Einhaken des Behälters mit dem frisch gemahlenen Kaffee, erspart.

Nachdem ich die Tassen und Frühstücksbrettchen auf dem Tisch platziert hatte, fehlten nur noch die Brötchen. Ich schaute mich in der Küche um. Nichts war zu sehen. Wie auch? Schließlich muss man die frisch beim Bäcker kaufen. Auf dem Weg zum Brotkasten sah ich, dass der Masseur lächelnd im Türrahmen stand und eine Brötchentüte in die Höhe hielt.

„Du machst dich. Das finde ich gut. Die Striche auf deinem Bauch gelten damit nicht mehr. Ich bin ja kein Unmensch."

Die provozierende Antwort, die mir auf der Zunge lag, konnte ich noch im letzten Moment unterdrücken. Damit hätte ich mir nur die ersten neuen Striche eingehandelt. Gleichzeitig merkte ich, wie sich der Frust in mir weiter ausbreitete. Erst hatte ich angefangen ihn brav mit ‚Herr Wolf' anzusprechen und dann hatte ich mich beim Vorbereiten des Frühstücks tatsächlich angestrengt. Was war bloß mit mir passiert, dass ich die Tassen nicht einfach über den Tisch gekippt hatte, um ihm dann mit einem hilflosen Lächeln zu erklären, dass das wirklich nicht besser ging?

Er forderte mich auf, mich zu setzen. Danach kürzte er die Befestigung der Hundeleine so weit, dass ich mich aufrecht hinsetzen musste, um durch das Halsband nicht am Atmen behindert zu werden. Als Letztes löste er das Seil, das meine Ellenbogen zusammenhielt so weit, dass ich mit jeweils einer Hand einigermaßen über den Tisch reichen konnte, wenn ich den anderen Arm gleichzeitig hinter den Rücken hielt. Um das Brötchen aufzuschneiden musste ich es allerdings direkt vor meine immer noch nackte Brust halten.

„Wann darf ich mir denn endlich etwas anziehen?"

„Nach dem Frühstück brechen wir auf. Dann wirst du natürlich nicht mehr nackt sein."

Er ließ mich noch aufräumen und schickte mich dann in mein Ankleidezimmer, wo er mir das Seil und das Hundehalsband abnahm.

„Such dir etwas ohne Ärmel oder höchstens sehr kurzen Ärmeln aus. Komm nicht auf die Idee, deinen Oberarmschmuck zu verdecken. Wir haben schließlich Sommer und es macht dir ja auch Spaß so einen schönen Schmuck zu tragen."

„Und was ist mit meinen Beinen?"

„Was soll damit sein? Wenn du eine Hose findest, die du anziehen kannst, soll mir das recht sein. Ansonsten empfehle ich einen Rock."

Damit ließ er mich alleine. Mein erster Gedanke war, das Fenster zu öffnen und abzuhauen. Nur konnte ich das nicht im nackten Zustand machen. Die Dorfbewohner hätten mich vermutlich direkt der Polizei übergeben. Die aber wollte ich nach wie vor meiden. Also suchte ich mir schnell einen knielangen Rock und eines der Muscleshirts heraus, das ich normalerweise beim Sport trug. Nachdem ich noch in ein paar Sportschuhe geschlüpft war, trippelte ich, so schnell ich konnte zu dem Fenster. Gerade, als ich es geöffnet hatte, ging hinter mir die Türe auf.

„Du möchtest lüften? Das ist immer gut. Scheinbar steckt in dir doch eine gute Hausfrau. Vielleicht sollte ich meine Pläne ändern und dich als Hauspersonal verkaufen."

Ich starrte ihn entgeistert an. War der wirklich so blöd oder versuchte er gerade krampfhaft so zu tun, als ob er meinen Fluchtversuch nicht bemerkt hätte?

„Pack jetzt deine Koffer. Das Runtertragen übernehme ich. Dafür bist du dann doch ein bisschen zu sehr eingeschränkt. Und beeile dich. In zehn Minuten ist Abfahrt. Wenn du dann nicht fertig bist, fahren wir ohne dein Gepäck."

Im Hinausgehen lobte er mich noch für die Wahl meiner Bekleidung.

Mein Blick ging zum Fenster. Schließlich entschied ich mich dagegen. Es konnte einfach nicht sein, dass er den Versuch eben nicht bemerkt hatte. Als ich mich dann mit meinen Koffern beschäftigte, stellte ich fest, dass meine Entscheidung richtig war. Erst jetzt hörte ich seine Schritte auf der Treppe. Vermutlich hatte er hinter der Türe Wache geschoben.

Kurze Zeit später saßen wir in meinem geliebten Cayenne. Natürlich hatte er mich auf den Beifahrersitz verbannt. Damit ich auf keine dummen Gedanken kommen konnte, hatte er einen meiner Arme durch ein kurzes Seil mit der Kopfstütze verbunden.

Nach etwa einer Stunde Fahrt klärte er mich auf, dass wir von unserem nächsten Ziel nicht mehr weit entfernt waren.

Kurz danach hielt er auf einem Baumarktparkplatz. Nachdem er ausgestiegen war, hatte ich erst die Hoffnung, er würde mich alleine lassen. Zu meiner Enttäuschung kam er aber zur Beifahrertüre, band mich los und befahl mir, auszusteigen.

„Du willst doch sicher deinen schicken Schmuck zeigen."

Also gingen wir zusammen los. Wegen meiner beschränkten Schrittweite schlug er ein langsames Tempo an. Im Baumarkt erklärte er mir, dass er noch einige Meter an Kette brauchen würde. Ein junger Angestellter maß die Längen ab. Dabei schaute er immer wieder auf meinen Schmuck. Vor allem der Ring der O schien ihm sofort aufgefallen zu sein. Ich beschloss, die Chance nicht ungenutzt verstreichen zu lassen.

„Uns ist da ein kleines Malheur passiert. Wenn ich Sie so hantieren sehe…"

Ich zog meinen Rock so weit hoch, dass er die Verbindungskette sehen konnte.

„Wir finden den Schlüssel nicht mehr wieder. Ob Sie wohl mal eben mit den Bolzenschneider?"

Unter anderen Umständen hätte ich mich darüber amüsiert, wie ihm das Blut ins Gesicht stieg. Glücklicherweise fing er sich aber sofort wieder und griff zu dem Bolzenschneider. Er setzte die Zange mit einer sicheren schnellen Bewegung an und schon lag die Kette mitsamt dem zerstörten Schloss auf den Boden.

„Ich danke Ihnen. Sie sind ein Schatz."

„Auch von mir einen herzlichen Dank. Das ist mir wirklich sehr unangenehm", meldete sich der Masseur wieder zu Wort. „Das wäre es dann auch."

Er nahm die Ketten legte seinen Arm um mich und versuchte, mich sanft Richtung Kasse zu ziehen. Das musste ich in jedem Fall verhindern. Ich wendete mich halb zu ihm und halb zu dem Baumarktmitarbeiter.

„Sehen Sie Herr Wolf, ich wusste doch, dass wir im Baumarkt einen hilfsbereiten jungen Mann finden würden." Ich schaute auf die Ketten. „Beim nächsten Mal passen wir mit den Schlüsseln dann aber besser auf, wenn ich Ihnen das vorschlagen darf mein geliebter Meister."

Inzwischen hatten sich noch zwei Kollegen meines Retters eingefunden. Als der erklärte, aus welcher Situation er mich gerade befreit hatte, sah ich, wie einer der beiden Neuhinzugekommenen angewidert das Gesicht verzog. Er fixierte den Masseur.

„Wenn Sie irgendwie glauben, dass wir so etwas in unserem Geschäft dulden, haben Sie sich gewaltig geschnitten. So etwas Dreckiges. Machen Sie Ihre Spielchen in Zukunft gefälligst woanders."

Wenn einem schon das Glück einen so großen Schritt entgegen kommt, dann sollte man es auch hereinbitten. Ich machte mich aus der Umarmung durch Herrn Wolf frei und trat einen Schritt auf den Mann zu.

„Glauben Sie bloß nicht, dass ich mir das so ausgesucht habe! Er zwingt mich dazu. Er hat sich sogar mein Auto unter den Nagel gerissen. Schauen Sie nur nach! Den Schlüssel hat er in der Brusttasche."

„Nein, nein", meldete sich jetzt mein Masseur zu Wort. „So ist das nicht. Das ist hier alles ein riesiges Missverständnis. Die Dame liebt mich. Das ist nur eines ihrer Spielchen."

Für die Baumarktleute schien allerdings bereits alles klar zu sein. Einer streckte die Hand aus.

„Den Schlüssel!"

„Wie jetzt?"

„Den Wagenschlüssel!"

Die beiden anderen Männer verschränkten die Arme und bauten sich breitbeinig vor ihm auf.

„Wir können Sie hier auch festhalten bis die Polizei kommt. Das nennt man Hausrecht."

Als er noch immer keine Anstalten machte, den Wagenschlüssel herauszugeben, gingen die drei noch einen Schritt auf ihn zu. Die Kampfansage war dann doch zu viel für ihn. Er griff zögerlich in seine Brusttasche.

„Das werden Sie bereuen. Allesamt. Wie Sie hier stehen."

Die Hand des Wortführers ruckte noch ein Stück weiter nach vorne. Nach kurzem Zögern legte der Masseur den Schlüssel hinein. Ohne den Blick vom Masseur zu lassen, bewegte der Baumarktmann seine Hand zu mir herüber. Ich nahm den Schlüssel und bedankte mich mit zittriger Stimme „Sie können sich gar nicht vorstellen, wie sehr Sie mir geholfen haben."

„Stets zu Diensten."

Fast hätte ich erwartet, dass er jetzt auch noch salutieren würde.

„Ich brauche nur zwei Minuten bis zum Auto. Könnten Sie ihn so lange noch im Auge behalten?"

Er nickte nur und bedeutete seinen Kollegen, sich um den Masseur herum aufzustellen. Ich dankte nochmals lächelnd und ging dann Richtung Ausgang. Ich konte noch hören, wie mein Masseur einen zweiten Versuch machte, die Situation aus seiner Sicht darzustellen. Vielleicht hätte er das auch geschafft, wenn er sich vorher eine vernünftige Geschichte überlegt hätte. Aber so unvorbereitet hatte er keine Chance.

Als ich in meinem Auto saß und Gas gab, hätte ich vor lauter Glück über meine unverhoffte Befreiung schreien können. Ich schob eine alte CD von Slade ein und drehte voll auf.

Kapitel 6

Noch am gleichen Abend saß ich in der Firma mit meinem Securitymann zusammen.

„Ich erwarte von Ihnen, dass Sie nichts unversucht lassen, um seine Schwachstellen zu finden. Er wird sich meine Flucht mit Sicherheit nicht gefallen lassen. Bei seinem nächsten Auftauchen will ich vernünftig vorbereitet sein."

„Kampfsport?" Seine Stimme klang ungläubig.

„Wie kommen Sie auf so eine bescheuerte Idee? Glauben Sie etwa, ich könnte innerhalb von ein paar Tagen zu einer Topkämpferin werden? Und so einem bezahle ich auch noch ein hohes Gehalt."

Statt einer Antwort sah er mich nur abwartend an.

„Gucken Sie nicht so dämlich. Sie sollen endlich in dem verdammten mickrigen Leben von diesem Masseur recherchieren. Und Sie sollen dafür sorgen, dass er mich nicht noch mal aus meiner eigenen Wohnung entführen kann. Ist das verstanden?"

„Alles klar, Frau Weberlein. Sie hören das nicht gerne, aber ich sage Ihnen nochmals, dass ich nicht die Polizei bin. Meine Möglichkeiten sind beschränkt."

„Wie Sie schon ganz richtig selber festgestellt haben: Das haben Sie mir bereits gesagt. Hören Sie also bitte damit auf, sich zu wiederholen. Und jetzt an die Arbeit."

Ich warf ihm im Herausgehen die Hausschlüssel hin.

„Diese Nacht bleibe ich in einem Hotel. Ich erwarte, dass ich morgen wieder in den eigenen vier Wänden nächtigen kann."

Bis tief in die Nacht stürzte ich mich in meine Akten. Endlich klappte es wieder. Der ganze Stress mit dem Masseur war bis Mitternacht aus meiner Gedankenwelt vertrieben. Dann erst schloss ich die Unterlagen und setzte mich in meinen Porsche. Das Zimmer war bereits reserviert. Ich musste also nur noch die paar Minuten bis in die Innenstadt fahren und konnte mich dann in aller Ruhe und Sicherheit in mein Hotelbett werfen.

In der Sekunde, in der ich die Fahrertüre zuzog, ging die Beifahrertüre auf und mir wurde ein stinkender Lappen vor das Gesicht gepresst. Schon bei dem ersten Schlag, den ich auf Verdacht in die Richtung des Angreifers machte, merkte ich, dass mein Körper rasant an Kraft verlor. Es blieb, soweit ich mich erinnern kann, mein einziger Schlag.

Als ich wieder zu mir kam und langsam meine Denkfähigkeit zurück gewonnen hatte, stellte ich fest, dass ich auf so etwas wie einem gynäkologischen Untersuchungsstuhl festgebunden war. Hätte ich schreien wollen, wäre mir das nicht gelungen, da er mir etwas in den Mund gesteckt hatte und dann mit einem engen Riemen fixiert hatte. Immerhin hatte er meine Augen auch dieses Mal nicht verbunden. So konnte ich, soweit es die Bewegungsfreiheit meines Kopfes zuließ, erkennen, wie ich fixiert war.

Zum einen waren meine verhassten Oberarm- und Oberschenkelbänder in Ösen eingehakt. Dadurch konnte ich meinen Körper an diesen Stellen nur minimal bewegen. Der Ring der O war auf die gleiche Weise fixiert. Damit war mein kompletter rechter Arm unbrauchbar. Um auch meinen linken Arm aus dem Verkehr zu ziehen, war mir am Handgelenk ein breites Edelstahlband angelegt worden, das natürlich ebenfalls an einer Öse befestigt war. Das Band saß erstaunlich tief. Probeweise versuchte ich meine linke Hand zu bewegen und fand meine Befürchtung bewahrheitet. Das Gelenk war in seiner Bewegungsfreiheit stark eingeschränkt. Wenn dieses Band genauso unlösbar geschlossen war, wie die anderen, würde ich nach einiger Zeit wahrscheinlich die Beweglichkeit des Handgelenkes einbüßen. Anders als die Bänder, die er mir bisher „geschenkt" hatte, würde dieses einen unumkehrbaren Schaden anrichten. Zur Probe versuchte ich meinen Arm in dem Armreif hin und her zu bewegen. Sofort bestätigte ein stechender Schmerz meine Befürchtungen.

Zur Inspektion meiner Füße konnte ich mich nur auf mein Körpergefühl verlassen. Da die Beine nach unten abwinkelt waren, endete mein Blickfeld an den Knien. Scheinbar war ich irgendwie an den Zehen fixiert. Meine Fußgelenke schienen frei beweglich und nicht gefesselt zu sein. Mehr Fesseln konnte ich nicht entdecken. Nicht dass ich es gewollt hätte, aber andererseits wollte ich die Realitäten auch nicht ignorieren. So blieb mir nichts, als auf das zu warten, was kommen würde. Ich ließ den Kopf nach hinten auf die Stütze sinken und schloss die Augen, um mich besser zur Ruhe bringen zu können.

Als ob dies ein Zeichen gewesen wäre, auf das mein Masseur nur gewartet hatte, ging hinter mir eine Türe auf.

„Die Nummer im Baumarkt war eigentlich ziemlich gut. Normalerweise solltest du dafür eine Belohnung bekommen.

Aber andererseits würde dich das dann vermutlich zu noch mehr Ungehorsam anstiften. Deshalb entfällt die Belohnung. Es sei denn, du bist schon so weit, dass du die zusätzlichen Schmuckstücke als Belohnung empfindest. In dem Fall könnte ich dich sogar damit erfreuen, dass ich noch mehr für dich vorbereitet habe."

Ohne, dass ich es zurückhalten konnte, kam ein Angstschrei aus meiner Kehle, der bedingt durch den Knebel, allerdings nur als hilfloses Grunzen nach außen drang.

„Ich habe es mir fast gedacht. Das ändert aber nichts daran, dass dein Körper bald noch geschmückter sein wird. Jetzt aber genug geredet. An die Arbeit."

Ich hörte, wie ein Tisch herangerollt wurde. Zwar erkannte ich außer einer Zange kein einziges Werkzeug, aber die große mit einem Stromkabel versehene Box verhieß nichts Gutes.

Ohne auf mein panisches Zappeln zu achten, machte er sich an dem Stuhl zu schaffen. Bald merkte ich, wie meine Beine auseinander gezogen wurden.

„Willst du zuschauen?"

Ich schaute ihn nur angstvoll an.

„Ich interpretiere das mal als ein ‚Ja'."

Nachdem er meine Beine weit gespreizt hatte, kippte er die Kopfstütze so weit nach vorne, dass mein Kinn fest auf der Brust auflag und meine Oberschenkel damit voll in meinem Blickfeld waren. Er zog sich einen Hocker heran und setzte sich zwischen meine Beine. Danach nahm er einen stabilen Ring, der an einer Stelle geöffnet war und so problemlos durch den Befestigungsring meines linken Oberschenkelbandes gezogen werden konnte. Als nächstes nahm er eine Zange in die Hand, die den Ring komplett umschloss. Nachdem er die langen Griffe der Zange zusammengedrückt hatte, war der Ring geschlossen.

„Jetzt mal kurz ruhig halten"

Er setze sich eine Schweißermaske auf und eine Minute später war der Ring unwiderruflich geschlossen. Die gleiche Prozedur wurde an dem anderen Bein wiederholt. Schließlich drehte er meine an dem Stuhl befestigten Beine wieder zusammen und setzte nach dem gleichen Prinzip einen dritten Ring ein. Jetzt waren meine Oberschenkel durch eine kurze Kette miteinander verbunden.

„Natürlich kann man diese Ringe wieder mit einem Bolzenschneider öffnen. Ich möchte dich aber bitten, das zu unterlassen. Es gibt schließlich auch andere Möglichkeiten, deine Schrittlänge einzuschränken. Die sind allerdings um einiges unangenehmer. Dafür lassen die sich dann aber auch nicht mit so etwas profanem, wie einem Bolzenschneider beseitigen."

Er schaute mich direkt an.

„Verstanden?"

Als ich nickte, erklärte er mir, dass ich jetzt erstmal mein letztes Schmuckstück empfangen würde. Ohne weitere Erklärung fixierte er meinen Kopf mit weiteren Riemen an der Kopfstütze und klappte diese dann wieder so weit herunter, dass mein Kopf fast wie in einem Zahnarztstuhl positioniert war. Die eigentliche Prozedur ging dann ziemlich schnell. Mit einem zangenähnlichen Instrument packte er meine Nase am Nasensteg und schob dann eine Nadel durchs Septum. Ich hatte schon oft genug einen Ring an dieser Stelle gesehen, um mir vorstellen zu können, was gerade passierte. Meine einzige Hoffnung war, dass er wenigstens eine dezente kleine Größe gewählt hatte. Als er den Ring schloss, zerschlug sich diese Hoffnung allerdings gründlich. Zum einen hörte ich wieder dieses besondere Geräusch, das entsteht, wenn Widerhaken ineinander geschoben werden und zum anderen merkte ich ein deutlich spürbares Gewicht, als er den Ring los ließ.

„So. Das war es eigentlich. Noch ein bisschen tupfen bis die Blutung aufgehört hat und dann bist du fürs Erste fertig."

Ein paar Minuten später warf er den letzten Tupfer in den Müll und erhob sich.

„Ich werde dich jetzt losbinden. Solange ich noch im Raum bin, wirst du dich keinen Millimeter bewegen. Ist das klar?"

Mit dem wieder frei beweglichen Kopf nickte ich Zustimmung. Was blieb mir auch anderes übrig?

Er arbeitete sich von unten nach oben an meinem Körper entlang. Ein paar Minuten später waren alle Fixierungen gelöst. Er ging zu dem Rolltisch und erklärte mir im Rausgehen:

„In der Ecke dort hinten liegen ein paar Klamotten für dich. Da du brav warst, liegt dein Autoschlüssel auch dabei. Ich melde mich morgen bei dir."

Erst, als die Türe schon seit einiger Zeit ins Schloss gefallen war, wurde mir klar, was er mir gerade gesagt hatte. Ich war frei. Ich konnte mich anziehen und gehen. Ich konnte sogar mit meinem Auto fahren.

Vorsichtig, so als ob ich gerade einen schweren Sturz gehabt hätte, bewegte ich meine Gliedmaßen. Ich entfernte den Knebel aus meinem Mund und setzte mich aufrecht in den Stuhl. Jetzt konnte ich auch erkennen, dass ich einige Zehenringe trug. Ich ersparte mir den Frust und prüfte nicht, ob die Ringe abgestreift werden konnten. Stattdessen stellte ich mich vorsichtig auf die Füße und machte erste Schritte. Wie am Tag zuvor war meine Schrittlänge wieder stark ein geschränkt. Bei jedem Schritt gab die Kette ein leises rasselndes Geräusch ab. Außerdem klackten die Zehenringe laut auf dem harten Boden. Er hatte mir insgesamt vier Ringe angelegt. Sie saßen an meinen Zeige- und Ringzehen.

Für den Moment musste das alles zurückstehen. Jetzt galt es erstmal von diesem Ort wegzukommen. Mein Blick ging in die Ecke mit der Kleidung. Viel Mühe hatte er sich nicht gegeben. Auf einem Hocker lag ein Stück Strechstoff, der sich als knöchellanges Kleid entpuppte. Dazu hatte er mir noch ein paar billige Flip-Flops gestellt. Mir blieb also nichts anderes übrig, als das Kleid ohne ein einziges Stück Unterwäsche überzustreifen. Die Spagettiträger hielten den Stoff gerade hoch genug, um meine Brüste sicher zu bedecken. Der Armschmuck war natürlich komplett unbedeckt. Ebenso waren meine Oberschenkelbänder zu sehen, da das Kleid diverse Löcher aufwies. Was sollte ich schon machen? Er hätte mich auch weiter festhalten können oder mich ganz ohne Bekleidung zurücklassen können. Fast erwischte ich mich bei dem Gedanken, ihm dafür dankbar zu sein, dass er mir wenigstens etwas hingelegt hatte. Ich nahm den Schlüssel und ging vorsichtig zur Tür.

Der nächste Raum war eine abrissreife Lagerhalle. Scheinbar war in dem ganzen Gebäude nur der eine Raum, in dem er mich festgehalten hatte, einigermaßen hergerichtet. Auf dem Weg nach draußen musste ich an diversen dreckigen Pfützen entlang balancieren und große Bögen um bizarre, verrostete Maschinen machen. Als ich endlich durch eine schwergängige, quietschende Stahltüre in die Sonne trat, stand ich auf einem schmalen unkrautüberwucherten Weg. Nirgendwo war etwas von meinem geliebten Cayenne zu sehen. Auf Gut Glück machte ich mich auf den Weg. Nachdem ich die zweite Ecke umrundet hatte, sah ich einen kleinen Hof. Genau in der Mitte, wie für eine Präsentation, stand mein Auto. Als ich mich dem Wagen näherte, schaute ich mich vorsichtig in alle Richtungen um. Eigentlich erwartete ich, dass jetzt noch irgendetwas passieren würde. Glücklicherweise passierte aber nichts. Ich konnte einsteigen. Wegen der Kette zwar nicht so, wie gewohnt, aber es ging.

Da ich keine Ahnung hatte, wo ich mich befand, startete ich das Navi. Es lagen mal gerade zweihundert Kilometer vor mir. Das hätte durchaus mehr sein können. Da es noch früher Morgen war, konnte ich locker gegen 10Uhr in der Firma sein. Ohne Hausschlüssel, Handy und Geld blieb mir für den Moment keine andere Wahl.

Vor dem Haupteingang ließ ich den Wagen, wie immer mit laufendem Motor stehen. Ebenfalls, wie immer, kam mein Fahrdienstleiter schnellen Schrittes aus dem Gebäude, um das Auto zu parken. Bei meinem Anblick entgleisten ihm für den Bruchteil einer Sekunde die Gesichtszüge, die normalerweise eine professionelle, leicht distanzierte Höflichkeit zeigen. Er hatte sich aber sofort wieder im Griff und begrüßte mich, wie immer, durch das Abnehmen seiner Kappe und eine leichte Verbeugung.

Mein Gang durch die Empfangshalle, der normalerweise forsch war, geriet wegen des erzwungenen Schneckentempos zu einer langen Zurschaustellung meiner Schmuckstücke. Wie zuvor der Fahrdienstleiter, schaffte es auch die Mitarbeiterin am Empfang, ihren Gesichtsausdruck schnell zu kontrollieren.

„Security-Maier zu mir."

Nach diesem Befehl hätte ich eigentlich sofort im Treppenhaus sein müssen. Stattdessen schlich ich langsam weiter und war mir des Blickes, der mir nachging sehr bewusst. Ich musste dem Masseur zugestehen, dass er genau die Maßnahmen ergriffen hatte, die zur Untergrabung meiner Autorität führen musste. Wie sollte ich den Laden weiterhin mit harter Hand führen, wenn mein Äußeres alle möglichen Merkmale des Sklaventums offen zur Schau trug? Der Ring der O, die Sklavenbänder an den Oberarmen, mit denen die Römer ihre Sklaven kennzeichneten. Der Ring durch die Nase, der auch den letzten Zweifler überzeugen musste. Damit wurde mir auch endgültig klar, weshalb er mich immer wieder aus seiner Gewalt entließ. Vielleicht hatte er sogar nur deshalb den Baumarktbesuch riskiert. Wenn das tatsächlich so war, dann musste ich ihm zugestehen, dass er es immer noch schaffte so aufzutreten, dass ich ihn unterschätzte. Es war dringend nötig, meine Meinung über ihn zu ändern. Ich musste ihm einfach alles zutrauen.

Als ich endlich in den Flur zu meinem Büro einbog, hatte mein Securitychef gerade die Klinke zum Vorzimmer heruntergedrückt. Überrascht hielt er in der Bewegung inne. Im Gegensatz zu den beiden anderen, die mich gesehen hatten, konnte er sein Gesicht nicht so schnell in Normalzustand zurückversetzen.

„Was ist denn mit Ihnen passiert?" wollte er wissen, als er langsam auf mich zu kam.

Ich weiß, was mit dir passiert, sobald ich dich in dieser Sache nicht mehr brauche, ging mir durch den Kopf und ich machte mir in Gedanken die entsprechende Notiz.

„Das erkläre ich im Büro. Ich habe Sie nicht herbestellt, um auf dem Flur einen kleinen Plausch zu halten."

Seine Mimik wurde wieder neutral und er öffnete mir galant die Türe.

„Ich wurde gestern Abend direkt vor der Firma entführt. Er hat mir am Auto aufgelauert. Wie konnte das passieren? Wo waren ihre Leute?"

„In Ihrem Haus. Wir haben eine Nachtschicht durchgezogen. Fort Knox ist nichts dagegen. Absolute Sicherheit."

Er lehnte sich im Stuhl zurück und grinste mich bereit an. Erst in dem Moment merkte ich, dass er sich ungefragt hingesetzt hatte.

„Sie stehen sofort auf! Nur weil ich im Moment mit so einem Psychopathen kämpfe, müssen hier noch lange nicht alle lang eingeübten Verhaltensweisen über Bord geworfen werden."

Mit schuldbewusstem Gesicht sprang der Mann auf und stellte sich neben den Stuhl.

„Es ist komplett unmöglich einen Rund-um-die-Uhr-Schutz für Sie durchzuführen und gleichzeitig Recherchen und Wohnungssicherung zu betreiben. Wir haben nicht damit gerechnet, dass er Sie vor der Firma abfangen würde. Am Besten, Sie fahren jetzt unter meinem persönlichen Schutz in ihr Haus und bleiben dort, bis der ganze Spuk vorbei ist."

„Und wann ist der vorbei? Wie weit sind Sie mit der Recherche seiner Schwachstellen?"

„Im Moment klären wir seine Biografie."

„Wann ist der Moment vorbei?"

Er sah mich fragend an „Wie meinen Sie?"

„Wann Sie die Biografie zusammen haben, will ich wissen."

Seine Gesichtszüge entspannten sich

„Heute."

„Gut. Sobald Sie die Daten haben, schicken Sie mir alles via Mail. Klar?"

Er nickte dienstbeflissen und wandte sich zum Gehen, ohne meine Aufforderung dazu abzuwarten. Ich musste seinen Rücken darüber informieren, dass er sich in fünf Minuten zur angekündigten Fahrt in mein Haus, vor der Firma bereithalten sollte. Als Antwort hob er nur bestätigend die Hand ohne es für nötig zu halten, sich nochmals zu mir umzudrehen.

Ich schaute mich im Büro um. Das Wichtigste war mein Laptop, den ich glücklicherweise am Vortag nicht mitgenommen hatte. Mehr brauchte ich nicht, um mich für ein paar Tage in meinem eigenen Haus einzusperren. Als ich das Gebäude verließ, stand Security-Maier bereits zusammen mit meinem Fahrdienstleiter am Wagen, der erstaunlicherweise falsch herum geparkt war. Um zur Fahrertüre zu kommen, hätte ich ihn einmal umrunden müssen. Musste an dem Tag denn alles falsch laufen? Den Fehler hatte der Fahrdienstleiter schon lange nicht mehr gemacht. Bevor ich ihn zurechtweisen konnte, öffnete er mir bereits die Beifahrertüre.

„Lässt sich leider nicht vermeiden Chefin", erklärte er mit entschuldigendem Gesichtsausdruck. Wie immer hielt er die Mütze vor die Brust. Trotzdem schien er weniger unterwürfig als es sonst seine Art war. Schon zum zweiten Mal an diesem Tag machte ich mir gedanklich eine Notiz.

So weit war es jetzt also schon, dass ich mich widerstandslos von meinem Securitychef chauffieren lassen musste. Da er es offensichtlich nicht gewohnt war, mit einem Cayenne zu fahren, ordnete er sich vorsichtig in den Verkehr ein. Ein paar Kreuzungen weiter versäumte er abzubiegen.

„Was machen Sie denn? Soll das jetzt eine Sightseeing-Tour werden? Ich kann Ihnen versichern, dass ich die Stadt bereits kenne."

„Nein, das wird keine Sightseeing-Tour. Ich werde Sie an eine andere Adresse bringen. Ihr Haus ist viel zu gefährlich für Sie."

„Und was sollte dann das Gefasel von Fort Knox?"

„Je weniger Menschen wissen, wo Sie sind, um so besser. Das ist der beste Schutz."

Er bog in ein Parkhaus ein und fuhr eine Etage höher, als notwendig.

„Darf ich bitten? Wir fahren mit einem anderen Auto weiter. Ein kleiner Escort-Service, wenn ich mir diesen Scherz erlauben darf", erklärte er mit einem ungeschickten Lächeln und öffnete die hintere Türe eines Escort, der seine besten Tage schon lange hinter sich hatte.

„Bitte setzten Sie sich auf die Rücksitzbank. Bis wir wieder auf der Straße sind wäre es gut, wenn Sie sich runterducken. Ich möchte nicht, dass er Sie erkennt, falls er uns gefolgt sein sollte."

Alles in mir wollte gegen diese Demütigung aufbegehren. Wer war ich denn eigentlich, dass ich, wie eine gewöhnliche kleine Verbrecherin, geduckt auf der Rücksitzbank eines heruntergekommenen Autos reisen musste? Es gelang mir, den Ärger herunter zu schlucken und mich brav zusammen zu kauern. Schon in der ersten Kurve bereute ich den Entschluss.

„Wenn Sie nicht wollen, dass ich Ihren heruntergekommen Wagen vollkotze, dann fahren Sie gefälligst langsamer!"

„Sorry Chefin"

„Und hören Sie auf, mich ‚Chefin' zu nennen. Ich habe einen Namen!"

„Sehr wohl Frau Weberlein."

Ich war mir nicht sicher, ob ich eine gewisse Heiterkeit in seiner Stimme gehört hatte. Gerade als ich mir die dritte Gedankennotiz des Tages machen wollte, kam die nächste Kurve, die nach meinem Gefühl nahezu in Schritttempo genommen wurde.

„Besser so?"

„Ja."

Diesmal war ich mir sicher. Der Mann machte sich über mich lustig. Normalerweise müsste ich ihn sofort auf die Straße setzen. Leider war ich aber im Moment viel zu abhängig davon, dass er seinen Job gut machte. Ich hasse es, von jemandem abhängig zu sein.

Einige Zeit nach Verlassen des Parkhauses gab er Entwarnung.

„Sie können jetzt hoch kommen."

„Wo bringen Sie mich denn hin?"

„In ein kleines Appartement, das gerade frei steht. Es gehört meinem Bruder. Der ist allerdings noch für zwei Wochen in Brasilien. Dort kommen Sie also ungestört unter. Ich habe Ihnen Lebensmittel in den Kofferraum gepackt. Damit kommen Sie die Zeit locker durch, ohne, dass Sie ein einziges Mal vor die Türe müssen."

„Und was ist mit Kleidung? Liegt die auch im Kofferraum?"

„Nein. Wenn ich Koffer aus ihrem Haus getragen hätte, wäre das Risiko zu groß gewesen, dass er etwas mitbekommt. Meine Schwester war so nett einige Stücke für Sie zu besorgen."

„Woher kennt die meine Größe?"

„Nach meinem Auge hat sie dieselbe Statue, wie Sie."

„Dann will ich mal hoffen, dass Ihr Auge Sie nicht getäuscht hat."

Als ich mich bequemer hinsetzen wollte, wurde ich wieder an die Kette zwischen meinen Beinen erinnert.

„Haben Sie auch einen Bolzenschneider besorgt?"

„Einen was?"

„Sie als Mann sollten eigentlich wissen, was das ist. Sie haben mich schon richtig verstanden. Und aus Ihrer Reaktion entnehme ich, dass Sie keinen besorgt haben. Fahren Sie also an einem Baumarkt vorbei. Eine Handstahlsäge können sie dann auch direkt besorgen."

Ich hielt ihm mein fast bewegungsunfähiges linkes Handgelenk vor die Nase.

„Der muss ab."

„Hab' ich auch schon gesehen. Keine Ahnung, was in dem Kopf von diesem Mann vor sich geht. Ich will das auch gar nicht wissen. Als Sie ihn eben als Psychopath bezeichnet haben, lagen Sie vermutlich ganz richtig. Ich kann nur hoffen, dass die Entscheidung, hier ohne Polizei zu arbeiten, richtig ist."

„Fangen Sie nicht schon wieder mit dieser Diskussion an. Besorgen Sie das Werkzeug, bringen Sie mich in die Wohnung und dann stürzen Sie sich in die Arbeit."

Die Wohnung des Bruders lag in einem Mehrfamilienhaus. Immer drei Wohnungen in einem Stockwerk. Links und rechts zwei große und in der Mitte eine kleine Wohnung. Der Bruder von Security-Maier hatte natürlich eine der kleinen Wohnungen. Die Besichtigung war schnell abgeschlossen. Was sollte man an einem Ein-Zimmer-Appartement im dritten Stock auch schon groß besichtigen? Die Küche bestand aus einem Kühlschrank, einem Zweiplatten-Herd und einem kleinen Waschbecken. Der Wohnraum wirkte mit Schrank, Bett und Tisch schon fast überfüllt. Das Bad hatte höchstens einen halben Quadratmeter zum Stehen. Der Rest war von Waschbecken, Dusche und Toilette belegt.

„Haben Sie eigentlich noch alle Tassen im Schrank? Glauben Sie im ernst, dass ich auch nur eine weitere Minute hier bleibe?"

Mein Begleiter hatte gerade das Werkzeug auf das Bett geworfen.

„Wieso? Ist doch alles sauber und gepflegt."

„Ich bin es gewohnt auf 200 Quadratmeter zu leben. Keller, Terrasse, Garten und Funktionsräume nicht mitgezählt. Das hier ist kaum größer als eine Briefmarke."

„Mehr Geld hat mein Bruder nicht. Ich kann Ihnen das hier nur anbieten. Als Versteck ist das ideal. Hier kommt er nicht an Sie heran. Wenn Sie sich aber unbedingt in Ihrer Villa aufhalten wollen, dann bringe ich sie selbstverständlich da hin."

Ich dachte einen Moment nach.

„Nein wir lassen es dabei. Der Sicherheitsaspekt überwiegt. Wir bleiben über Mail in Kontakt."

Noch während ich ihm die Antwort gab, öffnete ich die Wohnungstüre und winkte ihn in den Flur hinaus. Als Erstes nahm ich mir den Bolzenschneider und zerlegte die Kette zwischen meinen Beinen in ihre Einzelteile. Danach zog ich das Kleid hoch und setzte mich breitbeinig auf den einzigen Stuhl, der im Zimmer stand. Das Gefühl war einfach unbeschreiblich. Nachdem ich die volle Bewegungsfreiheit meiner Beine ausgiebig genossen hatte, nahm ich die Metallsäge und setzte sie an dem Armband an. Glücklicherweise war ich Rechtshänderin. Voller Elan fing ich an zu sägen. Aber schon nach wenigen Zügen rutschte ich ab und landete in meinem Handrücken. Auf der Suche nach einem Pflaster leckte ich das austretende Blut immer wieder ab. Schließlich nahm ich ein Handtuch und drückte es auf die Wunde. Dabei fiel mein Blick auf das Armband. An der Stelle, an der ich angesetzt hatte, konnte ich nur mit bestem Willen eine leichte Beschädigung feststellen.

Wie konnte das sein? Irgendwo in meinem Gedächtnis meldete sich eine Erinnerung daran, dass es Methoden gab, Metall so zu bearbeiten, dass es mit einer normalen Säge nicht zerstört werden konnte. Ich musste das später unbedingt googlen. Im Moment gab ich mich damit zufrieden, dass wenigsten meine Beine wieder über eine gewisse Freiheit verfügten. Als die Blutung aufhörte, packte ich meinen Laptop aus und fing an zu arbeiten.

Wie immer, wenn um mich herum Ruhe war, vergaß ich die Zeit. Erst am Nachmittag begannen die Störungen. Das Haus schien nur aus Pappwänden zu bestehen. In den Nachbarwohnungen kamen nach und nach die Kinder aus der Schule zurück und hatten nichts Besseres zu tun, als sich erstmal gründlich auszutoben. Gab es denn dafür keine Spielplätze? Nachdem die sich beruhigt hatten, gingen die Fernseher an. Zeitweise hatte ich den Eindruck, dass ich mindestens drei verschiedene Programme hören konnte. An Arbeiten war nicht mehr zu denken. Also wendete ich mich wieder der Demontage meines Armbandes zu. Diesmal setze ich die Säge vorsichtiger an. Meinen Handrücken schützte ich, indem ich die Hand mit meinem Bein fest unter die Tischplatte drückte. Falls ich jetzt abrutschen sollte, würde die Säge gegen die Tischkante schlagen. Mit der Zeit drückte ich immer stärker auf das Sägeblatt. Der Effekt an dem Armband war minimal. Als ich trotz aller Bemühungen noch immer keine Kerbe in das Band geschnitten hatte, schaute ich mir das Sägeblatt genauer an und musste feststellen, dass die feinen Zähne schon komplett abgenutzt waren. Ich rief Security-Maier an und befahl ihm, mir am nächsten Tag eine entsprechend angepasste Säge zu bringen. Nachdem ich noch schnell ein paar Scheiben Brot gegessen hatte, setzte ich mich wieder an den Rechner. Scheinbar waren die Kinder im Bett und die übrigen Familienmitglieder entweder in irgendeiner Kneipe oder halb schlafend vor dem Fernseher. Mir war es egal. Hauptsache, ich konnte arbeiten. Gegen Mitternacht klappte ich den Rechner zu und ließ mich ins Bett fallen.

Der Schlaf dauerte allerdings nicht lange. Mitten in der Nacht wachte ich durch lautes Stöhnen und rhythmisches Wackeln eines offenbar baufälligen Bettes auf. Wie konnte man denn mitten in der Nacht billigen Sex miteinander haben? Das Stöhnen ging in hohes Kreischen über. Ich suchte einen Besenstiel, um damit die Decke zu bearbeiten. Wie konnte man in so einer kleinen Wohnung überhaupt auch nur auf die Idee kommen? Zu zweit! Ohne jeden Platz! Je länger ich darüber nachdachte, umso heftiger stieß ich den Stiel gegen die Decke.

Erst als irgendjemand „Ruhe" schrie, merkte ich, dass das Gestöhne schon lange aufgehört hatte. Ich war die Einzige, die Krach machte. Egal. Die Leute, die in so einem Haus wohnen haben es nicht besser verdient. Kurz darauf war ich wieder eingeschlafen.

Am nächsten Morgen wurde ich durch ein rasselndes Geräusch geweckt. Ich hatte erst versucht, das Geräusch in meinen Traum einzuarbeiten. Als das nicht gelang, blieb mir nichts anderes übrig, als wach zu werden. Nachdem ich mich orientiert hatte und dabei vergeblich die Quelle des Geräusches gesucht hatte, kam ich zum Schluss, dass das vermutlich die Klingel war. Wahrscheinlich brachte mein Securitychef die angeforderte Säge. Ich drückte die Klinke zum Hausflur runter und war schlagartig hellwach. Ein völlig fremder Mann stand vor mir.

Offenbar war er genauso überrascht wie ich selber. Hätte ich ihn mit nur einem Wort beschreiben sollen, dann hätte ich vermutlich ‚Gigolo' gesagt. Die schwarzen Haare waren in leichter Welle mit viel Gel zurückgekämmt. Das Hemd war mehr auf- als zugeknöpft und gab die Sicht auf eine rasierte, glatte, braungebrannte Brust mit Goldkette frei. Was ich sah, gefiel mir außerordentlich gut.

Gleichzeitig ließ der Gigolo seinen Blick über mich wandern. Erst als ich das bemerkte, wurde mir klar, dass ich noch immer das Kleid von gestern trug. Mein gesamter Schmuck war frei sichtbar. Offensichtlich gefiel ihm mein Anblick, denn er packte eine seiner Hände in die Hosentasche, um sein vorwitziges drittes Beinchen neu zu positionieren.

„Was wollen Sie und wer sind Sie?" Immerhin war es mir als Erste gelungen, die Stimme wieder zu erlangen.

„Ich wohne über Ihnen."

Das also war der Typ, der mitten in der Nacht nichts anderes zu tun hatte, als rumzuvögeln.

„Und?"

„Naja, ich wollte mich entschuldigen. Ich hatte keine Ahnung, dass Sie hier wohnen. Sonst wären wir nicht so laut gewesen."

„Hätten sie ihrer Freundin dann einen Knebel in den Mund gesteckt oder was?"

„Wenn ich den Schmuck, den Sie so tragen anschaue, dann kann ich nur sagen, dass Sie ein ganz schön freches Mundwerk haben. Das gefällt mir."

„Wie bitte?" Ich wusste selber nicht, weshalb ich ihm die Antwort lächelnd gab. Er spielte doch genau auf die Sklavenrolle an, die ich um alles in der Welt sofort wieder loswerden wollte.

„Lust auf einen Kaffee?" wollte er wissen. „Ich habe auch frische Brötchen da."

„Und was ist mit Ihrer Freundin?"

„Die ist schon weg."

Ich wusste sehr genau, dass ich den Vorschlag keinesfalls annehmen durfte. Aber aus irgendeinem Grund hörte ich nicht auf meine innere Stimme.

„Ich komme gerade aus dem Bett. Ich muss zumindest duschen und mir etwas anderes anziehen."

„Dafür ist danach immer noch Zeit." Gleichzeitig wies er mit einer ausschweifenden Handbewegung zur Treppe ins nächste Stockwerk. Ich wusste noch immer nicht warum, aber meine Gegenwehr war nicht existent. Ich nahm den Schlüssel vom Haken, zog die Türe hinter mir zu und ging ihm barfuss hinterher. Oben angekommen, sah ich statt der drei erwarteten Türen nur eine Türe. Er bat mich mit einer einladenden Geste herein.

Ein Blick reichte mir, um mich davon zu überzeugen, dass er die gesamte Etage bewohnte. Er führte mich in eine geräumige Küche. Der Tisch war bereits für zwei Personen gedeckt.

„Entschuldigen Sie bitte meine Unhöflichkeit. Mein Name ist Jacque."

Er rückte mir einen Stuhl zurück und schob ihn, als ich mich setzte, geschickt zurecht.

„Kaffee? Espresso? Oder vielleicht einen Latte?"

„Einen Latte bitte."

Ich fühlte mich automatisch wie in einem Restaurant. Dann allerdings fiel mein Blick auf die Bilder an der Wand. Sie zeigten verschiedene Frauen. Alle waren nackt und lächelten in verschiedensten Posen in die Kamera. Das alleine hätte ich schon unüblich gefunden. Dass die Frauen aber ausnahmslos so gefesselt waren, dass sie sich vermutlich kaum noch bewegen konnten, erwischte mich völlig unvorbereitet. Einen kleinen Moment hatte ich keine Kontrolle über meinen Unterkiefer.

Er folgte meinem Blick. Als er mich wieder anschaute, sah ich in seinem Gesicht echtes Erstaunen.

„Ich hätte jetzt nicht erwartet, dass diese Bilder so überraschend für Sie sind."

Ich schaute ihn nur fragend an.

„Sie tragen einen Haufen Schmuck, den jemand an Ihrem Körper befestigt hat. Normalerweise würde ich nicht erwarten, dass Fesselungen auf der Grundlage gegenseitigen Vertrauens etwas Neues für Sie sind."

Nochmals ließ er seinen Blick über meinen Oberkörper schweifen. Seine Augen blieben am Nasenring, meinen Armbändern und dem Ring der O hängen. Ich schaffte es gerade noch den Impuls zu unterdrücken irgendetwas davon zu verdecken. Mir war klar, dass ich mich jetzt entscheiden musste, was ich ihm erzählen wollte. Die Wahrheit oder eine Geschichte, die zu meinem Schmuck passen würde und für jemanden mit solchen Wanddekorationen nicht außergewöhnlich sein würde.

„Okay. Ich war einfach überrascht. Ich bin gestern erst in die Wohnung gezogen und werde auch nur für ein paar Tage bleiben. Dass jemand wie… du über mir wohnen würde, hatte ich nun wirklich nicht erwartet." Bei dem ‚du' musste ich mir einen kleinen Schubser geben. Aber ein ‚Sie' hätte einfach nicht gepasst. „Mein Name ist übrigens Sabienne. Wir haben wohl beide einen französischen Touch."

„Bei mir allerdings ohne die dazugehörigen Sprachkenntnisse. Schöner Name. Ich kenne nur den deutschen Namen Sabine. Sabienne habe ich noch nie gehört. Klingt sehr schön."

„Danke", gab ich lächelnd zurück. Hauptsache, er würde nicht auf die Idee kommen, mich Bienchen zu nennen.

„Und wie kommt es, dass du für ein paar Tage in unserer schönen Stadt bist?"

„Ich war wohl etwas ungehorsam."

„Und jetzt will dein Meister, dass du ein paar Tage ohne seine Zuwendung auskommen sollst?"

„Könnte man so sagen. Ja. Er hat im Moment auch andere Sachen zu tun."

„Macht ihr das öfter so?"

„Nein ist das erste Mal."

„Na dann… Viel Spaß in den paar Tagen Freiheit, die er dir gönnt. Auch wenn dein Schmuck natürlich gewisse Einschränkungen mit sich bringt."

„Man gewöhnt sich dran" Ich musste mir selber gratulieren, wie cool ich das raus brachte.

Er servierte mir den inzwischen fertig zubereiteten Latte Macchiato.

„Ich hoffe, er schmeckt dir." Mit einer entsprechenden Geste lud er mich ein, mich am reichhaltig gedeckten Frühstückstisch zu bedienen. Ich konnte nicht verhindern, dass mein Blick immer wieder zu den Bildern wanderte.

„Mir scheint, die Fotos gefallen dir?"

„Hast du die alle selber gemacht?"

„Aber selbstverständlich", fast klang ein beleidigter Unterton durch. „Ich hänge mir doch keine fremden Künstler an die Wand."

„Sieht gut aus." Ich musste noch nicht einmal lügen. Die Modelle waren gut ausgeleuchtet. Die Körper kamen gut zur Geltung. Und die Modelle hatten einfach auch ideale Körper.

„Lass uns jetzt nicht den ganzen Tag von den Fotos reden. Sonst fange ich noch an, davon zu träumen, dass ich dich demnächst auch irgendwo an der Wand hängen habe. Was hast du denn heute so vor? Vielleicht kann ich dir ja etwas von unserer schönen Stadt zeigen. Oder musst du in der Wohnung hocken?"

„Du meinst, dass mir nicht erlaubt ist die Wohnung zu verlassen?"

Als er nickte, erklärte ich ihm, dass so etwas meiner Meinung nach eher Kinderkram sei. „Schließlich bin ich immer noch eine erwachsene Frau."

„Also abgemacht", erklärte er mir mit echter Freude. „Ich zeige dir die Stadt. Du bist mein Gast."

Mit wenigen Handgriffen zauberte er eine Flasche Sekt mit den dazugehörigen Gläsern auf den Tisch. Er sah mir fragend in die Augen und schenkte dann ein.

„Auf ein paar schöne Stunden in unserer Stadt?"

„Nur ein paar Stunden?" gab ich fragend zurück. Mir wurde immer klarer, weshalb ich alle Vorsicht vergessen hatte. Der Mann war das Idealbild meines Beuteschemas. Ich hätte ihn mir nicht besser erträumen können. Mir war das passiert, wovon ich bisher nur gelesen oder gehört hatte. Der kitschige Pfeil des Amors hatte mein Herz geradezu durchlöchert.

Als wir das Frühstück offiziell beendeten, war der Vormittag bereits weit fortgeschritten.

„Ich schlage vor, du springst schnell unter die Dusche und dann machen wir uns in die Stadt auf?"

Auch wenn er es als Frage formuliert hatte, dachte ich keine Sekunde darüber nach, ob das überhaupt in meinen Tag passen würde. Eigentlich sollte ich schon lange an meinem Laptop sitzen und die Geschäfte meiner Firma kontrollieren. Stattdessen nickte ich ihm lächelnd zu, bat ihn um eine halbe Stunde und verschwand eine Etage tiefer in meine Wohnung.

Nach dem Duschen stellte ich fest, dass die Schwester meines Securitychefs eine kleine Ausstattung an Kosmetika ins Bad gestellt hatte. Für die Grundlagen reichte es. Ein Blick auf die Uhr verriet mir, dass ich noch knapp zehn Minuten Zeit hatte. Ich öffnete den Koffer und warf alles aufs Bett. Die Unterwäsche bestand aus einer Auswahl Stringtangas und dazu passenden, mehr dekorativen als funktionellen BHs.

Bei der Bekleidung war der Geschmack der Schwester allerdings so gar nicht deckungsgleich mit meinem. Die Oberteile waren alle sehr eng geschnitten und reichten mal gerade über den Bauchnabel. Hosen waren Fehlanzeige. Ich hatte drei Röcke zur Auswahl. Alle endeten bereits auf Oberschenkelmitte. Damit war es fast nicht möglich meine Oberschenkelbänder zu verstecken. Es gab dann noch eine kleine Auswahl halterloser Strümpfe und zwei Paar Stiefel mit kurzem Schaft und glücklicherweise sehr moderaten Absätzen. Hohe Absätze waren zwar kein Problem für mich, aber fürs Shoppen wirklich nicht geeignet. Ich griff mir ein paar Teile und zog mich an. Das Letzte, was ich wollte, war ein wartender Traummann. Einen Blick in den Spiegel konnte ich mir nicht gönnen, da es schlichtweg keinen entsprechenden Spiegel gab. Pünktlich auf die Sekunde öffnete ich die Türe und hätte mich vor Freude fast in Jacques Arme geschmissen.

Sein erster Blick sagte mir einfach alles. Ich fand mich in der Defensive wieder. Eine Rolle, die ich bisher immer erfolgreich und energisch umgehen konnte.

„Ich weiß. Aber die Klamotten, die er mir erlaubt hat, hätten schlimmer sein können."

Während er mich in die Tiefgarage führte, entschuldigte er sich „Ist doch klar, dass du nicht unbedingt selber über deine Garderobe entscheiden darfst. Ich hätte darauf vorbereitet sein sollen. Die Farben und Schnitte passen einfach nicht zueinander. Männer haben da manchmal einen sehr bedenklichen Geschmack. Dafür kommen deine Oberschenkelbänder jetzt sehr schön zur Geltung. Ich mag das, wenn solch ein Schmuck nur halb verdeckt ist. Manchmal sieht man ihn, manchmal sieht man ihn nicht."

Lächelnd öffnete er mir die Türe zu seinem A8.

„Ich schlage vor, dass wir erstmal einen kleinen Shoppingrundgang machen, an dessen Ende du neue Kleidung tragen wirst."

Das Kribbeln in meinem Bauch wurde zu einer permanenten Begleiterscheinung. Natürlich war ich einverstanden. Nach einer Stunde hatten wir die ersten Einkäufe bereits erledigt. Ich trug jetzt schwarze Kleidung. Von meiner transparenten Bluse waren nur die Ärmel zu sehen. Der Rest wurde von einem oberschenkellangen, ärmellosen Kleid verdeckt, das meinen Hals durch einen hohen engen Kragen komplett einschloss. Ab der Taille bauschte der Stoff dezent in mehreren Lagen auf. Der Kragen saß bei der ersten Anprobe wegen der Bluse schlecht. Jacque hatte die Verkäuferin einfach um eine Schere gebeten und den Blusenkragen, von meinem Gekicher begleitet, abgeschnitten. Ich trug jetzt doch etwas höhere Absätze. Als er mir die Stiefel zur Anprobe hin hielt, konnte ich ihm einfach nicht sagen, dass die Absatzhöhe für einen Bummel durch die Stadt nicht wirklich geeignet war. Die Lücke zwischen dem Kleid und dem kniehohen Schaft der Stiefel wollte ich erst mit schwarzen Strümpfen schließen. Schließlich fand er allerdings einen wadenlangen engen Rock, dessen Material sich bei jedem meiner Schritte willig dehnte. Mit klarem Kopf hätte ich ihn in der Einschätzung bezüglich des manchmal etwas seltsamen männlichen Geschmacks in Bekleidungsfragen bestätigt. Ich hatte aber keinen klaren Kopf. Also waren die Sachen einfach nur super.

Seinen Vorschlag, in einer der großen Drogerieläden kurzfristig eine Stylingberatung zu buchen endete mit schwarzen Lippen und dazu passend dunkel umschatteten Augen. Ich bewegte mich die ganze Zeit wie auf einer Wolke. Zwar nahm ich noch war, dass die ganze Situation komplett irreal war, aber es war einfach zu schön, um mich dagegen zu wehren. Er führte mich mit perfektem Benehmen zum Essen aus. Zwar hätte ich nach dem ausgiebigen Frühstück auch darauf verzichten können, aber ein kleiner Salat war trotzdem in Ordnung.

„Du siehst perfekt aus. Wenn es dir Spaß macht, würde ich dir gerne noch andere Kleidung schenken. Zumindest, wenn ich dir nicht zu langweilig bin."

Ich sah echte Sorge in seinem Blick.

„Nein!" schoss es aus meinem Mund. Wie konnte ich mich nur so die Blöße geben? Ich zwang mich zu einem Atemzug, bevor ich den Satz fortsetzte. „Ich fühle mich wohl in deiner Gesellschaft. Wäre super, wenn wir auch den Rest des Tages miteinander verbringen würden." Und die

Nacht und den nächsten Tag und immer so weiter, fügte ich in Gedanken hinzu.

Ich wurde mit einem erleichterten Lächeln belohnt. Hatte er sich tatsächlich Gedanken darüber gemacht, ob ich auch den Rest des Tages mit ihm verbringen wollte? Scheinbar war ich nicht alleine mit meinen Gefühlen. Ich hätte vor Freude schreien können.

Bald stellte ich fest, dass er ein Freund von festen Kombinationen war. Da ich dunkel geschminkt war, bestand er darauf, ausschließlich schwarze Kleidung zu besorgen. Nachdem wir das dritte Outfit zum Auto gebracht hatten, wagte ich den Versuch, ihn zu etwas mehr Farbe zu überreden.

„So ein knalliges Rot in Kombination mit Schwarz ist doch auch sehr gut tragbar, oder?"

Ich schaute ihn abwartend an. Sollte er sich nicht darauf einlassen, hatte ich nichts dagegen den restlichen Tag nur noch schwarze Kleidung anzuprobieren. Alleine die Art, wie er die Kleidung beim Aussuchen durch seine Hände gleiten ließ, war mir Grund genug.

„Du hast recht. Wie konnte ich nur auf die Idee kommen, dir ausschließlich schwarz zu empfehlen. Ich weiß schon genau, in welchen Laden wir gehen. Die Kombinationen werden dir mit Sicherheit gefallen."

Die Ladeninhaberin begrüßte Jacque mit Küsschen links und Küsschen rechts. Danach glitt ihr Blick über mich.

„Was haben wir denn da? Du bist ja ein echter Hingucker. Mein Respekt."

An Jacque gewandt fragte sie „An was hast du gedacht?"

Ich wusste einen Moment lang nicht so richtig, was ich davon halten sollte. Zwar hatte ich auch in all den anderen Läden die Auswahl komplett in seine Hände gelegt, aber jetzt standen wir in einem Geschäft, das schon über den besonderen Geruch verriet, dass hier viel Lack und Latex über den Ladentisch ging. Ich war mir nicht sicher, ob das dann doch ein bisschen zu viel des Guten sein könnte.

„Sabienne möchte etwas in Rot und Schwarz kombinieren. Ich bin mir sicher, dass du da einiges zeigen kannst Donna."

Wie wunderbar weich das klang, wenn er ‚Sabienne' sagte…

An mich gewandt fügte er hinzu „Wir machen es diesmal anders. Ich setzte mich einfach dort in den Sessel und überlasse euch beiden die Lust der Wahl"

Dadurch hatte er mir ein Mitspracherecht gegeben, das mich bei der hier angebotenen Auswahl vor ein erhebliches Problem stellte. Mir war überhaupt nicht klar, was ich hier eigentlich anziehen wollte. Da einfaches Rausgehen keine Option war, weil ich damit riskiert hätte, dass der wunderbare Nachmittag schlagartig beendet sein konnte, musste ich mir etwas einfallen lassen. Mir kam eines der Fotos, die ich im Schaufenster gesehen hatte, wieder in den Sinn.

„Was genau am Ende dabei herauskommt, weiß ich noch nicht. Ich würde gerne mit einer Corsage anfangen. Schwarz mit roten Nähten oder andersrum."

„Na das ist mal ein Start. Dann geh mal hinten in die Kabine und zieh bis auf den Slip und meinetwegen die Schuhe alles aus."

Jetzt hatte ich es in Gang gebracht und musste mich überraschen lassen, wo es hin führen würde. In der Kabine hing ich alles auf den Haken und trat dann zögerlich in den Laden.

Donna sah mich abschätzend an „Bist du jetzt irgendwie schüchtern oder was? Wenn du eine Corsage willst, musst schon zu mir kommen. Oder bist du eine von den Künstlerinnen, die sich so ein Teil selber anziehen können?"

Natürlich war ich das nicht. Ich hatte mal etwas engere Teile angehabt. Die waren allerdings letztlich trotzdem gut dehnbar und wurden mit einer einfachen Schließleiste verschlossen. Das Teil, das Donna in der Hand hielt, hätte ich allerdings niemals als Corsage, sondern eher als ein ausgewachsenes Korsett bezeichnet. Ich schaute kurz zu Jacque, dessen Gesichtsausdruck nichts anderes als die pure Vorfreude widerspiegelte. Also ließ ich den Rest meiner Hemmungen fallen, ging lächelnd zu Donna, hob die Arme und ließ mich einschnüren. Ich hatte immer mal davon gelesen, dass irgendwann der Punkt kommen würde, an dem man glaubt, dass es nicht mehr weiter gehen konnte. Nach der dritten Schnürungsrunde war es so weit.

„Ich denke, dass das jetzt eng genug ist." Ich befühlte meinen flachen Bauch. Die Finger glitten dabei im Wechsel über die Verzierungen und das glatte Material.

„Eine Runde musst du schon noch durchhalten. Wenn die Schnüre nicht komplett geschlossen sind, sieht das einfach nicht aus. Glaub mir."

Donna ging zu einem Schalter an der Wand und ließ eine Stange von der Decke herunter.

„Aber es gibt Hilfen für solche Fälle. Pack einfach mit beiden Händen an die Stange und halt dich gut fest. Dadurch geht der Druck an deinem Bauch weg."

Ich stand die ganze Zeit mit meinem Gesicht zu Jacque. Ich musste also keinen fragenden Blick losschicken, um zu erfahren, ob er das Korsett komplett geschlossen sehen wollte. Tatsächlich ging der Druck zurück, als ich mich richtig hängen ließ. Als Donna dann den letzten Durchgang beendet hatte und mir verkündete, dass ich jetzt loslassen könne, bekam der mittlere Teil meines Körpers nichts davon mit. Der Bauch war komplett bewegungslos. Selbst die Atmung ging nur noch sehr flach. Meine Brüste waren in dem oberen Teil des Korsetts gerade so gut aufgehoben, dass ich keine Angst haben musste, dass sie beim Atmen herausspringen würden.

„Das erste Mal?", wollte Donna wissen.

Da die Frage in einem Unterton gestellt war, der die Antwort ‚nein' ohnehin nicht zuließ, gab ich zu, dass ich bisher noch keine Erfahrung damit hatte.

„Hab ich mir schon gedacht. Aber irgendwann ist immer mal das erste Mal. Und schau mal in den Spiegel!" Sie zeigte zur Seite. „Du siehst fantastisch aus."

Eigentlich eher, wie ein Fetischmodell ging mir durch den Kopf. Aber immerhin eins von der wirklich guten Sorte. Ich rückte meinen Stringtanga zurecht. Irgendwie passte der nicht zu dem Korsett.

„So ein kleiner Tanga in allen Ehren", bestätigte Donna meinen Gedankengang „aber da haben wir etwas in passenderem Material für dich."

Ohne eine Bestätigung abzuwarten, nahm sie einen Latextanga vom Bügel und hielt ihn mir hin. Als ich ihn nehmen wollte, um damit in die Umkleidekabine zu gehen, zog Donna die Hand wieder zurück.

„Du kannst dich auch direkt hier umziehen. Wir wissen alle, wie eine Frau aussieht. Also keine falsche Scham. Runter mit dem Ding."

Ich verkniff mir den Blick zu Jacque. Der hätte ohnehin nur bestätigend genickt. Ich ließ also meinen String fallen – was durch die Bewegungseinschränkung, die das Korsett verursachte, gar nicht so einfach war - und wollte den angebotenen neuen Tanga anziehen. Als ich aber die Hand danach ausstreckte, sah ich Donnas schockierten Blick. Ich blickte, soweit das Korsett es zu ließ, an mir herunter und konnte nichts Ungewöhnliches feststellen.

„Was ist?"

Statt einer Antwort schaute Donna kurz zu Jacque. Als dieser nickte, nahm sie mich an der Hand und führte mich in ein Hinterzimmer. Dort stand eine schmale Liege, auf die sie mich dirigierte.

„Wie kannst du nur mit so einer Bewaldung durch die Welt laufen? Das sieht ja furchtbar aus. Ich kann gar nicht verstehen, dass man dir das noch nicht verboten hat."

Donna sah, während sie einen kleinen Plastiktopf in die Mikrowelle stellte, erwartungsvoll zu mir. Scheinbar sollte ich mich jetzt dafür rechtfertigen, dass ich mich nur ab und zu und dann auch nur ganz außen rasierte.

„Hat bisher noch keiner von mir gefordert. Ganz einfach."

„Dann kennst du Jacque wohl noch nicht besonders lange?"

„Nein? Wieso?"

„Weil er das noch weniger ab kann als ich. Und das soll schon was heißen. Aber das ist alles nicht so schlimm. Ich habe ja immer etwas für die Notfallbehandlung vorrätig."

Mit dem Pling der Mikrowelle nahm sie das Töpfchen heraus und testete mit einem Holzspatel kurz die Temperatur auf ihrem Handrücken.

„Perfekt. So, du bleibst hier einfach ganz entspannt liegen. Ich trage das Wachs auf und dann heißt es kurz mal die Zähne zusammenbeißen. Alles klar?"

Mir war gar nicht danach, dass alles klar war, aber bevor ich überhaupt ernsthaft über ein ‚Nein' nachdenken konnte, merkte ich schon den warmen Wachs zwischen meinen Beinen.

„Schön weit auseinander halten. So ein Glück, dass du im Moment keine Kette zwischen deinen Oberschenkeln hast."

Kurz danach stellte sie das Töpfchen weg und griff nach kleinen papierähnlichen Tüchern. Nachdem sie das erste Tuch angedrückt hatte, spannte sie ein wenig die Haut an meinem Bein und riss ohne Vorwarnung das Tuch mit dem Wachs und den darunter liegenden Haaren weg.

„Autsch!"

Donna schaute mir lächelnd in die Augen.

„Der Schmerz ist doch nur ganz kurz. Stell dich mal nicht so an."

Danach wandte sie sich dem restlichen Wachs zu. Sie arbeitete schnell und routiniert und nach kaum einer Minute war alles vorbei. Automatisch griff ich mir zwischen die Beine und war überrascht von dem angenehm glatten Gefühl, dass meine nackte Haut jetzt vermittelte. Donna sah mir breit grinsend dabei zu.

„Einfach nur geil oder?"

Ich musste nicken. Donna hatte recht. Nachdem die letzten Reste noch mit heißem Wasser und einem Lappen weggewischt waren, zog Donna mir den Latexslip über und nahm mich dann wieder mit in den Verkaufsraum. Ohne, dass Jacque mich dazu aufgefordert hätte, schob ich kurz den Tanga runter und gewährte ihm einen Blick auf meine glatte Haut. Als er mit echter Freude im Gesicht nickte, wusste ich, dass meine Entscheidung dies machen zu lassen, richtig gewesen war. Auch wenn ich durch die Überrumpelung eigentlich gar keine Gelegenheit hatte, mich anders zu entscheiden.

„So! Wie machen wir weiter?" Donna riss mich aus meinen Gedanken. „Willst du komplett auf sexy gehen oder soll es noch öffentlichkeitstauglich sein?"

„Wir haben noch einiges vor. Ich würde die letztere Variante vorschlagen", gab Jacque die Antwort.

„Okay, dann setz dich mal da hin Sabienne. Schuhgröße?"

„38"

Kurze Zeit später kam Donna mit ewig langen Stiefeln auf dem Arm zurück. Die Stiefel hatten Plateau und einen dazu passenden hohen aber auch breiten Absatz. Ungefragt streckte ich meine Beine aus. Zusätzlich zu der Schnürung hatten die Stiefel einen verdeckten Reißverschluss. Auf die Weise waren sie schnell angezogen. Sie reichten exakt bis zu meinen Schenkelbändern. Bevor ich es realisierte, befestigte Donna die Zipper der Reizverschlüsse mit kleinen Schlössern an den Ösen der Schenkelbänder.

„Was gibt das denn jetzt? Unter öffentlichkeitstauglich verstehe ich etwas anderes."

Donna schaute lachend zu mir auf.

„Warte doch mal ab. Wenn dir das am Ende nicht gefällt, kann ich die auch wieder abnehmen. Jacque jedenfalls gefällt es. Das kann ich von hier aus erkennen."

Tatsächlich schien er wieder Schwierigkeiten mit dem Sitz seiner Hose zu haben. Da ich nach wie vor in meiner Traumwelt der frischen Verliebtheit schwebte, war die Entscheidung mit den Schlössern damit gefallen. Zu meiner eigenen Überraschung ermunterte ich Donna sogar noch dazu indem ich ihr sagte, dass alles okay sei, solange es Jacque gefallen würde.

Als nächstes holte Donna eine Lederhose. Die Hose war seitlich geschnürt, hatte aber, so wie die Stiefel, zusätzlich einen Reizverschluss, der fast bis zum Knie hoch reichte. Auf diese Weise konnte ich die Hose trotz der Stiefel problemlos anziehen. Oder genauer gesagt: Ich konnte mir die Hose schnell anziehen lassen, da ich durch das Korsett so stark eingeschränkt war, dass ich mich gar nicht weit genug herunterbeugen konnte.

Die Hose saß oberhalb der Knie relativ eng, aber weit genug, damit die beiden Schlösser sich nicht abdrücken konnten. Unterhalb der Knie saß die Hose in leichten, gewollten Falten, war aber trotzdem röhrenförmig geschnitten. Ein Blick in den Spiegel zeigte mir, dass das Teil hervorragend aussah.

„Die bleibt schon mal an", verkündete ich. „So was Cooles habe ich schon lange nicht mehr an gehabt."

Ich drehte mich vor dem Spiegel und schaute zu Jacque rüber, der mir mit erhobenem Daumen seine Zustimmung signalisierte.

Abwartend stand Donna mit einer schwarzen Lederjacke neben mir. Die Jacke war wie eine Motorradjacke geschnitten. Auf dem Rücken hatte sie eine aufwendige Nietenverzierung. Ich registrierte mit Freude, dass die Jacke lange Ärmel hatte. Die Bänder an meinen Oberarmen würden also endlich nicht mehr zu sehen sein. Ich ließ mir hinein helfen. Der Kragen war leicht aufgestellt. Ich wirkte, als ich mich im Spiegel betrachtete, wie eine Rockerbraut. Da die Jacke noch nicht geschlossen war, konnte man mein komplettes Korsett sehen. Das tiefe Rot mit den schwarz abgesetzten Nähten sah zwar klasse aus, aber in der Öffentlichkeit würde ich die Jacke wohl eher schließen.

Donna war einen Schritt zurückgetreten.

„Ich sehe, es gefällt dir?"

„Ja. Echt super."

„Dann warte mal ab. Es fehlen noch ein paar kleine Details."

Donna machte sich an einem der Ärmel zu schaffen. Offenbar gab es dort einen Reißverschluss, den sie nun öffnete. Ich sah ihr dabei zu, wie sie eine Kette durch die Öse meines Oberarmbandes zog und dann mit einem Schloss sicherte. Die Kette war nicht eng. Sie hing locker um den Arm herum und wirkte fast so, als ob sie an der Schulterklappe befestigt wäre.

„Damit du nicht auf die Idee kommst, die Jacke auszuziehen und dann irgendwo liegen zu lassen", verkündete Donna lächelnd. Danach zog sie den kleinen Reißverschluss wieder so weit herunter, dass man kaum noch erkennen konnte, dass die Kette nicht an, sondern unter der Jacke befestigt war.

Ein Blick zu Jacque zeigte mir, dass im Moment alles bestens lief. Er saß zwar noch immer brav in seinem Sessel, aber sein Gesicht sprach Bände. Was er sah gefiel ihm und damit gefiel es auch mir. Ich blickte zu Donna. „Fertig?"

„Eigentlich bist du damit fertig."

„Was meinst du mit eigentlich?"

„Wenn du Lust hast, möchte ich dir noch ein kleines Geschenk machen."

„Wird es Jacque gefallen?"

„Mit Sicherheit", verkündete Donna.

„Dann freue ich mich."

„Okay. Dann komm noch mal kurz mit nach hinten."

Ich setzte mich auf die Liege. Danach nahm Donna mir den dicken Perlenohrring aus dem Ohrläppchen.

„Du hast nur die beiden klassischen Ohrlöcher. Die beiden Stecker mit der dicken Perle gefallen mir sehr gut. Ich finde nur, dass die so, wie du die trägst, ein bisschen bieder aussehen."

Während sie mir das erklärte, desinfizierte sie mein Ohr.

„Tut weniger weh als das Wachsen von eben."

Ich spürte der Reihe nach drei Stiche im Ohr. Nach jedem Stich fummelte Donna noch ein bisschen herum. Danach stach sie mir noch ein weiteres Loch in dem anderen Ohr.

„Wenn das Loch verheilt ist, packst du den zweiten Perlenstecker da rein. Ich verspreche dir: Das ist der Hingucker schlechthin. In den ganzen neuen Piercings hast du jetzt erstmal Ringe, damit das in Ruhe ausheilen kann. Jetzt packe ich dir noch einen etwas größeren Ring in das alte Loch und dann haben wir es schon geschafft."

Ich merkte, wie Donna den Ring in das Loch fummelte. Sie zog dabei etwas an dem Ohrläppchen, was eigentlich unnötig war, weil das Loch schließlich schon etliche Jahre alt war, ohne dass ich jemals Probleme damit gehabt hatte. Ich ließ Donna einfach gewähren. Hauptsache, es würde Jacque gefallen. Endlich hatte Donna den Ring durch. Als sie ihn geschlossen hatte, merkte ich, dass irgendetwas Kettenartiges von dem Ring herunterbaumelte. Bevor ich mir darüber Gedanken machen konnte, hakte Donna das andere Ende in den Nasenring ein.

„Fertig. Willst du mal im Spiegel schauen?"

„Klar."

Ich trug jetzt tatsächlich eine silbrig glänzende Kette, die meinen Nasenring mit dem untersten Ohrring verband. Die Kette hing locker durch, so wie ich es schon mehrfach auf Fotos von indischen Hochzeiten gesehen hatte. Als mein Blick zu dem neuen Ring in meinem Ohrläppchen glitt, verstand ich auch, weshalb Donna solche Schwierigkeiten hatte, den Ring einzusetzen. Der Ring war von seinem Umfang her nicht übermäßig groß. Sonst hätte die Kette nicht vernünftig gesessen. Er war allerdings aus ziemlich dickem Material gefertigt. Vermutlich war mein altes Ohrloch jetzt bis an den Rand seiner Dehnungsfähigkeit belastet. Wenn ich den Ring noch lange behalten würde, dann würde das Loch sich nicht mehr zurückentwickeln. Die anderen Ringe waren von ähnlicher Stärke. Vermutlich hatte Donna direkt eine entsprechend dicke Hohlnadel verwendet. Nur der Ring auf der anderen Seite, der den Platz für den Perlenstecker freihalten sollte, war von kleineren Abmessungen. Sonst würde der Stecker auch nicht vernünftig sitzen.

Als ich mich Jacque präsentierte, wusste ich, dass Donna wieder einmal genau das Richtige mit mir gemacht hatte. Ich bedankte mich bei ihr und bewegte mich langsam zur Tür.

„Was ist mit den Sachen mit denen ich hier angekommen bin?"

Jacque hob eine Einkaufstüte hoch.

„Alles verpackt. Wir können."

Nachdem nochmals ausgiebig Küsschen verteilt worden waren, hielt Donna uns die Türe auf. Die Hose und mein ganzes Outfit gaben mir das Gefühl der Stärke. Am liebsten wäre ich mit großen sicheren Schritten durch die Straße gelaufen. Ich hielt mich aber zurück, da ich nicht das geringste Interesse hatte, irgendetwas zu tun, was Jacque eventuell nicht gefallen hätte.

„Ich sehe, du kommst mit den Stiefeln gut klar"

„Natürlich. Ich trage in meinem Job oft hohe Schuhe mit wesentlich dünneren Absätzen. Dagegen sind diese Absätze hier fast wie Gesundheitsschuhe."

„Freut mich zu hören. Schließlich haben wir noch einiges vor."

Ich hakte mich bei ihm ein und schmiegte mich an ihn. Meine Glücksgefühle schossen zum x-ten Mal an diesem Tag über.

„Was immer du willst. Wenn es dir Spaß macht, dann macht es mir noch dreimal so viel Spaß."

Eigentlich war ich in der Stadt, in der ich schon seit Jahren lebte. Jetzt an der Seite von Jacque stellte ich aber fest, dass ich noch nie mit Ruhe in den Einkaufszonen gewesen war. Ich hatte mich immer zu Hause beraten lassen. Exklusivität war das höchste Ziel. Damit verbot sich von selber, dass ich, wie das gewöhnliche Volk in der Stadt herum lief. Erst jetzt merkte ich, was ich damit alles verpasst hatte.

„Wo wollen wir denn jetzt noch hin?"

„Bist du irgendwie neugierig oder so?"

„Ja bin ich." Fast hätte ich ihm die Antwort mit einer quengelnden Mädchenstimme gegeben.

„Was hältst du von einem kleinen Überraschungsspiel?"

Ich umfasste seinen Arm noch fester.

„Immer. Ich bin dabei."

Er griff in seine Tasche und zog eine modische große Sonnenbrille heraus.

„Wie findest du die?"

„Wenn die nicht zu meinem Outfit passt, dann weiß ich auch nicht."

Er reichte sie mir. „Sehe ich genau so. Dann kannst du die ja auch aufziehen."

Als ich die Brille auf der Nase hatte, merkte ich, dass die Gläser nicht nur von außen schwarz waren, was für Sonnenbrillen ja nicht unüblich ist, sondern auch von innen.

„Ich kann nichts mehr sehen."

Statt die Brille aber wieder abzunehmen, suchte und fand ich seinen Arm und schmiegte mich wieder an ihn.

„Ich bin ganz auf deine Führung angewiesen."

„Du kannst dich auf mich verlassen. Du musst mir aber versprechen, dass du die Brille nicht abziehst, bevor ich es dir erlaube. Und komm nicht auf die Idee zu fragen. Wenn die Zeit gekommen ist, dann werde ich es dir sagen."

„Alles klar Jacque. Ich vertraue mich dir ganz und gar an."

Durch den langen Aufenthalt bei Donna war es bereits Nachmittag geworden.

„Können wir mal kurz anhalten? Ich möchte mir die Jacke zu machen. Es wird ein bisschen kühl."

„Wir können gerne anhalten, aber das mit der Jacke wird nicht funktionieren. Der Reißverschluss ist nur Attrappe. Wir sind aber auch in ein paar Minuten da."

„Wieso ist der nur Attrappe? Das ist doch letztlich eine Motorradjacke."

„Aber in so einem Laden kauft man keine Motorradbekleidung. Wenn du da etwas kaufst, dann ist das entweder komplett abschließbar oder eben komplett unabschließbar. Das sollte dir aber eigentlich klar sein."

Ich nickte brav. Im Überschwall meiner Gefühle hatte ich völlig vergessen, dass ich eigentlich die Rolle einer Frau spielte, die nur mal für ein paar Tage von ihrem Meister irgendwo geparkt war. Als eine solche Frau hätte ich das eigentlich wissen müssen.

„So. Da sind wir. Vorsicht. Hier sind ein paar Stufen. Denk bitte daran, dass du die Brille anbehältst. Wir sagen einfach, dass du durch einen Unfall für eine gewisse Zeit erblindet bist. Okay?"

„Du meinst als Erklärung dafür, dass ich eventuell irgendwelche Möbel umrenne?", fragte ich lächelnd zurück

„Genau."

„Gib mir bitte einen Kuss. So ein Tag dürfte eigentlich nie zu Ende gehen."

Er gab mir einen ausgiebigen Kuss. Den ersten richtigen überhaupt. Mir schien es wie Stunden. Schließlich zog er sich aus meinem Mund zurück.

„Die Überraschung wartet."

Lächelnd ließ ich mich von ihm in den Laden führen.

„Hier ist ein Stuhl. Nimm bitte Platz."

Der Stuhl war weich gepolstert und verfügte über komfortable Armlehnen. Ich setzte mich behaglich zurecht und wartete auf das, was jetzt passieren würde.

„Du bekommst einen ganz besonderen Schmuck von mir geschenkt. Dafür müssen wir dich aber ein kleines bisschen anschnallen. Okay?"

Der Kuss vor dem Laden hatte mir den Rest gegeben. Ich war zu allem bereit.

„Mach alles, was du für richtig hältst. Du musst auch nicht alles erklären. Du weißt wie sehr ich das, was du willst auch will. Leg einfach los."

„Okay"

Ich merkte, wie mein Kopf nach hinten gezogen und dann mit ein paar Riemen befestigt wurde. Danach wurden auch meine Arme und mein Oberkörper festgeschnallt.

Als nächstes machte sich jemand an meinem Hals zu schaffen. Er legte irgendetwas drauf und schien es dann vorsichtig wieder abzuziehen. Ich hatte keine Idee, was das sollte. Dann hörte ich ein neues Geräusch, das ich nicht zuordnen konnte. Plötzlich setzten Schmerzen an meinem Hals ein. Das konnte jetzt nicht wahr sein. Ließ er mich etwa tätowieren? Und dann auch noch am Hals? Wenn ich jetzt fragen würde, was das geben sollte, dann würde der Tätowierer zwar bestimmt aufhören, weil er Schiss hätte, dass ich ihn wegen Körperverletzung anzeigen würde. Aber genau so sicher würde Jacque dann all seine Liebe von mir zurückziehen. Das wollte ich nicht riskieren. Also schloss ich die Augen und ließ alles mit mir geschehen, was Jacque geplant hatte.

„Möchtest du einen Kopfhörer haben? Wir hätten Rock, Blues und Jazz im Angebot."

„Ja bitte. Das Geräusch nervt. Mach mir bitte Rock drauf und dreh die Lautstärke auf."

„Alles klar."

Danach hörte ich die harten Stücke der gängigen Charts. Erst wollte ich die Stücke zählen um auf diese Weise ein bisschen Zeitgefühl zu behalten. Irgendwann gab ich dann aber doch auf. Als ich später versuchte, mich anders hinzusetzen, fing Jacque an, mich in Höhe meines frisch enthaarten Körperteils zu massieren. Schlagartig schoss die Lust auf Sex bei mir ein und ich vergaß alles um mich herum. Wahrscheinlich hätte es mir noch nicht einmal etwas ausgemacht, hier vor dem Tätowierer einen Orgasmus zu bekommen.

Ich stand so dermaßen neben mir, dass ich fast nicht mitbekommen hätte, wie die Bearbeitung meines Halses zu Ende ging. Mir wurde erklärt, dass ich jetzt einen Folienverband angelegt bekäme, den ich am besten erst am nächsten Morgen entfernen sollte. Ich ließ den Tätowierer gewähren.

„Jetzt noch ordentlich fixieren und dann bist du fertig."

Ich merkte, wie mir ein Klebeband am Hals befestigt wurde. Er führte es sogar vorsichtig, ohne den Hals einzuengen, zweimal komplett herum.

„So das sollte reichen. Wenn du noch mehr willst, bist du jederzeit willkommen. Ich hoffe, das mit deinen Augen kommt bald wieder in Ordnung."

„Da bin ich zuversichtlich." Ich war selber überrascht, wie locker mir das von den Lippen kam. Ich spürte Jacques

Hand, die mir von dem Stuhl herunter half. Kurz danach standen wir wieder im Freien. Automatisch zog ich fröstelnd die Jacke zu.

„Einen Moment. Du sollst nicht frieren."

Ich spürte, wie er mir etwas über den Kopf zog.

„Ich habe mir von Donna noch ein geschlossenes Cape geben lassen."

„Danke. Das ist genau das, was ich jetzt brauche."

Ich wollte mich wieder bei ihm unterhaken, fand aber die Schlitze nicht. Als Antwort auf diese Versuche merkte ich, dass er mich umarmte und so weiter führte.

„Das Cape hat keine Schlitze?" fragte ich vorsichtshalber mit leicht amüsierter Stimme.

„Du hast es erfasst. Ist schließlich aus Donnas Laden."

„Alles klar. Ich hoffe, ich sehe gut aus?"

„Hervorragend. Einfach nur hervorragend."

„Dann bin ich glücklich. Was kommt als Nächstes?"

„Wenn es dir recht ist, fahren wir jetzt erstmal in meine Wohnung zurück. Ich würde gerne in Ruhe etwas mit dir trinken. Mal sehen. Vielleicht ergibt sich ja noch die eine oder andere Beschäftigungsmöglichkeit neben dem Genuss von gutem Wein."

„Du meinst den Genuss deiner Körperflüssigkeiten?"

Ich konnte selber kaum glauben, dass ich das gesagt hatte. Trotzdem bereute ich es nicht. Ich war in dem Moment einfach so drauf und ich wollte das mit allen Sinnen.

Kapitel 7

Ich wachte von dem Sonnenlicht auf, das aufs Bett fiel. Er hatte meine Fesseln, die ich mir gestern hatte anlegen lassen, nicht gelöst. Allerdings waren meine Gliedmaßen nicht komplett fixiert. Das wäre nicht nur schlecht für die Durchblutung gewesen, sondern hätte mir nach einiger Zeit auch einfach nur noch weh getan. Ich wusste noch, dass ich ihn selber darum gebeten hatte, angebunden zu bleiben.

Jetzt als ich wach wurde, waren meine Gedanken schon wieder nur bei ihm. Würde er im nächsten Moment hereinkommen und da weitermachen, wo wir gestern aufgehört hatten?

Ich schaffte es vielleicht eine Minute lang abzuwarten. Danach rief ich ihn. Prompt hörte ich Schritte. Als die Türe aufging, stand allerdings nicht mein Märchenprinz Jacque im Türrahmen, sondern eine, zugegebenermaßen attraktive Frau in meinem Alter. Da sie nicht viel Kleidung trug, sah ich auf den ersten Blick, dass eines ihrer Beine mit einem Band blauer und rötlicher Blumenblüten tätowiert war.

Die Frau, die meinen Blick natürlich bemerkte, drehte sie sich unaufgefordert einmal um die eigene Achse. So konnte ich erkennen, dass sich das Muster über ihren Rücken fortsetze, dann einen Weg über eine ihrer Brüste fand und schließlich mit einer besonders großen Blüte an ihrem Hals, genau unter ihrem Kinn endete. Die Frau zeigte auf diese Blüte und meinte „Enzian. Gefällt es dir?"

Ich wollte jetzt eigentlich keinen Smalltalk mit einer potentiellen Konkurrentin machen.

„Wer bist du und wo ist Jacque?"

„Der ist schon in einem seiner Clubs. Aber keine Angst, heute Abend siehst du ihn wieder. Ich bin übrigens Isabelle. Er hat eine Schwäche für französisch klingende Namen. Wenn du nicht von Haus aus einen hättest, hätte er dir einen gegeben."

„Warum ist der schon weg? Der kann mich doch hier nicht einfach so liegen lassen."

„Hat er ja auch nicht. Schließlich bin ich extra für dich als Aufpasserin abgestellt. Normalerweise lässt er seine neuen Errungenschaften in einem seiner Clubs pennen. Da ist immer jemand da, der sich kümmern kann."

Ich wusste eigentlich nicht so richtig, wovon die Frau redete. Aber sie machte zumindest einen freundlichen Eindruck. Und das Wichtigste: Sie war offenbar nicht mit Jacque zusammen, sondern nur eine einfache Angestellte.

„Dann will ich dich mal losmachen, wenn du nichts dagegen hast."

„Ich bitte darum. Macht schließlich keinen Sinn, wenn er nicht da ist."

Isabelle schaute mich irritiert an. „Liegst du etwa freiwillig so herum?"

„Wir hatten eine sagenhafte Nacht. Einfach nur göttlich."

„Ach du Scheiße. Jetzt sag nicht, dass du in ihn verschossen bist."

„Klar bin ich das. Er ist einfach der Traummann. Ich hätte keinen besseren finden können."

Wieder stockte Isabelle kurz, entschloss sich dann aber scheinbar nicht weiter darauf einzugehen. Stattdessen nahm sie einen kleinen Schlüsselbund und löste der Reihe nach alle Schlösser. Bei den Bändern, die ich dem Masseur verdankte – irgendwie erschien mir das, wie ein Ereignis aus einem lange vergessenen Leben – stutzte sie kurz.

„Die sind aber nicht von ihm. Oder?"

„Nein. Die haben eine andere Geschichte. Nicht, dass ich etwas dagegen hätte, wenn du dafür auch Schlüssel an deinem Bund hättest, aber ich glaube es eigentlich nicht."

„Okay. Dann steh mal vorsichtig auf. Falls du nämlich irgendwie wackelig auf den Beinen seien solltest, will ich nicht, dass du mir hier der Länge nach hinfällst."

Ich schwang die Beine zur Seite und stand vorsichtig auf. Mein Kreislauf gab mir grünes Licht.

„Wo ist denn das Bad?"

Isabelle ging voraus und deutete auf die entsprechende Türe „Lass dir Zeit. Danach können wir in Ruhe frühstücken. Wir haben noch über zwei Stunden."

Als ich unter der Dusche stand, bemerkte ich, dass ich noch immer den Folienverband um den Hals trug. Nach einigem Suchen hatte ich den Anfang des Tapes gefunden und zog den Verband vorsichtig ab. Erst nach dem Abtrocknen, als ich mich am Spiegel zurechtmachen wollte, sah ich, was bisher verborgen geblieben war. Meinen Hals zierte eine prächtige rote Rose. Die Blütenblätter waren von einigen grünen Blättern umgeben und alles saß auf einem Stiel, der zwar nur kurz war, aber problemlos in Richtung meiner Brust fortgesetzt werden konnte.

Ich konnte eine zeitlang nur auf das Tattoo starren. Es war ohne jeden Zweifel gut gemacht und wenn es Jacque gefiel, dann war es ohnehin okay. Trotzdem sagte mir irgendetwas, dass ich das eigentlich nicht gut finden sollte. Schließlich schob ich den Gedanken weg, bediente mich zurückhalten an den Kosmetika, nahm mir einen bereitliegenden Bademantel und ging zu Isabelle in die Küche.

Deren Blick fiel natürlich zuerst auf die Rose. Sie nickte anerkennend „Sieht super aus. Mal sehen, was er sonst noch mit dir vor hat. Wenn ich mir die Klamotten so ansehe, die im Schlafzimmer liegen, könnte es sein, dass du in Zukunft viel Lack und Leder tragen wirst. Andererseits passt der Ring der O eigentlich nicht wirklich dazu."

Meine Gedanken gingen zum gestrigen Tag und der dazu gehörigen Nacht zurück. Mir war es egal, was ich tragen würde. Hauptsache ich verbrachte möglichst viel Zeit mit ihm.

„Wenn der nicht passt, wird er schon einen Weg finden, dass ich ihn los werden kann."

„Wie wäre es mit Abstreifen?"

„Geht nicht. Der hat innen irgendwelche Widerhaken. Der ist genauso wie die Dinger um meine Beine und Arme nicht fürs Abnehmen vorgesehen."

Isabelle verdrehte die Augen. „Hat er dich etwa bei einem von seinen Konkurrenten abgefischt? Das gibt doch wieder nur riesigen Ärger."

„Ich weiß zwar nicht so genau, was du damit meinst, aber diese Schmuckstücke verdanke ich einem psychopathischen Vollidioten. Der kann Jacque noch nicht einmal das Wasser reichen."

„Was meinst du mit ‚ich weiß nicht was du meinst'? Jacque betreibt Bordelle. Das sind die Dinger in denen Frauen wie wir, ihre körperlichen Reize gegen Geld anbieten."

Ich verschluckte mich an dem Kaffee, den ich gerade trinken wollte. Nachdem ich mich wieder beruhigt hatte, schaute ich Isabelle mit überlegenem Gesichtsausdruck an.

„Möglich, dass das dein Job ist. Bei mir liegt das ein bisschen anders. Ich liebe ihn und er liebt mich. Er würde mich niemals in ein Bordell schicken. Da kannst du dir sicher sein."

Wieder verdrehte Isabelle die Augen.

„Oh no. Das kann doch jetzt nicht dein ernst sein, oder?"

Sie schaute mir ins Gesicht und gab sich dann selber die Antwort.

„Es ist dein ernst. Vermutlich bringt es dann auch nichts, wenn ich dir sage, dass schon einige, die bei ihm arbeiten der Meinung waren, er würde nur sie lieben?"

Sie schüttelte den Kopf.

„Nein, das glaubst du mir natürlich nicht. Bringt es denn etwas, wenn ich dich darauf hinweise, dass er auf tätowierte Blüten steht? Du hast meinen Körper ja eben ausführlich betrachten können. Wenn du gleich die anderen Mädels siehst, wirst du feststellen, dass die meisten von uns einen verzierten Hals haben. Genau an der Stelle, an der du eine Rose hast und ich einen Enzian. Der einzige Unterschied ist der, dass dein Tattoo im Moment noch am Hals aufhört. Ich kann dir aber versichern, dass du noch öfters zu dem Meister der Nadel geschickt wirst. Nicht, dass der sein Handwerk nicht versteht. Der ist wirklich gut. Aber auf Dauer ist das nicht angenehm. Es fließt nicht jedes Mal so viel Adrenalin in deinen Blutbahnen, dass der Schmerz nur als kleine Nebensächlichkeit aufgenommen wird."

Sie schaute abwartend zu mir. Nur diesmal wartete ich nicht, bis Isabelle von selber weiter redete.

„Du willst mir erzählen, dass er mich nicht liebt? Vergiss es. Das wird sich alles klären. Und wenn der auf Rosen steht, dann soll er an meinem Körper so viel davon anbringen, wie er will. Das ist alle okay. Ich würde vorschlagen, dass wir das Thema erstmal bleiben lassen."

Ich war mir sicher, dass Isabelle in Wirklichkeit nur eifersüchtig auf mich war. Das wollte ich ihr jetzt aber nicht an den Kopf knallen. Immerhin hatte sie sich den Morgen frei genommen, um sich um mich zu kümmern. Das war schließlich auch nett.

Gegen Mittag drängte Isabelle dann zum Aufbruch. „Du hast einen Termin. Ich bringe dich hin und hole dich dann auch wieder ab."

„Kein Problem. Ist er auch da?"

„Mit Sicherheit nicht. Er gehört nun wirklich nicht zu den Männern, die sich stundenlang in einen Friseursalon setzen, bis die zugehörige Frau endlich fertig ist. Du wirst dich bis heute Abend gedulden müssen."

Während ich mich in eines der harmlosen Outfits warf, das Jacque mir gestern gekauft hatte, ging mir der Friseurtermin durch den Kopf. Nicht dass ich etwas dagegen hatte, wenn mein Kopf so gestaltet würde, wie Jacque ihn haben wollte. Das Problem war, dass ich Friseurtermine hasste. Alleine mit der stinkenden Farbe auf dem Kopf in diesen unbequemen Sesseln sitzen war eine einzige Qual. Dazu kamen noch der Gesamtgeruch nach allen möglichen Chemikalien und das Geräusch der Geräte, mit denen die Haare in Form gebracht wurden. Das Schlimmste war aber, dass ich dabei nicht arbeiten konnte. Selbst, als ich dazu übergegangen war, mich nur noch bei mir zu Hause frisieren zu lassen, war an Arbeiten nicht zu denken.

Beim Verlassen der Wohnung fiel mein Blick auf den Schlüssel zu der kleinen Wohnung, in der ich mich eigentlich verstecken sollte. Meine Entscheidung fiel in Sekundenbruchteilen.

„Du kannst den Friseurtermin absagen, Isabelle. Ich danke dir für deine Hilfe, aber bis heute Abend werde ich mich in meine Wohnung eine Etage tiefe zurückziehen und dort arbeiten. Jacque, oder meinetwegen auch du, kann mich heute Abend dort abholen."

Ohne eine Antwort der offenbar völlig überrumpelten Isabelle abzuwarten, nahm ich den Schlüssel und ging runter in meine Wohnung.

Als die Türe hinter mir ins Schloss fiel, stand mein Securitychef mit gezogener Waffe vor mir. Er ließ, als er mich erkannte, die Waffe sofort sinken und sicherte sie. Was sich allerdings nicht sofort entspannte, war sein Gesicht. Der Blick, den ich auf mir ruhen sah, löste bei mir eine Kaskade von Gefühlen aus.

Ich sah mich selber durch seine Augen. Die strenge, taffe Unternehmerin trug einen Nasenring, der überhaupt nicht zu ihr passte. Der Ring war darüber hinaus durch eine völlig alberne Kette mit ihrem Ohr verbunden. Damit nicht genug. Jetzt hatte sie an einer der wenigen Körperstellen, die sie nie verdeckt trug, auch noch eine dicke fette tätowierte Rose. Dazu kamen die Schmuckstücke, die sie bereits seit ein paar Tagen trug. Sie hatte es noch nicht einmal für nötig befunden, diesen kleinen zusätzlichen Ring an ihrem Finger abzupitschen.

Genau das waren die Gedanken, die bis zu diesem Moment durch die rosarote Wolke, auf der ich schwebte, so weit in den Hintergrund gedrängt waren, dass sie nur sehr undeutlich und unauffällig am fernen Horizont wahrnehmbar waren. Der Blick meines Securitychefs und dessen gezogene Waffe brachten mich mit unvorstellbarer Gewalt wieder zurück in die Wirklichkeit. Ich musste mich kurz an der Wand abstützen, bevor ich den tiefen Sturz meiner Gefühlswelt unter Aufbringung meiner gesamten Selbstkontrolle stoppen konnte.

„Weshalb stehen Sie hier mit gezogener Waffe in meiner Wohnung?"

„Weil Sie sich auf meine Mails nicht gemeldet haben."

„Na und? Noch lange keine Grund hier James Bond zu spielen."

„Sie haben sich noch nie auf eine Mail nicht gemeldet."

Ich wusste, dass er recht hatte. Ich hatte aber auch noch nie in meinem Leben einen Tag, wie den gestrigen erlebt.

„Okay. Ich kann verstehen, dass Sie dann hier hin kommen, um zu prüfen, ob etwas passiert ist. Aber warum direkt mit einer Waffe?"

„Ich habe gestern einen verdächtigen Anruf bekommen. Es hat sich jemand danach erkundigt, wer in dieser Wohnung hier lebt."

„Ich dachte, die Wohnung wäre sicher. Wie kann es dann kommen, dass jemand bei Ihnen anruft?"

„Im Nachhinein eigentlich ganz logisch. Mein Bruder hat bei einem Nachbarn meine Nummer für Notfälle hinterlassen. Dieser Nachbar hat dann bei mir angerufen."

„Hier gab es keinen Notfall."

Er stockte mit seiner Antwort diesen einen kleinen Moment zu lange, der offenbarte, dass die Antwort, die jetzt von ihm kommen würde, nicht ganz ehrlich gemeint war.

„Wenn Sie das sagen, dann ist das auch so."

„Was für ein Nachbar ist das überhaupt?"

„Er wohnt über Ihnen. Ich habe natürlich sofort recherchiert. Er ist eine Rotlichtgröße. Die Wohnung in diesem Durchschnittshaus hat er nur deshalb bezogen, weil er nach außen als normaler Bürger der Stadt wahrgenommen werden will."

Ich merkte, dass ich mich dringend setzen musste. Isabelle hatte mir schlicht und ergreifend die Wahrheit gesagt und wollte mich vermutlich nur davor warnen noch mehr Dummheiten zu begehen.

„Sie haben mich also quasi als Untermieter eines Bordellkönigs untergebracht." Ich versuchte ihm hämischen Applaus zu geben, war mir aber nicht sicher, ob ich meine Gesichtszüge ausreichend unter Kontrolle hatte.

„Ich hatte doch keine Ahnung davon. Schauen Sie sich das Haus doch mal von außen an. Wie soll ich denn da auf die Idee kommen, dass so ein Typ hier wohnt?"

„Lassen wir das. Was haben Sie ihm gesagt?"

„Natürlich, dass das alles seine Richtigkeit hat. Ich habe ihm erzählt, dass Sie eine Freundin sind, die für ein oder zwei Wochen eine Unterkunft braucht. Das war es. Und das habe ich Ihnen auch sofort per Mail berichtet. Sie haben es allerdings nicht für nötig gehalten, zu antworten."

„Ich war beschäftigt."

„Das war ich dann auch. Wir haben weiter an dem Masseur gearbeitet."

„Und?"

„Ich habe Ihnen alles geschickt."

„Und ich habe es nicht gelesen. Wie Sie gerade mitbekommen haben, bin ich jetzt eben erst zurückgekommen. Also: eine Kurzfassung, wenn ich bitten darf."

„Ihr Masseur war schon mehrfach auffällig. Er lebt vollständig alleine. Seine Beschäftigung ist das Ausspionieren von heilen Familien. Ein Psychologe würde Ihnen jetzt vermutlich ganze Bände von Mutmaßungen über traumatische Kindheitserlebnisse und zerrüttete Familienverhältnisse erzählen. Und vermutlich würde er auch gar nicht so falsch liegen."

„Sie sind aber kein Psychologe. Also machen Sie weiter."

„Er war nie verheiratet und lebte, soweit wir das in der kurzen Zeit ermitteln konnten, auch nie in festen Verhältnissen. Es liegen allerdings zwei Anzeigen gegen ihn vor. So eine Art Stalking aber eigentlich auch kein richtiges Stalking. Er ruft seine Opfer nicht tausend Mal am Tag an, er begegnet ihnen nicht ‚zufällig' zig Mal am Tag. Er hält sich völlig im Hintergrund und will auch gar nicht entdeckt werden. Er ist mehr, wie ein unsichtbarer Schatten."

„Weshalb liegen dann Anzeigen gegen ihn vor?"

„Weil das nicht in Ordnung ist. Das kann den Leuten auch Angst machen."

„Das meine ich nicht. Wie haben die Leute das gemerkt?"

„In den Wohnungen lagen manche Sachen nicht mehr so, wie sie verlassen wurden. Irgendwie merkt man das scheinbar, wenn fremde Leute in der Wohnung waren. Dann wurde ab und zu etwas von seinem Equipment entdeckt. Niemand ist zu hundert Prozent perfekt. Alle machen Fehler."

„Wie oft ist er aufgefallen?"

„Wie ich schon sagte. Zweimal. Es ist zu vermuten, dass die berühmte Dunkelziffer deutlich darüber liegt."

„Gute Arbeit Maier. Aber noch immer kein Grund mich hier mit der gezogenen Waffe zu empfangen."

„Sie waren nicht erreichbar. Also bin ich hierhin. In der Wohnung war keine Spur von irgendeinem unfreiwilligen Abgang. Also dachte ich mir, dass Sie mal wieder ihren eigenen Kopf durchsetzen. Dann habe ich allerdings ihren Laptop gesehen. Den lassen Sie normalerweise nicht alleine. Also habe ich mir angeschaut, ob der mich weiter bringt."

„Was haben Sie? Sind Sie von allen guten Geistern verlassen? Wie können Sie es wagen?"

„Sie waren nicht erreichbar. Ich habe mir Sorgen gemacht. Und als ich Ihre Mails gelesen habe, habe ich mir noch mehr Sorgen gemacht."

Er drehte den Laptop zu mir.

„Lesen Sie mal, was Ihnen der Absender ‚Masseur' so alles schreibt. Und wenn Sie damit fertig sind, dann überlegen Sie sich vielleicht mal selber, warum ich Sie mit gezogener Waffe empfangen habe und ob das so furchtbar falsch war, ihre Mails zu lesen!"

Ich schluckte die passende Antwort auf diesen unverschämten Ton herunter. Das hatte ich davon, dass ich ihn gelobt hatte. Ein Blick auf den Bildschirm zeigte mir, dass es nur eine einzige Mail vom Masseur gab. Die allerdings hatte es in sich.

„Liebes Bienchen, du entziehst dich meinem Zugriff. Vermutlich glaubst du, dass ich dich nicht finden kann. Dabei lasse ich dich im Moment nur an der langen Leine. Scheinbar will der Zufall, dass du Bekanntschaft mit jemandem gemacht hast, der es schafft, dich zu zerstören, ohne dass du das merkst. Sobald ich merke, dass dieser Kontakt abbricht oder nicht in die Richtung läuft, die ich will, werde ich dich abholen."

Als ich die angehängten Bilder öffnete, merkte ich, wie mir das Blut aus dem Gesicht wich. Ich sah mich an Jacque gekuschelt mit der Sonnenbrille auf der Nase durch die Stadt gehen. Mit meinem roten Korsett und den Lederklamotten wirkte ich jetzt auf einmal gar nicht mehr so toll, aufregend und souverän. Vor allem in dem Closeup, das meinen Kopf und Ausschnitt zeigte, sah ich einfach nur billig aus. Nach dem Verlassen des Tattoo-Ladens trug ich ein schwarz glänzendes Cape, das durch die aufgedruckten Ketten alles andere als dezent wirkte.

Mein Blick ging zurück zu meinem Securitychef. „Geben Sie mir zwei Minuten und warten Sie vor dem Haus auf mich."

Ohne Widerworte verließ er die Wohnung. Ich nahm mir den Bolzenschneider und versuchte ihn vor dem Spiegel in dem kleinen Bad an meinem Nasenring anzusetzen. Nachdem ich den Bogen raus hatte, wie ich auf mein Spiegelbild reagieren musste, gelang es mir, den vorderen Teil mit zwei Schnitten herauszutrennen. Den Rest des Rings schob ich vorsichtig aus dem Loch heraus. Die herunterbaumelnde Kette zwickte ich direkt an dem Ohrring ab. Als nächstes wandte ich mich meinem Fingerring zu. Da ich jetzt nur eine Hand für die Bedienung des Bolzenschneiders hatte, klemmte ich kurz entschlossen einen Schenkel zwischen meinen Beinen ein. Mit ein bisschen Verrenkung gelang es mir schnell, den an dem Ring zusätzlich angebrachten Ring in die Zange zu legen und abzuzwacken.

Ich packte meinen Laptop und ging zu meinem wartenden Securitychef runter. Sein Blick zeigte mir, dass er meine Entscheidung den Bolzenschneider zu bemühen, begrüßte.

„In die Firma. Ich habe zu arbeiten. Und Sie bleiben an dem Mann dran und sorgen dafür, dass er schweigt."

Auf seinen entgeisterten Blick fing ich das erste Mal seit Tagen an, zu lachen.

„Ich meine natürlich Geld. Sie können ihm bis zu 100.000€ bieten. Einzige Bedingung: Er stellt nichts mehr von diesen Fotos oder was auch immer er noch hat, ins Netz und natürlich, dass er mich in Ruhe lässt. Den ‚Schmuck', den er mir angelegt hat, werde ich früher oder später auch ohne ihn los."

Auf halber Fahrt zur Firma ging die Freisprechanlage an.

„Hallo Herr Maier, wir haben hier ein Problem."

Der Securitychef schaute über den Rückspiegel kurz in meine Augen, bevor er nachfragte, was das Problem sei.

„Hier fahren Übertragungswagen vor. Im Foyer stehen diverse Reporter herum."

„Ist jemand tiefer ins Gebäude eingedrungen?"

„Nein. Unsere Empfangsdame war auf Draht und hat die Notverriegelung ausgelöst."

„Wenigstens das. Was wollen die Typen?"

„Habe ich noch nicht fertig recherchiert. Es gibt wohl irgendwelche Fotos und Filme unserer Chefin im Nuttenoutfit."

„Sie sitzt hier bei mir im Wagen."

„Ach du heilige Scheiße."

„Dazu kommen wir später. Du sorgst dafür, dass auch weiterhin keiner reinkommt und dass die mit keinem der Angestellten reden können."

„Zu spät. Also das mit dem Sperren geht klar, aber die haben sich schon ein paar Angestellte gegriffen."

„Wieso konntest du das nicht verhindern?"

„Mittagspause. Du weißt doch, dass nicht alle in der Kantine essen. Außerdem sind wir ja kein Hochsicherheitsbereich. Ein paar von unseren Leuten sind draußen und werden von den Typen belagert."

„Wieviel Sicherheitsleute hast du bei dir?"

„Wir sind nur zu zweit. Der Rest ist wegen ‚Fall Weberlein' im Außeneinsatz."

„Okay. Ihr bleibt drin. Wenn die mit den Interviews irgendwelche zusätzlichen Schäden anrichten, ist das ohnehin schon passiert. Sollte von unseren Leuten einer rein wollen, dann schaut, dass ihr das sicher hinbekommt. Was ist mit dem Empfang?"

„Die hat sich über ihre Hintertür in Sicherheit gebracht."

„Alles klar. Ruf die anderen zurück. Sie sollen sich ein paar Blöcke entfernt sammeln und dann gemeinsam zu euch stoßen. Ich selber bringe die Chefin erstmal in Sicherheit. Kündige uns bitte bei den Schmitts an."

Nach Beenden des Gespräches hörte man eine zeitlang nur das leise Säuseln des Motors. Schließlich ergriff der Sicherheitschef das Wort.

„Sie können davon ausgehen, dass ihre Villa auch belagert wird. Ich fahre Sie jetzt erstmal zu dem alten Gästehaus."

„Okay."

Ich war schon lange nicht mehr dort gewesen. Das Haus lag etwas außerhalb der Stadt und wurde trotz des Namens für besonders wichtige Kunden genommen. Die Lage und das Ambiente waren einfach einsame Spitze.

„Frau Weberlein, darf ich Sie darum bitten, bei der Recherche zu helfen?"

„Dürfen Sie."

„Können sie bitte im Netz die Nachrichtenkanäle durchsuchen? Vermutlich haben die schon vorab Informationen reingestellt. Und fangen Sie nicht gerade bei den Öffentlich-Rechtlichen an."

Ich hatte den Laptop schon auf dem Schoß. Die zweite Seite, die ich aufschlug war bereits ein Volltreffer.

„S.Weberlein, die Jungunternehmerin des Jahres, lässt sich am Nasenring durch die Stadt führen. Sie ist dafür bekannt, dass sie ihre Firma mit harter Hand durch alle Untiefen ihrer Branche führt. Seit gestern kursieren Fotos und Filme im Internet, in denen sie sich von dem überregional bekannten Bordellchef J. Tombé, wie eine Sklavin durch die Stadt führen lässt.

Im Moment werden alle Interviewanfragen abgelehnt. Weberlein ist abgetaucht. Unsere Reporter sind an ihrem Firmensitz postiert. Sobald es weitere Erkenntnisse gibt, sind wir die Ersten, die Sie informieren werden."

Ich klickte auf die Videolinks der Seite und konnte mich an nahezu jeder Station des vergangenen Tages sehen. Nur innerhalb der Läden waren keine Filme gedreht worden. Dafür fand ich ein Interview mit einem Tätowierer. Er versuchte sich professionell zu geben und erklärte, dass er grundsätzlich nicht über seine Kunden rede. Aber nachdem der Reporter immer weiter gebohrt hatte, gab er schließlich auf und bestätigte, dass er gestern am späten Nachmittag eine Rose tätowiert hatte. Er würde aber nicht verraten, an welcher Körperstelle. Da die Zeit deckungsgleich mit dem Videoclip war, der mich beim Verlassen seines Ladens zeigte, reichte das dem sichtlich stolzen Reporter, um zu erklären: „Der auf dem Video deutlich erkennbar, verbundene Hals der Unternehmerin Weberlein ist von nun an mit einer Rose verziert. Dies ist ein weiterer Beweis dafür, dass sie sich mit Tombé eingelassen hat. Die Markenzeichen seiner Bediensteten sind auf den Hals tätowierte Blumen."

Ich klappte den Laptop mit mehr Wucht zu, als notwendig, und starrte nach vorne, ohne etwas zu sehen. Auf die Frage meines Sicherheitschefs reagierte ich erst nach dessen zweitem Versuch.

„Was haben Sie gefunden Frau Weberlein?"

„Ich bin erledigt. Ich hatte keine Ahnung, wer das ist. Ich war gestern offenbar den ganzen Tag mit irgendso einem Rotlichtboss zusammen. Der hat alles filmen lassen und ins Netz gestellt. Der hat noch nicht mal versucht mich zu erpressen. Direkt ins Netz. Was hab ich dem denn getan? Warum hat er denn nicht mit mir geredet? Warum nur?"

Ich sah den tiefen Abgrund wieder vor mir. Ich wusste, dass schon ein einziger Blick in die Tiefe dazu führen musste, dass ich ohne Chance auf Gegenwehr herabgezogen würde.

„Wir müssen endlich das Heft in die Hand bekommen."

Auf den fragenden Blick von Security-Maier präzisierte ich: „Wir sind noch immer die Marionetten. Die Rolle, die wir brauchen ist aber die des Puppenspielers."

Wie zur Antwort vibrierte mein Handy.

„Hier ist Jacque. Was ist in dich gefahren? Weshalb hast du Isabelle versetzt? Meinst du etwa ich mache hier Termine für dich, damit du mich vor meinen Partnern blamierst? Gestern warst du noch Feuer und Flamme und nur einen Tag später lässt du mich in der Luft hängen?"

Ich musste anerkennen, dass er das Motto ‚Angriff ist die beste Verteidigung' hervorragend beherrschte.

„Schön, das du dich meldest. Im Moment bin ich wirklich anderweitig beschäftigt. Und wenn das einer sehr genau weiß, dann bist du das. Wie kannst du nur den großen Liebhaber spielen und dann fast zeitgleich alles ins Netz stellen, was wie gestern gemeinsam gemacht haben?"

Wieder musste ich anerkennend feststellen, dass die Denkpause, die er auf meinen Angriff folgen ließ, exakt die richtige Länge hatte.

„Ich weiß nicht, wovon du redest. Wenn es tatsächlich einen Clip von gestern gibt, dann ist der bestimmt nicht in meinem Auftrag erstellt worden. Wozu sollte ich das machen?"

„Das ist genau die Frage, die ich dir jetzt stelle Jacque. Oder sollte ich besser ‚Herr Tombé' sagen?"

„Warum solltest du? Ja, es stimmt, ich bin genau der Tombé. Aber gerade deshalb habe ich es doch nicht nötig, filmen zu lassen, was wir zusammen gemacht haben. Was genau ist eigentlich in den Clips zu sehen? Oder noch viel interessanter: Was sollte mir das bringen?"

„Ganz einfach. Du sorgst dafür, dass ich in der Öffentlichkeit schlecht da stehe. Damit treibst du mich in deine Arme und in eines deiner Häuser."

„Gute Idee. Aber dafür müsstest du erstmal eine öffentliche Person sein."

Ich konnte hören, wie im Hintergrund eine Türe aufging. Jacque entschuldigte sich kurz und hielt dann den Hörer zu. Kurz danach war seine Stimme wieder da.

„Sabienne? Bist du noch dran?"

„Allerdings bin ich noch dran. Wir sind nämlich noch lange nicht fertig."

„Du hast Isabelle, eine meiner engen Mitarbeiterinnen, heute Morgen schon kennen gelernt. Sie zeigt mir gerade die neuesten News im Internet. Ich schwöre dir, ich hatte keine Ahnung, wer du bist. Wieso hast du mir das denn nicht gesagt?"

Bevor ich ihm eine Antwort geben konnte, hörte ich undeutlich Isabelles Stimme im Hintergrund.

„Isabelle meint, weil du dich in mich verguckt hast?"

Niemals im Leben würde ich ihm das zugestehen. „Lenk nicht vom Thema ab. Du wirst sofort die Videos aus dem Netz nehmen. Vielleicht zerfleischen dich meine Anwälte dann nicht all zu sehr."

Wieder ließ er einen kleinen Moment Bedenkzeit verstreichen.

„Sabienne. Wenn du wirklich die bist, als die du hier in den News dargestellt wirst und wenn du wirklich glaubst, dass ich das wusste, dann solltest du jetzt erstmal nachdenken.

Die erste Frage ist ganz einfach: Was hätte ich davon, die Clips zu drehen und ins Netz zu stellen?"

„Eine Angestellte mehr."

„Bist du verrückt geworden? Meine Läden laufen gut. Von so einem Fang wie dir hätte ich nur die Aufmerksamkeit von den falschen Leuten. Dann würde wieder der Mist mit Razzien, Passkontrollen und den ganzen Schikanen anfangen. Meine Geschäfte laufen aber nur dann gut, wenn ich diese Art von Öffentlichkeit nicht habe."

„Geld."

„Was für Geld? Von den Pressefuzzis bekomme ich auf die Art keinen müden Cent. Wenn ich alles ins Netz stelle, habe ich doch keine Karten mehr in der Hand. Von dir bekomme ich aus genau dem gleichen Grund kein Geld. Was also meinst du mit ‚Geld'?"

Er hatte recht. Selbst wenn es noch Videos aus Donnas Laden geben sollte, wären die nach der Veröffentlichung der anderen Clips nicht mehr viel wert.

„Vielleicht bist du nur neidisch, dass ich es in einem seriösen Geschäft so schnell so weit gebracht habe."

„Jetzt verlierst du aber komplett an Niveau. Gib einfach zu, dass du keine Ahnung hast, weswegen ich das machen sollte. Oder anders ausgedrückt: Fang mal an, darüber nachzudenken, ob es vielleicht jemand anderen gibt, der sogar ein sehr großes Interesse daran hat, diese Bilder zu veröffentlichen. Wenn du damit fertig bist und dich bei mir entschuldigen willst, bist du herzlich willkommen. Wo ich wohne weißt du ja."

Damit drückte er mich weg. Ich hätte es lieber gesehen, wenn Jacque eindeutig an allem Schuld wäre, aber ich musste ihm recht geben. Die ganze Aktion brachte ihm nicht den Hauch eines Vorteiles. Mein Masseur dagegen leerte jetzt vermutlich eine Pulle Champagner nach der nächsten. Die Videos und die Belagerung durch die Reporter waren das Beste, was es für ihn geben konnte. Schon ganz am Anfang hatte er mir gesagt, dass sein einziges Interesse darin bestand, mich fertig zu machen.

„Wann sind wir da?"

„Höchstens noch fünf Minuten, Frau Weberlein."

„Wählen Sie meinen Pressechef an. Ich will ihn in zehn Minuten per Videokonferenz sehen."

Als wir vor dem herrschaftlichen Gebäude hielten, ging mein Securitychef zum Kofferraum und holte zwei meiner größten Hartschalenkoffer heraus.

„Ich habe mir erlaubt einiges Ihrer Kleidung einpacken zu lassen. Nachdem ich Sie in der Wohnung abgesetzt hatte, habe ich von meiner Schwester erfahren, dass die Kleidungsstücke, die sie Ihnen besorgt hatte, vermutlich nicht komplett Ihren Geschmack treffen würden."

„Gut gemacht. Bringen Sie die Koffer ins Foyer. Und schmeißen Sie die Anlage im Konferenzraum an. Ist das Haus im Moment überhaupt bewirtschaftet?"

„Selbstverständlich wohnt das Hausmeisterehepaar dort. Einen solchen Komplex kann man nicht sich selber überlassen."

Die große Eingangstüre wurde bereits geöffnet. „Wie heißen die beiden?"

Statt einer Antwort begrüßte Security-Maier die beiden mit: „Guten Tag Frau Schmitt, hallo Herr Schmitt."

Beide verbeugten sich höflich vor mir.

„Ich habe Ihnen die Ehrensuite bereit gemacht", ergriff Frau Schmitt das Wort. Sie war der Inbegriff der rüstigen, ständig arbeitenden Hauswirtschafterinnen. Ihre roten Bäckchen strahlten die pure Freude über den hohen Besuch aus. Ich rang mir ein kurzes Lächeln ab.

„Ich möchte mich vor der Konferenz noch schnell frisch machen und umziehen." An den Hausmeister gewandt fuhr ich fort „Bringen Sie die Koffer bitte direkt mit hoch. Viel Zeit ist nicht."

Ich brachte die Konferenz in gewohntem Business Kostüm mit ungewohntem Halstuch hinter mich. Da ich mir zum ersten Mal seit langer Zeit auch Vorschläge meines Pressesprechers anhören musste, dauerte die Konferenz länger, als ich es normalerweise zuließ. Dafür war dann aber auch eine klare Linie gefunden, die für die nächsten Tage tragen würde.

Der Rest des Tages war Arbeiten. Security-Maier hatte sich für die Nacht von einem Dreierteam ablösen lassen. Wenn der Masseur nicht über irgendwelche kleinen Kampfgruppen verfügte, war ich in Sicherheit. Demzufolge konnte ich mich wieder in meine geliebte Arbeit stürzen. Ich hatte für den Termin mit den Japanern, die ich am nächsten Vormittag empfangen würde, schon viel zu viel Zeit verloren. Die einzige Unterbrechung, die ich mir gönnte, war ein kleiner Snack, den ich mir direkt aufs Zimmer bringen ließ.

Kapitel 8

Am nächsten Morgen wurde ich durch heftiges Klopfen an der Türe geweckt.

„Chefin, wir müssen weg!"

Der Leiter des Dreimannteams stand aufgeregt vor der Türe.

„Was ist los?"

„Presse und Fernsehen ist los. Die Einfahrt ist schon komplett zu."

Bevor ich die Information verarbeiten konnte, kam jemand die Treppe hoch gelaufen. Mein Securitymensch, von dem ich noch nicht einmal den Namen kannte, wies mich an, mich in meinem Zimmer einzuschließen und lief dann dem potenziellen Eindringling entgegen. Ich erwischte noch den Blick auf einen jungen, von Sensationslust zerfressenen Mann, der mit weit vor sich gehaltenem Fotoapparat auf mich zugerannt kam. Scheinbar hatte er auf so eine Art Schnellfeuerbetrieb geschaltet. Das Blitzlicht schien gar keine Pause mehr machen zu müssen. Dann hatte ich die Türe hinter mir ins Schloss gefeuert und den Schlüssel herum gedreht.

Vor der Tür begann ein lautstarkes Wortgefecht zwischen meinem Angestellten und dem Paparazzi. Der hatte sogar noch die Frechheit, Pressefreiheit einzufordern. Ich konnte dem Drang, weiter zuzuhören leicht widerstehen. Es gab bedeutend Wichtigeres. Ich zog mir in Windeseile praktische Freizeitkleidung an, griff mir den Laptop und atmete dann tief durch, um mir einen Überblick über mögliche Fluchtwege zu verschaffen.

Ein vorsichtiger Blick aus dem Fenster zeigte mir, dass der Raum an der Rückfront des Hauses gelegen war. Ich hatte freien Blick auf einen leichten Abhang, der nach hinten durch einen Wald begrenzt war. Auf dieser Seite des Hauses waren noch keine Eindringlinge zu sehen. Vielleicht war das ja eine Möglichkeit das Haus zu verlassen. Viel Zeit hatte ich nicht mehr. Der Termin mit den Japanern musste unbedingt eingehalten werden. Ich griff zum Handy. Wofür hatte ich einen Securitychef? Damit er da ist, wenn ich ihn brauche.

„Meine Leute haben mich schon in Kenntnis gesetzt. Verstärkung ist bereits auf dem Weg zu Ihnen. Sie bleiben jetzt erstmal im Haus!" war sein erster Ratschlag.

„Das ist keine Option Herr Maier. Ich habe heute einen wichtigen Termin in der Firma. Und versuchen Sie gar nicht erst, mir diesen Termin auszureden. Es wird Ihnen nicht gelingen. Die Presse wird seit gestern darüber informiert, dass ich nach wie vor die Geschäfte der Firma fest im Griff habe. Da werde ich garantiert nicht schon ein paar Stunden später einknicken. Überlegen Sie sich also, wie Sie mich hier wegbekommen! Auf der Rückfront des Hauses ist eine Wiese mit angrenzendem Wald. Im Moment sehe ich dort keinen von den Typen herumlungern."

„Die Meute wird nach Wegen suchen, um an Sie heranzukommen. Eine große freie Fläche kann von jedem Anfänger überwacht werden. Mit Sicherheit hockt da irgendwo einer im Wald."

„Finden Sie einen Weg, wie ich an der Meute vorbeikommen kann. Mein Termin findet um 10 Uhr statt."

Damit beendete ich das Gespräch. Vom Gang waren keine Geräusche mehr zu hören. Scheinbar war der Fotograf eingefangen und vor die Tür gesetzt worden. Da ich im Moment ohnehin nicht wegkam, wies ich die Hausmeisterin an, mir das Frühstück aufs Zimmer zu bringen. Als sie mit dem Tablett ankam, fiel ihr Blick auf die tätowierte Rose.

„Die sieht ja sogar ziemlich echt aus Frau Weberlein."

In der Stimme lag ehrliche Überraschung. Mit der Bemerkung hatte sie mich völlig überrascht.

„Meinen Sie?"

„Sonst würde ich es nicht sagen. Ist nur eine Stelle, die kaum zu verdecken ist."

„Wohl wahr."

Die alte Frau schaute mich nachdenklich an und fasste dann schließlich den Mut, nicht einfach ‚Guten Appetit' zu sagen und wieder zu verschwinden.

„Entschuldigen Sie bitte meine Offenheit, aber ich habe gestern die Nachrichten gesehen. Man scheint Sie jetzt von allen Seiten angreifen zu wollen. Ich habe schon viel gesehen in meinem Leben. Aber eines habe ich noch nie gesehen. Nämlich, dass eine Person in Ihrer Position, die sich den Angriffen nicht stellt, heil aus so einer Sache rauskommt. Die, die sich gestellt haben, haben zwar auch nicht alle gewonnen, aber zumindest ein paar von denen."

„Was wollen Sie mir denn damit jetzt sagen?"

Im Gesicht meiner Angestellten spiegelte sich echte Überraschung über diese Frage wieder.

„Ich kann das auch so ausdrücken, wie es mir beigebracht wurde und wie ich es meinen Kindern beigebracht habe: Mist bauen kann jeder. Dazu stehen, können aber nur die, die echte Charakterstärke haben."

„Glauben Sie im ernst, Sie wären dazu auserwählt, mir ihre Lebensweisheiten zu erzählen? Schauen Sie, dass Sie hier raus kommen. Ansonsten werde ich Sie fristlos entlassen."

Statt verschreckt das Weite zu suchen, blieb die Frau einfach stehen.

„Entschuldigen Sie bitte Frau Weberlein, aber, wenn Sie sich in dieser Angelegenheit weiter vor der Öffentlichkeit verstecken, ist eine fristlose Entlassung keine wirkliche Drohung. Wir werden dann früher oder später ohnehin alle unseren Job verlieren."

Seit ich meine Firma mit harter Hand auf die Erfolgsspur gebracht hatte, hatte es niemand gewagt, mir auf diese Weise Widerworte zu geben. Gerade, als ich den Mund öffnete, um die alte Frau rauszuschmeißen, bemerkte ich einen Ausdruck rückhaltloser Ehrlichkeit und Offenheit im Gesicht der Frau. Es war nichts Verschlossenes oder Ängstliches zu sehen. Nichts von alle dem, was ich fast jeden Tag sah, wenn ich wieder einmal einen meiner Angestellten zusammengefaltet hatte.

Bevor ich die Gelegenheit hatte, der Frau ihre Stellung in der Firma zu erklären, meldete sich mein Handy. Während ich danach griff, schickte ich die Frau mit einer Handbewegung aus dem Raum. Bei solchen neunmalklugen Weltverbesserern waren ohnehin Hopfen und Malz verloren.

In Erwartung, dass mein Securitychef jetzt seinen Plan unterbreiten würde, wie ich am besten aus dem Haus herauskommen konnte, meldete ich mich direkt mit „Schießen Sie los Maier. Viel Zeit ist nicht mehr!"

Die Pause auf der anderen Seite war lang genug, um mir klar zu machen, dass es kein Anruf von Maier war.

„Tagesblatt. Ihre Zeitung vor Ort und für den Ort. Welcher Art sind Ihre Beziehungen zu Jacque Tombé?"

Ohne Rücksicht auf meine Stimmbänder zu nehmen, gab ich ihm die Antwort: „Ich habe keine Beziehung zu Tombé! Und wenn Sie verbreiten, dass das anders ist, dann kann ich Ihnen nur raten, sich warm anzuziehen!"

„Uns liegen Fotos und Videos vor, die eine ganz andere Aussage machen. Es fehlt eigentlich nur noch der Stempel ‚Eigentum von Jacque Tombé' auf Ihrer Stirn."

„Ich scheiße auf Ihre Fotos! Ich stehe in keiner Beziehung zu diesem Mann!"

„Sie lassen von ihrem Pressesprecher verbreiten, dass das ein einmaliger Ausrutscher war. Sind Sie nicht der Meinung, dass eine intelligente Frau bei einem einmaligen Ausrutscher gut beraten wäre, keine dauerhaften Änderungen an ihrem Körper vornehmen zu lassen?"

„Das ist bereits alles wieder entfernt!"

„Machen Sie sich nicht lächerlich. Sie haben eine Rose auf dem Hals. Sie tragen noch immer diverse Stahlbänder an ihrem Körper. Das spricht doch eine eindeutige Sprache. Wie wollen Sie denn auf diese Weise geschäftlich noch ernst genommen werden?"

„Wenden Sie sich an meine Presseabteilung. Ich habe heute noch geschäftliche Termine."

Damit drückte ich das Gespräch weg.

Bevor ich darüber nachdenken konnte, wie unprofessionell ich den Anruf gehandhabt hatte, meldete sich mein Handy schon wieder.

„Weberlein."

„Günther, ich bin Fotograf mit den Spezialgebiet ‚Tattoos und Edelstahlschmuck'. Ich würde gerne einen Termin mit Ihnen vereinbaren."

„Was wollen Sie?!"

Die Männerstimme antwortete trotz meiner aggressiven Rückfrage in geschäftsmäßigem Ton.

„Ich bin ein etablierter und sehr gefragter Fotograf. Die Session würde etwa sieben Stunden in Anspruch nehmen. Sie verstehen. Ausleuchtung und all diese Sachen."

„Wer hat Ihnen gesagt, dass ich so einen Schwachsinn machen würde? Wer?"

Die Antwort kam in einem defensiven zurückhaltenden Ton. Genau das, was ich so sehr mochte.

„Hier scheint wohl ein Missverständnis entstanden zu sein."

„Wer?"

„Ihre Nummer mit entsprechenden Informationen steht auf der Webseite ihrer Firma. Ich bin davon ausgegangen, dass das alles seine Richtigkeit hat. Scheinbar ist da etwas schief gelaufen?"

„Das ist es. Auf Wiederhören!"

Die Nummer meines Handys, für die ganze Welt sichtbar. Das hatte mir jetzt gerade noch gefehlt. Ich tippte auf die Kurzwahl von Security-Maier.

„Frau Weberlein. Wir haben eine Sicherheitslücke gefunden. Jemand hat unsere Internetseite gehackt. Die IT-Abteilung arbeitet mit Hochdruck."

„Und wieso erfahre ich das erst, wenn es schon zu spät ist?"

„Wir haben hier wirklich alle Hände voll zu tun. Ganz nebenbei müssen wir ja auch noch Ihre Evakuierung vorbereiten."

„Und?"

„Wie jetzt?"

„Wie komme ich hier raus?"

„Wenn Sie ihren Raum verlassen und den Flur nach links ganz bis zum Ende durchgehen, kommen Sie auf eine große Dachterrasse. Eine sehr große Dachterrasse."

„Das ist mir sehr wohl bekannt. Schließlich habe wir dort schon verschiedene Empfänge gegeben."

„Um Punkt 9 Uhr wird dort ein Hubschrauber landen. Halten Sie sich bereit. Es wird nicht viel Zeit zum Einsteigen sein."

„Hört sich nach guter Arbeit an", lobte ich ihn, „da ist allerdings noch mehr. Mein Assistent soll mir ein neues Handy besorgen. Das aktuelle kann eingestampft werden. Ich habe kein Interesse daran, weiter von Reportern und ähnlichem Pack genervt zu werden."

„Geht klar Frau Weberlein."

Sofort nachdem ich das Gespräch beendet hatte, zeigte das Handy den nächsten Anruf an. Ich stellte das Teil aus und zog mich für den Termin mit den Japanern an. Als ich das Hubschrauberrattern hörte, griff ich den Laptop und rannte zu der Terrasse. Der Hubschrauber landete ohne große Umstände am Ende der Terrasse. Ich spurtete geduckt zu der geöffneten Türe und kletterte in den freien Sitz. Der Pilot hob sofort ab. Zu meiner Überraschung war die Kabine sehr gut schallisoliert. Der ohrenbetäubende Lärm der Rotorblätter war fast komplett ausgeblendet.

„Das nenne ich mal eine klare Entscheidung für die Liebe."

Ich drehte mich erschrocken um.

„Jacque? Wo kommst du denn her?"

„Wie meinst du das? Erst rennst du wie eine Besessene in meine Arme, oder besser gesagt, in meinen Hubschrauber und wenn du dann drin bist, fängst du an, mir Vorwürfe zu machen?"

„Ich hatte den Hubschrauber erwartet, den mein Securitychef schicken wollte. Nicht deinen. Aber es ist natürlich okay. Ich bin jedem dankbar, der mich aus den Fängen der Medienvertreter rettet. Sag deinem Piloten bitte, dass er mich zur Firma bringen soll."

Jacque breitete seine Arme aus und legte den Kopf als Geste des Bedauerns leicht schief.

„Das ist hier kein Taxiunternehmen. Unser Flugplan sieht als nächsten Halt eines meiner Häuser vor. Dort wirst du nach allen Regeln der Kunst entspannen. Sauna, Massage, wunderbare Düfte, unaufdringliche Hintergrundmusik… Meine Gäste bezahlen alleine dafür Unsummen. Und da ist noch keine einzige sexuelle Dienstleistung inbegriffen. Wenn man den Anblick schöner Frauen mal ausnimmt. Für dich, als meine besondere Freundin ist das alles selbstverständlich gratis. Du bist mein Gast."

„Das ist ein wirklich hervorragendes Angebot. Ich bin mir sicher, gestern hätte ich das ohne nachzudenken sofort angenommen. Heute aber habe ich einen wichtigen Termin um punkt 10Uhr in meiner Firma. Sag deinem Piloten also bitte, dass er mich dort absetzen soll."

„Ganz die Geschäftsfrau. Gestern hast du mir wesentlich besser gefallen. Du solltest mir eigentlich dankbar sein, dass ich dich rette. Aber, was bekomme ich stattdessen?"

Er schaute mich fragend an.

„Die Realität der Geschäftswelt. Die bekommst du. Und jetzt hör mit den Spielchen auf. Ich muss in die Firma. Du willst doch wohl nicht, dass ich dich anzeige?"

„Nein das will ich nicht."

Ich lehnte mich entspannt zurück. Er hatte es endlich kapiert.

„Aber nicht wegen mir", setzte er seinen Satz fort, „sondern alleine wegen dir. Wie sähe das denn aus? Erst läufst du mit mir durch die Stadt und zeigst mit deiner gesamten Gestik, dass du alles mit mir und für mich machen würdest und dann am nächsten Tag zeigst du mich wegen einer Entführung an. Ich bitte dich. Denk doch mal nach, wie du das erklären willst."

Ich musste mir eingestehen, dass das für die Medien und die Öffentlichkeit ein gefundenes Fressen wäre. Nur wollte ich ihm diesen Triumph keinesfalls überlassen.

„Am übernächsten Tag, um genau zu sein. Und wo warst du, als ich aufgewacht bin und mich an dich schmiegen wollte?"

Jetzt war es doch passiert. Meine Fassade hatte den ersten großen Riss bekommen. Genauer gesagt wurde mir in dem Moment klar, dass ich gar nicht erst versucht hatte, eine wirklich glaubhafte Fassade aufzubauen. Eigentlich war ich doch super sauer auf den Mann. Hormone sind einfach nur Mist, ging mir durch den Kopf, als er mich lachend anschaute und mir seine Entschuldigung auftischte.

„Du hast recht. Die Geschäfte brauchten mich. So wie deine jetzt dich brauchen. Ich mache dir folgendes Angebot: Wir bringen dich zu deinem Termin. Danach kommst du zu mir. Neben den ganzen körperlichen Genüssen, die ich dir eben versprochen habe, gibt es bestimmt noch das ein oder andere zu bereden oder zu tun. Außerdem glaube ich, dass ich besser auf dich aufpassen kann als dieser Haufen hoch motivierter Sicherheitsmenschen, die die ganze Zeit um dich herumspringen."

Ich schlug in seine angebotene Hand ein.

„Um 15Uhr kannst du mich abholen. Versprich mir aber bitte, dass ich morgen früh noch immer genauso viele Tattoos habe, wie heute."

Er zog erstaunt die Augenbrauen hoch.

„Gefällt dir die Rose etwa nicht?"

„Doch, sie ist sehr schön. Nur die Stelle ist vielleicht etwas gewöhnungsbedürftig."

Ich fragte mich selber, weshalb ich ihm nicht einfach sagte, dass er die Situation gnadenlos zu seinem Vorteil ausgenutzt hatte. Als ich aber in sein Gesicht sah, merkte ich, dass all meine Vorsicht bereits auf der Flucht war. Es konnte doch nicht sein, dass jemand, den ich vor zwei Tagen noch gar nicht kannte, eine solche Faszination und Anziehungskraft auf mich haben konnte.

Seine Antwort, „Kein Problem", riss mich noch gerade früh genug aus meinen Gedanken. Ich wollte gar nicht wissen, wo sie noch hin gedriftet wären.

Er griff nach einem kleinen Mikrofon. „Zum Firmensitz unserer bezaubernden Passagierin."

Danach gab er mir lächelnd ein einfaches Prepaid Handy. „Damit wir uns absprechen können, welches Reisemittel du benutzen kannst. Die einzige Nummer, die ich bisher von dir kannte, dürfte wegen Überlastung außer Betrieb sein."

„Irgend so eine Sicherheitslücke. Meine Leute werden das schnell in den Griff bekommen."

„Sicherlich."

Ein Blick aus dem Fenster zeigte mir, dass wir schon fast im Landeanflug auf meine Firma waren. Ich starrte ihn ungläubig an.

„Du wolltest mich ohnehin in die Firma bringen?"

„Natürlich", war seine lachende Antwort, „ich wollte nur mal kurz austesten, wie du zu mir stehst."

Als die Japaner, unbehelligt von den inzwischen schon etwas gelangweilten Reportern, das Gebäude verlassen hatten, zog ich mich, wie immer nach einem Kundenbesuch zur Nachbereitung in mein Büro zurück. Statt mich aber in die Arbeit zu stürzen, schaute ich wie gebannt auf das Handy, das Jacque mir gegeben hatte. Schließlich gab ich dem Drang nach und wählte seine Nummer.

„Jacque? Ich mache Schluss für heute."

„Was machen die Menschenansammlungen vor deiner Firma?"

„Sind noch immer vorhanden. Kunden werden freundlicherweise durchgelassen. Bei mir wird sich das wohl anders verhalten."

„Kannst du denn irgendwie anders rauskommen?"

„Klar. Es gibt noch einige andere Ausgänge."

„Wo kann dich mein Fahrer abholen?"

Ich nannte ihm die Straße.

„Sagen wir in zwanzig Minuten?"

„Ich freue mich."

Mit dem nächsten Anruf gab ich meinem Mitarbeiter, dessen Abteilung die Hauptarbeit mit den Japanern haben würde, die Aufgabe, noch heute ein Protokoll anzufertigen. Nach Beenden des Gespräches, musste ich gegen meinen Willen noch eine Weile vor mich hin lächeln. Die gestammelte Antwort des Mannes war einfach zu lustig. Vor allem, als ich ihm erklärt hatte, dass er sich in der Sitzung hervorragend geschlagen hatte, wusste er gar nicht was er sagen sollte. Dabei hatte ich noch nicht einmal gelogen. Er hatte wirklich ganze Arbeit geleistet. Vielleicht sollte ich meinen Abteilungsleitern generell mehr Vertrauen entgegen bringen und einfach mal den Mut haben, nicht alles bis ins letzte Detail selber regeln und verstehen zu wollen.

Als ich mein Büro verließ, lief mir Security-Maier in die Arme.

„Wie soll ich eigentlich Ihren Schutz gewährleisten, wenn Sie sich nicht an Absprachen halten?"

„Was ist das denn für ein Ton? Bin ich irgendwie eine kleine Angestellte oder was?"

„Entschuldigung, aber was meinen Sie eigentlich, was hier los war, als mein Pilot meldete, dass Sie bereits in einen anderen Hubschrauber eingestiegen waren?"

Das hatte ich über den Besuch der Japaner ganz vergessen.

„Der Hubschrauber ist, wie abgesprochen gekommen und auf der Terrasse gelandet. Ich musste davon ausgehen, dass das Ihr Hubschrauber ist. Erst als der schon abgehoben hatte, habe ich die Verwechselung bemerkt. Aber was soll es? Der hat mich mindestens genauso schnell hier hin gebracht, wie Ihr Hubschrauber."

„Dass ich dann erstmal alle Hebel in Bewegung setzen musste, um rauszubekommen, wo Sie sind, hat für Sie vermutlich keine besondere Bedeutung?"

Wollte der sich jetzt ernsthaft mit mir anlegen? Er hatte zwar irgendwo recht, wenn er mir vorwarf, dass ich in den falschen Hubschrauber eingestiegen war, aber das war noch lange kein Grund, mir solche Vorwürfe zu machen. Ich beschloss, die Sache trotzdem erstmal auf sich beruhen zu lassen.

„Was macht die Sicherheitslücke in unserem Internetauftritt? Alles im Griff?"

„Ja", nickte er „die Seite ist wieder sicher"

„Und wie konnte das passieren?"

„Jemand hat sich mit Ihren Daten eingeloggt und sein Unwesen getrieben. Unsere Experten haben es nach einigen Versuchen geschafft, den Zugang zu deaktivieren. Die Seite ist wieder voll funktionsfähig."

„Sagten Sie gerade, dass meine Daten benutzt wurden?"

„Offenbar wurde Ihr Rechner gehackt. Ist aber kein Problem. Die IT-Abteilung wird den Rechner checken, sobald, Sie den für etwa drei Stunden entbehren können."

„Dann machen Sie das jetzt. Ich habe ihn im Büro liegen lassen und brauche ihn erst morgen wieder."

Als er keine Anstalten machte, sich zu verabschieden fragte ich nach, ob sonst noch etwas anliegen würde.

„In dem Zeitraum, in dem die Internetseite außerhalb unserer Kontrolle war, wurde ein Hinweis auf eines der sozialen Netzwerke auf unsere Seite gestellt."

„Dann verklagen Sie die eben."

„So einfach ist das nicht. Wir versuchen natürlich unser Möglichstes."

„Weshalb erzählen Sie mir das?"

„Möglicherweise wird über diese Seite der nächste Hinweis erfolgen, der Sie in Misskredit bringen soll."

„Dann haben Sie ja reichlich zu tun. Vergessen Sie dabei nicht, die eigentliche Ursache zu bekämpfen. Dieser unselige Masseur ist die Quelle aller Probleme. Ich hoffe sehr, dass Sie mir endlich Fakten liefern können, mit denen der nachhaltig angegriffen werden kann. Und jetzt entschuldigen Sie mich bitte. Ich habe einen Termin."

Ohne weiter auf ihn zu achten, ging ich den Gang entlang und verschwand in einem der Nebentreppenhäuser. Der Weg führte mich durch die Flure verschiedener Gebäude, die von außen betrachtet nicht so aussahen, als ob sie zu meiner Firma gehören würden. Am Ende durchquerte ich noch die Keller zweier Wohnhäuser, die ich als Dienstwohnungen dazugekauft hatte, als sich die Gelegenheit bot. Als ich endlich auf die Straße trat, stand direkt vor mir eine blütenweiße Strechlimo. Der Fahrer in grauer Uniform hielt mir in tadelloser Haltung die Türe zum hinteren Teil des Autos auf.

Im Font strahlte mir ein bekanntes Gesicht entgegen.

„Hei Sabienne, schön dich wiederzusehen."

„Hallo Isabelle. Machst du wieder die Aufpasserin für mich?"

„Sehr gerne sogar. Ich freue mich über nahezu alles, was den Alltag ein bisschen aufmischt."

„Und warum hast du dich dann nicht mit auf die Straße gestellt und brav auf mich gewartet?"

„Naja, unser Allrounder hinter dem Steuer macht ja wirklich einen sehr überzeugenden Chauffeur. Das wollte ich durch mein Outfit nicht kaputt machen. Außerdem meinte Miro, dass die Limo schon ziemlich grenzwertig sei."

„Wer ist Miro?"

„So etwas wie der Sicherheitsbrater von Jacque. Bei den ganzen Leuten, die im Moment versuchen, dir aufzulauern, sollte man auffällige Auftritte eigentlich besser vermeiden, meinte er. Und da für mich die Zeit zum Umziehen nicht mehr ganz gereicht hätte, habe ich es vorgezogen sitzen zu bleiben."

Erst jetzt warf ich einen genaueren Blick auf Isabelle.

„Stimmt. Du machst zwar einen wahrlich glänzenden Eindruck, aber in diesem Viertel ist das dann doch eher unüblich. Hast du heute Hausmädchendienst?"

„So etwas in der Art. Ich muss gleich die Bar vorbereiten und dann den ganzen Abend bedienen. Jacque hatte vor einiger Zeit die Idee, dass alle, die sich nicht persönlich um unsere Gäste kümmern, so eine Hausmädchenuniform tragen müssen. Hat den erheblichen Vorteil, dass die Gäste nicht erst auf falsche Gedanken kommen."

„Wie lange brauchst du denn, um da wieder raus zu kommen?"

„Naja, wenn alle Hindernisse beseitigt sind, noch so ungefähr eine Viertelstunde."

„Hindernisse?"

Als Antwort hob Isabelle ihren ohnehin kurzen Rock an. Ich sah ein breites metallisch glänzendes Band.

„Der zieht euch im ernst einen Keuschheitsgürtel an?", wollte ich lachend wissen.

„Genau. Und den Schlüssel hat natürlich nur er", erwiderte sie lächelnd.

„Und das macht dir nichts aus?"

„Ich kann mich auf Jacque verlassen. Das reicht vollkommen. Außerdem habe ich noch einen Notschlüssel am Körper. Allerdings muss es dann auch wirklich ein Notfall sein."

Ich dachte einen Moment nach.

„Lass mich raten. Der Schlüssel ist irgendwie versiegelt?"

„Genau", grinste Isabelle, „ich merke, du bist alles andere als grün hinter den Ohren."

„Noch bin ich nicht grün hinter den Ohren. Aber wer weiß schon was die Zukunft bringt."

Einen Moment schaute Isabelle mich fragend an, dann fing sie an zu lachen.

„Ich kann dich beruhigen. Bisher war der Hals immer die höchste Stelle am Körper an der er seine Mädchen tätowieren lässt. Ich glaube, dass dir ein paar Blätter hinter den Ohren erspart bleiben werden. Außer du willst das. Dann kann ich ihm das gerne stecken."

„Nein, nein. Lass mal. Der Hals reicht mir völlig."

„Dir ist schon klar, dass es auf Dauer nicht dabei bleiben wird?"

„Eigentlich schon. Aber zumindest heute kommt nichts dazu. Das hat er mir versprochen."

„Dürfte ihm nicht schwer gefallen sein."

Jetzt war ich es, die nicht verstand, was gemeint war.

„Naja", klärte Isabelle mich auf, „eine Tätowierung ist erstmal auch eine Verletzung der Haut. Dir wird in den nächsten Tagen noch die Kruste abfallen. Erst danach ist dein Hals wieder schön glatt. Normalerweise sollte man mindestens diese Zeit verstreichen lassen."

„Und ich dachte, ich hätte einen Verhandlungserfolg erzielt."

„Bei dem, was dir heute alles noch geboten wird, wäre ohnehin keine Zeit für die Fortsetzung gewesen."

„Mir hat er Massage und Wohlfühlen versprochen."

„Unter anderem", nickte Isabelle. „Aber zuerst eine entspannte Autofahrt."

Sie reichte mir ein Sektglas und entkorkte geschickt eine frisch gekühlte Flasche Sekt. Während sie eingoss, klärte sie mich auf.

„Falls du jetzt Champagner erwartet haben solltest. Den mag er nicht. Dieser hier gefällt ihm deutlich besser."

Nachdem sie sich selber ebenfalls eingeschenkt hatte, prosteten wir uns zu.

Isabelle führte mich sofort in sein Büro.

„Entschuldige bitte, dass ich dich nicht selber abholen konnte. Leider hatte ich hier zu viel zu tun. Ein Umstand, den du aus deiner eigenen Firma ja auch nur all zu gut kennst."

„Kein Problem."

Ich hatte mich der Länge nach auf das Sofa gelegt. Mein Kopf lag auf seinem Schoß. Ich merkte schnell, dass ihn der freie Blick auf meinen Hals in seinen Bann nahm. Während ich ihm in die Augen schaute, registrierte ich, wie sein Blick immer wieder abschweifte.

„Ich habe erstmal eine ausgiebige Entspannungsmassage für dich reserviert. Danach wird mein Schmuckexperte einen Blick auf dich werfen."

„Noch mehr Piercings?"

„Hatte ich für heute eigentlich nicht vor", entgegnete er mir lachend. „Ich hatte mehr an den Schmuck gedacht, den du nicht so ganz freiwillig trägst. Er soll sich mal anschauen, ob er den Mechanismus kennt. Vielleicht kann er dich ja davon befreien."

„Gerne. Der erste Versuch, die Teile zu öffnen ist komplett gescheitert. Wenn dein Mann das kann… Wäre echt super."

„Hat den ersten Versuch denn auch jemand ausgeführt, der sich mit dieser Art von Schmuck auskennt?"

„Nein, das war ein ganz normaler Schlosser."

Eine halbe Stunde später lag ich völlig entspannt auf der Massagebank und ließ mich von Lilou bearbeiten. Schon nach den ersten Minuten merkte ich, dass Lilou deutlich besser war, als alles, was ich bisher an Massage erlebt hatte. Ich hatte noch den mitfühlenden Blick vor Augen, den sie mir zugeworfen hatte, nachdem sie erfahren hatte, dass ich den Schmuck nicht abnehmen konnte. Statt sich darüber aber groß auszulassen, hatte sie die Massage mit aller Hingabe begonnen. Ich ließ mich komplett fallen und wäre der Aufforderung, mich auf den Rücken zu drehen fast nicht gefolgt, weil ich zu dem Zeitpunkt schon in wunderbaren Traumwelten schwebte.

„Bist du in einem unserer Häuser schon mal massiert worden?"

„Nein. Bisher habe ich immer einen privaten Masseur kommen lassen. Wieso willst du das wissen?"

„Wir massieren auch in der Rückenlage alle erreichbaren Stellen. Wenn du das einfach geschehen lässt, wird es garantiert ein tolles Erlebnis für dich. Wenn du merkst, dass du das nicht willst, dann darfst du das natürlich sagen."

Ich sagte nichts. Es war das erste Mal, dass ich mich von einer Frau auf diese Weise berühren ließ und es war einfach nur himmlisch.

„Du kannst jetzt erstmal duschen. Du findest dort auch einen Bademantel. Deine Sachen kannst du einfach liegen lassen. Ich kümmere mich darum."

„Alles klar. Ich danke dir für die Massage Lilou. Wirklich die Beste, die ich jemals erhalten habe."

Die so Gelobte lachte über das ganze Gesicht. „Das höre ich gerne. Du bist jederzeit ein willkommener Gast."

Ich stellte fest, dass der Bademantel nicht unbedingt dem klassischen wadenlangen Frotteemodel entsprach. Er ging mir mal gerade bis zu den Oberschenkelbändern und war aus Seide oder zumindest einem seidenähnlichen Stoff gefertigt. Auf dem Rücken war eine kunstvoll gefesselte Frau abgedruckt, die sich auch problemlos in die Reihe der Fotos in Jacques Küche hätte einfügen können. Lilou hatte scheinbar vergessen den passenden Gürtel rauszulegen. Nach der Massage war ich allerdings nicht in der Stimmung, ihr deshalb ein Problem zu machen. Gerade als ich Lilou suchen wollte, kam sie schon freundlich lächelnd zu mir.

„Alles zu deiner Zufriedenheit?"

„Fast. Du hast wohl den Gürtel zu diesem wunderbaren Teil vergessen."

„Der wird ohne Gürtel getragen. Jacque kann es überhaupt nicht sehen, wenn die Kunstwerke auf dem Rücken durch einen Gürtel unkenntlich gemacht werden." Lilou schaute mich bei dieser Erklärung bedauernd an.

„Na dann. Werde ich wohl ohne den Gürtel klar kommen müssen."

„Das haben bislang alle geschafft." Sie zeigte auf ein Regal mit verschiedenen Schuhen „Flip Flops oder Heels? Dazwischen gibt es nichts."

„Definitiv Flip Flops. Heels und Bademantel passen nicht zusammen. Finde ich zumindest."

„Na dann greif zu. Ich bringe dich jetzt zu Jacque zurück. Er hat schon den Schmuckmeister seines Vertrauens bei sich sitzen. Wir sollten also nicht bummeln."

Bei Verlassen der Massageräume klärte sie mich auf, dass wir kurz durch die öffentlichen Räume mussten. Ansonsten hätten wir durch den inzwischen aufgekommenen Regen gehen müssen. „Bleib einfach direkt bei mir. Es sind nur ein paar Schritte und die paar Gäste, die bereits da sind, werden sich schon nicht auf uns schmeißen."

Sie öffnete die Türe zum Hauptraum. Ich zog meinen Mantel automatisch noch etwas enger zu und hielt die Hände vor der Brust überkreuzt. Als wir mitten im Raum waren, setzte völlig unerwartet ein Blitzlichtgewitter ein. Im gleichen Moment löste sich ein wahrer Koloss von Mann von einer der Wände und näherte sich dem Fotografen mit erstaunlicher Geschwindigkeit. Er griff sich den Mann und schob ihn mit unwiderstehlicher Kraft zu einem der Ausgänge. Lilou erholte sich als Erste von dem überraschenden Intermezzo. Sie nahm mich an der Hand und zog mich zu einem der anderen Ausgänge. Die Gäste in dem Raum schienen keine allzu große Notiz von dem Vorfall genommen zu haben. Scheinbar waren sie durch die Aufmerksamkeit, die Jacques Angestellte ihnen zukommen ließen, zu sehr in Anspruch genommen.

Nach einem kurzen Anklopfen ohne das ‚Herein' abzuwarten, zog Lilou mich in Jacques Büro und berichtet ihm von dem Vorfall.

„Wo hat Miro ihn hingebracht?"

„Ich nehme mal an, in sein Büro."

Jacque griff zum Telefon. „Warte mit der Befragung bis ich da bin."

Während er den Raum verließ, nannte er Lilou noch den Raum, in dem mein Schmuck begutachtet werden sollte. „Bring sie bitte persönlich dort hin und bleibe dann bei ihr."

Eigentlich hätte ich mich jetzt lieber erstmal von dem Schock erholt, folgte ihr aber brav in einen nahegelegenen Raum, in dem wir von einem attraktiven gut gelaunten jungen Mann erwartet wurden.

„Hi, ich bin Fabienne. Dann mach es dir doch mal hier auf der Liege bequem."

„Ist das dein echter Name oder dein Arbeitsname für Jacque?"

„Nein", antwortete er mir lachend, „der ist echt. Purer Zufall."

Er schob mir den Ärmel hoch und schaute sich den Armreif ausgiebig an. Die Verschlüsse untersuchte er sogar mit einer Handlupe.

„Gute Arbeit. Was passiert, wenn ich versuche, den zu drehen?"

„Tut weh."

„Hm. Hat es den gepiekst als er dir das angelegt hat? Also, sind da irgendwie Nadeln eingearbeitet?"

„Nein. Das nicht. Der ist nur höllisch eng. Warum ich den nicht drehen kann, weiß ich nicht."

„Okay. Du kannst dich vermutlich da raus hungern. Wäre aber eine schlechte Möglichkeit, weil das erstens ziemlich lange dauert und zweitens eine Missachtung gegenüber all den Menschen auf der Erde ist, die liebend gerne jeden Tag so viel essen würden, wie man das als Mensch normalerweise braucht."

Ich wusste nicht, was ich darauf antworten sollte. Falls er jetzt irgendwie den Weltverbesserer spielen wollte, würde er bei mir sicherlich nicht erfolgreich werden. Für Fabienne kein Problem, da er einfach weiterredete.

„Deshalb probieren wir jetzt mal was anderes. Ich drücke den Muskel an einer Stelle stark zusammen. Mal sehen, ob ich dann einen Blick auf das Innenleben erhaschen kann."

Ich gab nickend mein Einverständnis. Nachdem er an mehreren Stellen unter den Reif geschaut hatte, nickte er schließlich.

„So wie das aussieht, kann ich dir den abnehmen. Ist aber ein bisschen unangenehm."

„Mach einfach. Hauptsache, das Teil ist ab."

„Okay. Ich mache Folgendes. Ich werde dir diesen langen und sehr stabilen Faden möglichst nah unter dem Reif fest um deinen Arm binden. Dadurch wird dein Arm dann noch mehr eingeengt, was nicht unbedingt angenehm ist. Aber, der Reif kann dann langsam auf den abgebunden Teil rutschen. Wenn er sich dann erstmal aus seinem jetzigen Sitz gelöst hat, haben wir gewonnen."

Er machte eine Pause und sah mich fragend an.

„Klar. Alles verstanden. Leg los. Je früher wir loslegen, desto früher habe ich es hinter mir."

Fabienne legte die erste Schlaufe direkt unter den Reif und schob sie dann mit einem kleinen Stab sorgfältig unter den Reif, bevor er sie zu zog und dann nach dem gleichen Prinzip eine Windung nach der anderen legte. Endlich legte er den Stab zur Seite.

„So, jetzt noch schnell ein paar Windungen im Freien. Unter deinem Schmuck sollte jetzt eigentlich genug Platz sein."

Nachdem er mir noch gut einen Zentimeter des Armes abgebunden hatte, bat er Lilou, den Faden festzuhalten. Danach gelang es ihm mit ein bisschen zusätzlicher Hilfe durch den Stab, den er diesmal von oben unter den Reif führte, diesen zu lockern. Endlich rutschte er an meinem Arm bis zum Ende der Schnürung herunter.

„Na wer sagt es denn? Der Rest ist jetzt nicht mehr sonderlich schwer."

Er wickelte Windung um Windung um meinen Arm, wobei der Reif jetzt schon fast von selber nachrutschte. Auf diese Weise kam er schnell bis zum Ellenbogen.

„So hier wird es wieder etwas schwieriger. Vermutlich passt das Teil nicht über den Knochen."

Er probierte ein paar Mal, musste seine Versuche dann aber einstellen.

„Dann will ich mal sehen. Vermutlich hatte der Mann nicht die Zeit, diesen Schmuck komplett an deinen Körper angepasst fertigen zu lassen. Vielleicht können wir den ja ein bisschen verbiegen."

Er nahm ein Gerät aus seinem Koffer, das eher nach Folter, als nach Werkzeug aussah.

„Keine Angst. Wenn ich die Zwinge zudrehe, entwickelt sie eine enorm große Kraft. Vermutlich kann ich deinen Schmuck damit vorübergehend in eine leicht ovale Form zwingen. Das sollte für den Ellenbogen ausreichen. Passieren kann dir dabei nichts. Selbst wenn sie abrutschen sollte, ist sie völlig harmlos."

Tatsächlich merkte ich, wie sich der Druck des Armreifs kurze Zeit später änderte. Es war zwar immer noch sehr eng, aber es gelang mir mit Fabiennes Hilfe, den Ellenbogen durchzuziehen. Der Unterarm stellte dann kein wirkliches Hindernis mehr dar. Kurze Zeit später lag das Schmuckstück auf dem Tisch und wurde von Fabienne genauestens in Augenschein genommen.

„Wunderbar", meinte ich, während ich den Faden von meinem Arm löste. „Dann kannst du ja gleich mit dem anderen weitermachen."

Fabienne schüttelte zweifelnd den Kopf. Er nahm den Armreif und versuchte ihn über das Armband zu schieben, dass ich an meinem linken Handgelenk trug.

„Den bekommen wir hier nicht drüber. Im Moment geht das nicht weiter, als bis zu diesem Schmuckstück. Immerhin etwas, aber noch nicht die wirkliche Befreiung."

Er drehte den Armreif in seiner Hand. „Ich würde vorschlagen, dass ich mir den hier erstmal in aller Ruhe anschaue. Danach sehen wir weiter."

Eigentlich wollte ich so etwas nicht hören, aber ich musste ihm zustimmen. Bevor ich ihm vorschlagen konnte, dann wenigstens die Oberschenkelbänder zu entfernen, kam Jacque herein.

„Ich sehe, du bist ein Teil schon losgeworden?"

„Der andere geht nicht über das Handgelenk." Ich hob den linken Arm. „Er will sich erstmal anschauen, ob er den Mechanismus des Armreifs herausbekommt."

„Das ist gut. Wir haben leider ohnehin keine Zeit mehr. Der Pressetyp, der dich fotografiert hat ist nur die Spitze des Eisberges. Es gibt im Internet ein Forum, das über jeden deiner Schritte informiert. Jeder, der diese Seite findet, findet auch die schon bekannten Fotos und ein paar zusätzliche, die hier im Club gemacht worden sind. Scheinbar war der, den wir einkassiert haben, nicht der einzige. Das ist mir wirklich sehr peinlich. Vor dem Haus haben sich schon wieder einige Typen versammelt, die nichts anderes im Sinn haben, als dich vor die Kamera zu bekommen. Es kommen schon gar keine Gäste mehr rein. Die nehmen bei der Öffentlichkeit natürlich alle Reißaus."

In mir brach eine kleine Welt zusammen. Ich hätte das Gelaber meines Securitychefs ernster nehmen sollen. Die Aussicht auf die Zeit mit Jacque hatte mich blind für die Realität gemacht. Und gerade jetzt, wo es eine Hoffnung gab, dass ich mit der Zeit meinen gesamten unfreiwillig erworbenen Schmuck los werden würde, kam diese Nachricht und brachte mich zurück auf den Boden der Tatsachen.

„Und jetzt?"

„Wir müssen dich hier wegbringen und danach den Leuten klar machen, dass sie auf der falschen Fährte sind."

„Tunnel graben oder wie?"

„Nein", lachte Jacque, „natürlich nicht. Wir werden dich mit dem Auto rausbringen. Ich komme dann nach. Vor der Türe wartet einer meiner Fahrer. Geh einfach mit. Während ihr abhaut, werden wir vor dem Club eine große Show mit der Strechlimo abhalten. Würde mich wundern, wenn wir die damit nicht abgelenkt bekommen. Lilou, du schnappst dir einen langen Mantel, Kopftuch und Sonnenbrille. Du bist das Sabienne-Double. Alles klar?"

Lilou nickte und sprang auf, um sich vorzubereiten. Fabienne packte sein Werkzeug ein und ich wurde von Jacque zu dem Fahrer gebracht, der mich wegbringen sollte.

Ich wartete mit ihm an einer der Hintertüren, bis er über sein Mobilphone grünes Licht bekam. Die Türe führte auf einen kleinen Hinterhof, wo bereits ein alter Golf-Kombi wartete.

Der Fahrer öffnete die Heckklappe und bat mich mit bedauerndem Gesichtsausdruck, mich unter der Abdeckung zusammenzurollen. Sofort, nachdem er die Klappe geschlossen hatte, stieg er ein und fuhr langsam los. Eine Minute später rief er mir zu: „Hat alles geklappt. Sie können die linke Sitzbank nach vorne drücken und rausklettern. Ist ja nicht nötig, dass Sie die ganze Fahrt da hinten liegen bleiben. Anhalten möchte ich nicht, da wir uns ein wenig beeilen müssen."

Ich brauchte einen kleinen Moment, bis ich mich orientiert hatte und setzte mich dann auf die Rücksitzbank. Ich schaute immer wieder ängstlich nach hinten, konnte aber kein Auto erkennen, das uns zu folgen schien.

Nachdem wir noch ein paar Mal die Straße gewechselt hatten, merkte ich, wie sich auch mein Fahrer immer mehr entspannte. Kurz danach aber, hatte er sich wohl ein bisschen zu viel entspannt. Wir wurden von einem Polizeiwagen überholt. Das Signal „Bitte Folgen" war unübersehbar. Schon ein paar Meter später fuhren beide Wagen rechts heran. Der Polizist stieg mit tief sitzender Kappe aus und kam zu uns nach hinten. Irgendwie erinnere er mich an jemanden. Als mein Fahrer das Fenster herunter ließ, streckte der Polizist die Hand hinein und hielt ihm eine Pistole an die Schläfe. Jetzt, viel zu spät, erkannte ich meinen Masseur. Der schaute den Fahrer an und gab seine Anweisung.

„Wir haben nicht viel Zeit zum Diskutieren. Du ziehst jetzt den Schlüssel ab und gibst ihn mir vorsichtig heraus." An mich gewendet fuhr er fort „Und du steigst aus und begibst dich vorne zu meinem Bulli."

Als der Fahrer ihn nur anschaute, zielte der Masseur an ihm vorbei und schoss ein Loch in die Beifahrertüre. Augenblicklich zog der Fahrer den Schlüssel ab und reichte ihn durch das Fenster. Danach streckte er seine Hände gegen das Autodach und schaute stier geradeaus. Ich konnte sehen, wie der Schweiß aus seinen Poren trat.

„Hör gut zu Bienchen. Der nächste Schuss geht mitten durch das Gehirn von diesem Prachtexemplar hier vor mir. Abgesehen von der riesigen Sauerei ändert das nichts am Ausgang dieser Geschichte. Also schwing deinen Hintern in den Bulli."

Ich stieg mit zitternden Beinen aus. Der Weg zu dem Polizeiwagen erschien mir endlos lang. Meine Knie wollten immer wieder einknicken. Was, wenn er mich jetzt einfach abknallen würde? Schließlich kam ich an dem Bulli an und wollte auf den Beifahrersitz steigen.

„Nach hinten!"

Der Ruf kam von meinem Masseur, der noch immer neben dem Fahrer stand. Kurz nachdem ich in den Laderaum gestiegen war, lief der Masseur zu dem Bulli und fuhr, ohne sich darum zu kümmern, was ich machte, los. Die Fahrt führte uns nur um ein paar Ecken. Dann stieg er aus und riss, soweit ich das erkennen konnte, die ‚Polizei' - Aufkleber ab. Danach stieg er zu mir in den Laderaum.

„Setzt dich auf die Bank und schnall dich gefälligst an."

Ich stand noch komplett unter dem Schock der Entführung und führte seinen Befehl sofort aus. Danach zog er eine kurze Kette unter dem Sitz hervor, an deren Ende Handschellen befestigt waren. Nachdem die an meinen Handgelenken eingerastet waren, lagen meine Hände im Schoß. Die Kette war so straff unter dem Sitz befestigt, dass ich meine Hände nicht höher heben konnte.

„Ich kann dir nur empfehlen ruhig sitzen zu bleiben. Lang wird die Fahrt nicht."

Damit stieg er wieder auf den Fahrersitz und fuhr zügig stadtauswärts.

Ich gewann langsam die Kontrolle über meine Gedanken zurück. Die Scheiben des Bulli waren abgedunkelt. Eigentlich hätte mir das schon vor dem Überfall auffallen müssen. Ich hatte noch nie einen Polizeibulli mit abgetönten Scheiben gesehen. Jedenfalls hatte ich damit keine Chance, den anderen Autofahrern ein Zeichen zu geben.

„Was soll das denn jetzt geben, Herr Wolf?"

„Versucht du dich jetzt einzuschleimen, indem du mich freiwillig ‚Herr Wolf' nennst?"

„Nein, natürlich nicht, Herr Wolf."

Wie konnte ich nur so dämlich sein? Schon mit dem ersten Satz hatte ich den letzten Rest meiner Souveränität aufgegeben. Meine Antwort ‚nein, Herr Wolf' war dann das I-Tüpfelchen. Ich beschloss erstmal den Mund zu halten und den nächsten Versuch ein Gespräch zu beginnen, besser zu durchdenken.

„Du wunderst dich vermutlich, weshalb ich mich erst jetzt wieder um dich kümmere Bienchen?"

Hätte ich doch bloß den Mund gehalten.

„Sie hätten ruhig noch wesentlich länger weg bleiben können."

„Und ich dachte schon, du würdest mir nur noch nach dem Mund reden."

„Warum sollte ich? Sie kommen hier an, brechen in mein Leben ein und sind dann auch noch so unverfroren, mich auf offener Straße zu entführen."

„Weiter so Bienchen. So gefällt mir das wesentlich besser. Wenn ich dir einen Tipp geben darf? Jetzt ist der Moment gekommen, um dramatisch an den Fesseln zu ziehen."

„Leck mich!"

„Das werde ich sicherlich nicht tun. Aber vielleicht findet sich ja ein Bauer, der seine Ziege zur Verfügung stellt, um die ein wenig an deinen Füßen lecken zu lassen. Das soll früher mal eine Foltermethode gewesen sein. Was meist du, Bienchen?"

Ich schaute demonstrativ aus dem Fenster und beschloss, nichts mehr zu sagen.

„Du ziehst es vor zu schweigen? Besser so. Damit machst du nichts falsch und ich kann mich in Ruhe aufs Fahren konzentrieren. Nicht, dass ich einen Unfall baue und dabei auch zum Mörder zweier unschuldiger Menschen werde. So, wie du."

Er hatte mir zwar erst vor wenigen Tagen, als der ganze Mist anfing, in Erinnerung gerufen, dass ich diesen dämlichen Unfall gehabt hatte. Trotzdem hatte ich das schon wieder komplett verdrängt. Der große Herr Wolf wandelte ja auf dem Rächerpfad.

Die Fahrt dauerte tatsächlich nicht mehr lange. Wir bogen bald in die Einfahrt eines einsam gelegenen Hauses ein.

„So, dann wollen wir dich mal ins Haus verfrachten."

Er zog eine weitere Handschelle unter dem Sitz hervor, die er mir um die Fußgelenke legte. Danach löste er die Kette unter dem Sitz und versuchte sie an der Kette meiner Fußfesseln zu befestigen. Als er dabei an meinen Fußfesseln zog, trat ich, ohne lange nachzudenken, mit meinen Fußspitzen zu und erwischte ihn irgendwo unterhalb des Kinns. Er taumelte zur anderen Seite des Laderaumes und wirkte für den Moment zu überrascht, um sich zu wehren. Ich nahm so gut es ging Schwung und warf mich mit meinem ganzen Körper gegen ihn. Er flog gegen die Rückwand des kleinen Laderaumes und sank röchelnd in sich zusammen. Der einzige Gedanke, den ich hatte, war „Gleich wird er nach mir greifen und mich festhalten. Dann habe ich verloren. Mit gefesselten Händen und Füssen kann ich mich nicht gegen ihn wehren." Also rollte ich mich zur noch immer geöffneten Schiebetüre und ließ mich aus dem Bulli fallen. Ich zwang mich, einen Blick zu ihm zurück zu werfen. Er lag noch in der Ecke, in die ich ihn befördert hatte und bewegte sich nicht.

Erst wollte ich loslaufen. Irgendwie in den nahe gelegenen Wald. Dort würde sich schon etwas finden. Aber schon beim ersten Schritt landete ich krachend und mit schmerzenden Fußgelenken auf dem Boden. Die Kette war viel zu kurz, um auch nur an Laufen denken zu können. Der Waldrand war komplett unerreichbar. Ich konnte unmöglich im Stil ‚Sackhüpfen' bis zum Wald kommen. Ängstlich schaute ich wieder zu meinem Entführer. Er hatte sich noch immer nicht bewegt. Ich musste unbedingt die Fesseln loswerden. Wenigstens gab es an den Schellen vernünftige Schlüssellöcher. Was mir fehlte, waren die Schlüssel.

Wieder ging mein Blick zu dem Entführer. Vermutlich hatte er die rettenden Schlüssel in der Hosentasche oder an einer Kette um den Hals. Wenn ich es wagen würde, ihn zu untersuchen? Was hatte ich für Alternativen? Wegrennen, ich korrigierte mich: Weghüpfen wäre wahnsinnig anstrengend und zudem viel zu langsam. Sobald er wieder halbwegs bei Bewusstsein sein würde, wäre ich eine leichte hilflose Beute für ihn. Außerdem hatte ich das eben schon durchdacht. Ich durfte jetzt keine Zeit damit verplempern, dass ich alles zweimal durchdacht. Hilfe holen? Ich sah mich um.

Das Grundstück lag ziemlich einsam. Keine Aussicht auf Erfolg. Ich musste es einfach wagen.

Vorsichtig, ohne ihn aus den Augen zu lassen, kletterte ich wieder in den Laderaum. Der Masseur machte noch immer keine einzige Bewegung. Ich kroch das letzte Stück an ihn heran und prüfte zuerst, ob er tatsächlich eine Halskette trug. Fehlanzeige. Dann die Hosentaschen. Vorsichtig griff ich in die nächstliegende Tasche. Da war etwas. Mit spitzen Fingern zog ich einen Schlüsselbund heraus und sah zwischen einigen anderen tatsächlich auch zwei kleine Schlüssel baumeln.

Ich brauchte nur wenige Sekunden, um den Bulli wieder zu verlassen. Trotzdem kamen sie mir wie eine kleine Ewigkeit vor. Wieder hatte ich Angst, dass er gerade jetzt, so kurz vor meiner Befreiung wach werden könnte. Zur Sicherheit hüpfte ich ein paar Sprünge vom Bulli weg und stellte mich dann so, dass ich in den Laderaum sehen konnte. Mit zittrigen Händen probierte ich den ersten Schlüssel an meiner Fußfessel aus. Er ließ sich nicht drehen. Nur mit Mühe konnte ich ihn wieder aus dem Schloss ziehen. Irgendwie hatte er sich verhakt. Der zweite Schlüssel passte zu meiner grenzenlosen Erleichterung. Ich löste beide Fußfesseln und machte mich, nach einem schnellen Kontrollblick in den Bulli an meine Handfesseln. Glücklicherweise war die Verbindungskette so lang, dass ich die Schlösser problemlos erreichen konnte. Ich ließ die Kette auf den Boden fallen und rannte los.

Schon nach den ersten Schritten blieb ich stehen. Kleine Steine bohrten sich schmerzhaft in meine Füße. Die Latschen, die ich bei meinem überstürzten Aufbruch an den Füßen gehabt hatte, waren im Bulli geblieben. Automatisch zog ich meinen knappen Bademantel zu. Wenn ich so weglaufen würde, hätte ich mit Sicherheit wieder einmal viel mehr Aufmerksamkeit, als mir lieb war.

„Unternehmerin Weberlein, die in den letzten Tagen durch ihre Nähe zur Rotlichtgröße Tombé Schlagzeilen gemacht hatte, wurde, nur mit einem freizügigen Bademantel bekleidet, aufgegriffen"

So oder so ähnlich konnte das aussehen. Ich musste unbedingt nach einer anderen Lösung suchen. Mein Entführer schien langsam wieder zu sich zu kommen. Jedenfalls konnte ich jetzt laute Atemgeräusche hören, die vorher nicht da waren. Handeln war gefragt. Genau das, was ich in meiner Firma doch auch immer so gut konnte. Kurzentschlossen griff ich nach den Hand- und Fußschellen und kletterte in den Bulli. Da seine Füße schon gut lagen, legte ich als Erstes vorsichtig die Fußfesseln an. Er gab erste Geräusche von sich. Seine linke Hand war einfach zu erreichen. Ich ließ die Schelle einschnappen. Die andere Hand lag unter seinem Körper. Ich hatte keine Chance die zu erreichen. Wenn ich jetzt anfangen würde, ihn zu drehen, wäre er vermutlich schneller wach, als mir lieb sein konnte. Also ließ ich das andere Ende ebenfalls um eines seiner Fußgelenke einschnappen. Ich prüfte nochmals, ob die Schellen gut geschlossen waren und sprang aus dem Bulli. Bei meiner Landung wurde mir schmerzhaft bewusst, dass ich meine Schlappen wieder im Auto gelassen hatte.

Inzwischen fing er an, sich zu bewegen. Damit war der Bulli endgültig tabu. Ich schaute mich hilfesuchend um. Meine Situation hatte sich in den letzten Minuten deutlich verbessert. Mein Entführer war gefesselt und ich war frei. Mit anderen Worten: Ich hatte auf einmal sehr viel Zeit. Warum also nicht schnell in dem Haus nach geeigneten Klamotten suchen? Ich hob den Schlüsselbund auf und ging zur Tür.

So genau wusste ich eigentlich gar nicht, was mich in dem Haus erwarten würde. Vermutlich irgendeine halbwegs gepflegte Junggesellenwohnung. Das, was ich sah, war jedenfalls etwas ganz anderes. Der Hauptraum, der bei Familien vermutlich als Wohnzimmer gedient hätte, war mit Computern und Bildschirmen zugestellt. Einige Bildschirme zeigten Einstellungen, wie von Überwachungskameras. Ich musste nicht lange suchen, bis ich Bildschirme fand, die die Zimmer meines eigenen Hauses zeigten. Auf anderen Bildschirmen sah ich eine junge Frau, die scheinbar gerade mit dem Hausputz beschäftigt war. Vermutlich versuchte sie die langweilige Arbeit ein wenig aufzulockern, indem sie außer den Gummihandschuhen nur eine Rüschenschürze trug. Mir konnte das egal sein. Was zählte war, dass in meinem Haus Kameras installiert waren, die mein Securitychef nicht gefunden hatte.

Nach kurzem Suchen fand ich ein Telefon und rief Security-Maier an.

„Schwingen Sie sich in das nächstbeste Auto und kommen Sie hierher. Und bringen Sie ein paar ihrer Leute mit. Ich bin hier scheinbar im Lagezentrum meines miesen kleinen Masseurs gelandet."

„Wo sind Sie Frau Weberlein?"

Stimmt. Wo war ich eigentlich?

„Keine Ahnung. Haben Sie beim Checken seiner Daten kein einsam gelegenes Haus am Waldrand gefunden?"

„Leider nein."

Auf der Suche nach einer Adresse schweifte mein Blick durch den Raum. Endlich blieb er an einem Stapel Briefe hängen.

„Warten Sie, hier liegen Briefe."

Ich blätterte die Umschläge durch.

„Alles dieselbe Adresse."

Nachdem ich die Anschrift durchgegeben hatte, beendete ich das Gespräch, stellte mich in das Zimmer und schaute mich nochmals um.

„So ein krankes Hirn. Überwacht der die halbe Welt oder was ist das hier?"

Ich riss mich von dem Anblick los und machte mich auf die Suche nach Kleidung, die halbwegs für mich taugen würde. Ohne die unteren Räume zu durchsuchen, lief ich sofort die Treppe in die erste Etage hoch. Im Schlafzimmer fand ich einen gefüllten Kleiderschrank. Ich griff mir nach kurzer Suche ein Kapuzenshirt und eine Sporthose. Jetzt musste ich nur noch Glück haben und irgendwelche Schuhe finden, die halbwegs passen würden.

Durch das kleine Treppenhausfenster fiel mein Blick auf den Bulli.

Die Ladefläche war leer! Im gleichen Moment sah ich, wie direkt vor mir die Haustüre vorsichtig geöffnet wurde. Noch war das Türblatt zwischen ihm und mir. In rasender Geschwindigkeit ging ich meine Optionen durch. Im Haus verstecken ging nicht. Er kannte das Haus. Ich kannte das Haus nicht. Außerdem würde ich es noch nicht einmal schaffen, die Treppe hochzukommen, ohne dass er es merken würde. Die Entscheidung stand fest. Ich musste die einzige andere Option nehmen.

Mit aller Wucht, zu der ich fähig war, warf ich mich gegen das Türblatt. Gleichzeitig mit seinem ohrenbetäubenden Schrei landete ich mit schmerzender Schulter auf den Boden.

„Meine Finger! Du hast mir die Finger abgetrennt!"

Automatisch schaute ich auf den Flurboden. Dort waren keine Fingerreste oder dergleichen zu sehen. Er hatte sich die Finger also schlimmstenfalls eingeklemmt. Noch lange kein Grund sich so aufzuregen.

Wie konnte ich jetzt abhauen? Die Tür war blockiert. Vermutlich würde er mich auf der Stelle in Stücke reißen, wenn er nur nah genug an mich herankommen könnte. Ich lief ins Überwachungszimmer, riss die Terrassentüre auf und rannte, so schnell ich konnte, durch den Garten in den rettenden Wald. Diesmal störte es mich nicht, dass ich immer wieder auf spitze Steine trat. Ich wollte einfach nur weg. Möglichst schnell und möglichst weit. Erst, als ich ernsthafte Probleme mit meiner Atmung bekam und die eingeschnürten Oberschenkel brannten, verlangsamte ich mein Tempo und blickte mich um.

Niemand war zu sehen. Ein gutes Zeichen. Schlecht war allerdings, dass Security-Maier jetzt zu einer Adresse unterwegs war, an der er mich nicht mehr finden konnte. Ich brauchte also dringend ein Telefon. Auf Gut Glück lief ich in einem Tempo, das ich für lockeren Trab hielt, auf dem Waldweg weiter.

Endlich sah ich den Waldrand und gleich dahinter eine kleine Siedlung. Dort musste irgendwo ein netter Mensch mit Telefonanschluss zu finden sein. Ich schaute an mir herunter und stellte fest, dass ich schon mal besser ausgesehen hatte, aber immerhin unter Leute konnte. Direkt am Waldrand sah ich zwei Mädchen im Teenager-Alter auf einer Bank sitzen. Ich ging mit entschiedenen Schritten auf die beiden zu und streckte fordernd die Hand aus.

„Ich bräuchte mal kurz eins von euren Smartphones. Ist ein Notfall."

Wie erwartet, waren die beiden zu überrascht, um mir zu widersprechen. Eine gab mir mit großen unsicher blickenden Augen ihr Handy.

„Maier. Wo sind Sie?"

„Auf dem Weg. Noch fünf Minuten."

„Es gibt eine Planänderung. Mein Standort hat sich geändert. Ich bin jetzt am Rand von so einem kleinen Kaff."

Ich wandte mich an die Mädchen und fragte nach dem Namen des Dorfes.

Nachdem ich ihn durchgegeben hatte, beendete ich das Gespräch und gab das Handy zurück. Ich zwang mir dabei sogar ein Lächeln ab. Danach ging ich langsam in Richtung der Durchgangsstraße, auf der in wenigen Minuten Security-Maier auftauchen musste.

Als er endlich kam, war er alleine.

„Haben Sie Ihr Team erst zu dem Tatort gebracht oder warum sind sie alleine?"

„Das Team kommt nach. So schnell habe ich die nicht zusammenbekommen. Die haben schließlich alle ihre Aufgaben. Ich bringe Sie jetzt erstmal in die Stadt zurück. Wir haben Ihr Haus nochmals gecheckt. Das sollte jetzt sicher sein."

„Ein Scheiß ist das. Ich habe die Live-Bilder der Überwachungskameras gesehen. Der Typ hat die Kameras wohl so geschickt eingebaut, dass die Fähigkeiten Ihres Teams nicht ausreichen, um die zu finden. Steht alles im Wohnzimmer von dem Typen. Wenn das nicht so ein derartig gestörter Typ wäre, würde ich dem glattweg Ihren Posten anbieten!"

„Das muss ein Irrtum sein. Wir haben Ihr gesamtes Haus durchgecheckt. Da ist nichts mehr. Vielleicht haben Sie ja alte Filme gesehen", versuchte Maier sich zu verteidigen.

„Der Typ hatte nicht vor, mir eine Wohnungsbesichtigung anzubieten. Warum sollte er sich also die Mühe machen, irgendwelche alten Überwachungsfilme laufen zu lassen?"

Auf sein Achselzucken setzte ich meinen Satz fort „Der ist einfach besser als Sie und Ihr ganzes Team. Das ist alles. So. Und jetzt bringen Sie mich zu der Wohnung von Ihrem Bruder."

„Ich habe aber keinen Schlüssel dabei."

„Ich fasse es nicht. Sie sind aber auch auf gar nichts vorbereitet!"

Ich brauchte dringend neue Klamotten. Meine Wohnung und die Ersatzwohnung waren nicht erreichbar.

„Bringen Sie mich in die Innenstadt."

„Wohin genau?"

„Zum Marktplatz. Den Rest mache ich dann alleine. Von Ihnen erwarte ich, dass Sie bei meinem Entführer ganze Arbeit leisten. Das Material, das er in dem Haus hat, sollte eigentlich reichen, um ihn für die Zukunft außer Gefecht zu setzen."

„Mir ist nicht wohl bei dem Gedanken, Sie einfach am Marktplatz rauszulassen."

„Das interessiert mich nicht im Geringsten. Sobald ich ausgestiegen bin, haben Sie eine Aufgabe, die Sie ausfüllen wird. Ich komme dann schon klar. Morgen will ich harte Fakten von Ihnen hören."

Den Rest der Fahrt wurde kein Wort mehr gewechselt. Als er mich abgesetzt hatte, schaute ich dem Wagen noch hinterher, um mir sicher zu sein, dass er auch wirklich zurückfuhr und nicht auf die Idee kam, mich irgendwie beschützen zu müssen. Danach machte ich mich auf den Weg.

Als ich den Laden betrat, erntete ich einen ungläubigen Blick von Donna.

„Beim letzten Mal warst du aber um einiges besser gekleidet Sabienne. Was ist passiert?"

„Lange Geschichte. Wichtiger ist, dass ich etwas halbwegs Alltagstaugliches zum Anziehen bekomme. Und wenn du Jacque Bescheid sagen könntest? Er soll mich hier abholen."

„Wird gemacht. Nicht, dass mir das Peinlich ist, jemanden im Laden zu haben, dessen Bekleidung so derartig geschmacklos ist, aber vielleicht gehst du erstmal nach hinten in den Behandlungsraum. Da findest du auch ein kleines Bad mit Dusche. Die Benutzung ist erwünscht."

Ich schaute an mir herunter und musste Donna zustimmen. Die Kleidung war dreckig, meine Füße und Hände waren dreckig und mein Gesicht sah wohl kaum besser aus.

Als ich, nur mit dem Bademantel bekleidet in den kleinen Raum zurückkam, fühlte ich mich wesentlich besser. Ich hörte, dass Donna gerade bediente. Die Liege, auf der ich vor wenigen Tagen gelegen hatte, war zu einem halbwegs einladenden Stuhl umgebaut worden. Ich setze sich drauf, zog den Bademantel eng um mich und beschloss hier so lange zu warten, bis jemand kommen würde, der sich um mich kümmert.

Ich wachte davon auf, dass sich Donna an meinem Ohr zu schaffen machte.

„Du warst eingeschlafen, Sabienne. Ich habe schon mal angefangen deine neuen Piercings zu prüfen. Sieht alles gut aus. Zeig mir mal die andere Seite."

Ich drehte den Kopf.

„Wunderbar", bestätigte Donna einen Moment später. „was ist mit deinem Septumring passiert? Und was ist mit der Kette?"

Ich hörte einen leichten Vorwurf in Donnas Stimme.

„Die Kette fand ich dann doch ein bisschen zu viel."

„Okay. Normalerweise würde ich jetzt sagen, dass ich dich dann wohl falsch eingeschätzt habe. Wenn ich mir allerdings diese superschöne Rose anschaue, kann ich mir eigentlich nicht vorstellen, dass ich so derartig daneben gelegen habe."

Ich konnte jetzt schlecht erklären, dass ich eine zeitlang die Kontrolle über das verloren hatte, was mit mir geschah. Zum einen hätte ich dann eine Schwäche zugegeben und andererseits gefiel mir die Rose selber auch sehr gut. Nur die Stelle war etwas problematisch. Donna deutete mein Schweigen auf ihre Weise.

„Leg mal den Kopf nach hinten. Ich setzte dir zumindest wieder einen vernünftigen Ring ein. Du willst Jacque ja wohl kaum ungeschmückt entgegentreten."

Ohne auf eine Antwort zu warten, nahm sie einen bereitliegenden Ring von einem kleinen Tablett, desinfizierte ihn kurz und schob ihn in das kleine Loch vor meiner Nasenscheidewand. Ich merkte einen deutlich spürbaren Druck, der auch dann nicht nachließ, als Donna den Ring endlich geschlossen hatte.

„Wieso hast du so lange gebraucht, um den Ring zu schließen? Das hast du doch nicht das erste Mal gemacht."

„Ich habe dir ein Edelteil eingesetzt. Das Material ist ein bisschen dicker und sieht dadurch viel besser aus und außerdem wird der nicht mit dieser kleinen Kugel verschlossen. Der hier hat einen Verschluss der ihn nach dem Aushärten kaum von einem Endlosring unterscheidet. Jacque wird vor Freude ausrasten, wenn er das sieht. Er steht darauf, wie auf kaum etwas anderes."

„Du meinst, den Ring bekomme ich nur mit einem Bolzenschneider auf?"

Donna sah mir schockiert in die Augen und fing dann an, zu lachen.

„Jetzt hatte ich eine Moment geglaubt, du würdest das ernst meinen. Im Prinzip hast du natürlich recht. Aber ich gebe dir mit Brief und Siegel, dass dich Jacque nicht mal mehr mit dem Hintern ansehen würde, wenn du das machen würdest."

Ich merkte, wie ich bei jeder Erwähnung des Namens ein immer stärker werdendes Kribbeln im Bauch bekam.

„Hast du ihn erreicht?"

„Natürlich", lächelte Donna, „er hat mich gebeten, dich noch ein bisschen hier zu behalten. Er will unbedingt selber kommen. Das dauert aber noch. Jacque will auf keinen Fall, dass du noch mal entführt wirst. Zumindest hat er mir gesagt, dass das wohl passiert ist."

„Ist es. Deshalb bin ich hier auch in diesem bedauerlichen Zustand angekommen."

„Schon verziehen. Willst du noch eine Runde schlafen? Oder kann ich noch was für dich tun?"

Schon, als Donna mir sagte, dass Jacque mich unbedingt selber abholen wollte, war ich komplett dahingeschmolzen. Die letzte Frage gab mir dann den Rest.

„Was mag Jacque denn sonst noch so? Ich meine schmucktechnisch."

Als Antwort zwickte Donna mir in die Brustwarzen „Hier", und dann in die Schamlippen „und da ist eigentlich das absolute Minimum. Willst du mehr wissen?"

Ich schluckte den Klos in meinem Hals herunter und räusperte mich nochmals „Kannst du mir die machen?"

„Du meinst Brustwarzen und Schamlippen?"

Ich nickte.

„Klar kann ich das. Bis Jacque da ist, sind wir damit fertig."

Sie schob den Bademantel auseinander und begutachtete meine Brustwarzen. Danach bereitete sie ihr kleines Tablett vor und schritt ohne viele Worte zu verlieren, zur Arbeit. Bevor sie die erste Brustwarze durchstieß fragte sie noch lächelnd, ob ich einen Knebel bräuchte. Als ich verneinte, drückte sie die Hohlnadel durch und knipste den Teil, der Nadel, der noch nicht durchgeschoben war, mit einer kleinen Zange ab. Danach setzte sie einen Ring auf diese Bruchstelle und drückte mit dem Ring den Rest der Nadel durch meine Brustwarze hindurch. Diesmal konnte ich ihr dabei zusehen, wie sie etwa aus einer kleinen Tube in den Verschluss des Ringes träufelte und dann die beiden Enden mit Hilfe von zwei kleinen Zangen zusammendrückte. Obwohl ich wusste, wo sich die beiden Seiten des Ringes getroffen hatten, konnte ich diese Schnittstelle jetzt nur noch mit größter Mühe erkennen.

„Gefällt er dir?"

Ich konnte nur an Jacques Gesicht denken, das er machen würde, wenn er die Ringe sehen würde. Also nickte ich lächelnd.

„Gut, dann machen wir mal direkt auf der anderen Seite weiter."

Wenige Minuten später waren beide Brustwarzen mit endlosen, sicher verklebten Ringen geschmückt. Donnas Blick wanderte zu meinen Schamlippen. Ohne jede Zurückhaltung nahm sie abwechselnd beide prüfend zwischen ihre Finger und nickte schließlich.

„Wieviel?"

Ich verstand die Frage nicht und antwortete halb fragend.

„Einen links und einen rechts? Das sind demzufolge zwei."

„Zwei ist allerdings das Minimum", gab Donna zurück „nur eben pro Seite. Ist natürlich deine Entscheidung. Ich sage dir nur, was Jacque meint."

„Zwei auf jeder Seite ist das Minimum? Du meinst, wenn ich mich so schmücke, wie Jacque es mag, dann sind das eher sogar mehr als vier?"

„Nein. Mehr als vier auf jeder Seite werden es in der Regel nicht."

„Ich meinte eigentlich vier im Sinne von zwei links und zwei rechts."

„Ah."

Donna sah mich abwartend an. Schließlich nickte ich zustimmend. „Drei auf jeder Seite. Und leg sofort los, sonst überlege ich es mir noch anders."

Obwohl Donna konzentriert arbeitete, dauerte es fast eine halbe Stunde, bis der sechste Ring endlich saß. Donna lehnte sich ein Stück zurück und begutachtete ihr Werk.

„Ich habe die genau pärchenweise auf gleicher Höhe gesetzt. Das sieht am besten aus und dann kann man sie auch am besten zum Spielen benutzen."

„Spielen?"

„Ja. Zusammenschließen zum Beispiel."

Ich konnte nur nicken.

„Aber nicht so bald. Erstmal muss das natürlich vernünftig heilen."

„Das sehe ich auch so. Das war es dann?"

Donna sah mich einen Moment lang an.

„Wenn die Frage so gemeint war, dass du jetzt die liebsten Piercings von Jacque kennengelernt hast, dann ist die Antwort fast ein Ja"

„Er hat also noch ein paar andere Vorlieben?"

„Klar."

„Und?"

Donna kniff mir in die Unterlippe. „bei so vollen Lippen, wie deinen, steht er auf ein vertikales Labret. Das fängt unter der Unterlippe an und kommt kurz vor der Stelle wieder raus, an der die Oberlippe aufliegt."

Ich wusste nicht, was ich sagen sollte. Den Ring in der Nase fand ich schon heftig genug.

„Und früher oder später natürlich noch ein Zungenpiercing."

„Nur eins?", konnte ich mir nicht verkneifen zu fragen.

„Manchmal auch mehr. Kommt immer ganz darauf an. Wenn es nur eins ist, dann wird das meistens noch gedehnt."

„Ich dachte, das gibt es nur bei den Ohren?"

„Da sieht man es wirklich am Häufigsten. Das mag er aber nicht."

„Das war es dann aber erstmal?"

„Was Piercings angeht, sind das seine absoluten Favoriten. Bei dir mach ich jetzt aber erstmal nichts mehr."

„Ich hätte eigentlich erwartet, dass du noch den Bauchnabel erwähnst."

„Ne. Geht nicht. Du kannst keine Korsetts tragen und gleichzeitig da drunter gepierct sein. Der Druck auf den

Stichkanal ist nicht gut. Außerdem sieht man das ja ohnehin nicht."

„Ist was dran", stimmte ich nickend zu.

„Okay, dann komm mal mit nach vorne in den Laden. Du willst ja vermutlich mehr, als nur den Bademantel an haben, wenn er dich abholt."

„Klar."

„Wir müssen schauen, dass deine neuen Piercing geschützt sind. Deshalb wirst du auch weiterhin auf ein Höschen verzichten müssen."

Donna reichte mir ein Stück schwarzen Strechstoff.

„Zieh das mal über. Aber lass deine Brust frei."

Ich schaute mir das Teil genauer an. Es war eigentlich nur ein langer schmaler Schlauch. Nachdem ich ihn bis zum Brustansatz hoch gezogen hatte, reichte er mir locker bis zu den Waden.

Als nächstes reichte Donna mir ein Ungetüm von BH mit nietenverzierten Körbchen „Die Körbchen sind dir ein bisschen zu groß. Dadurch bekommst du keinen Druck auf die Piercings. Ich helfe dir eben."

Der BH war eher wie ein Bikinioberteil geschnitten. Donna bat mich, ihn an meiner Brust festzuhalten und justierte dann die Verschluss-Schnalle an meinem Rücken. Die Körbchen unter meinen Händen waren unter dem Lederüberzug aus einem harten Material gefertigt. Meine frisch gepiercten Brustwarzen waren absolut sicher.

„So jetzt kommt der absolute Knaller an dem Teil."

Mir war schon aufgefallen, dass das Verschlussband, das zum Hals hoch lief, doppelt ausgeführt und eigentlich viel zu lang war. Da ich keine Schnallen gesehen hatte, hatte ich mich schon gewundert, wie Donna dieses Band justieren wollte. Die griff nach einer Nietenzange und setze erst über meiner linken Brust mehrere Nieten, so dass das unten liegende und das oben liegende Band miteinander verbunden waren. Danach justierte sie die Bänder an meiner rechten Seite so, dass das unten liegende Band auf Spannung und das obere komplett locker war. Nachdem sie die beiden Bänder ebenfalls mit mehreren Nieten fixiert hatte, schnitt sie den überflüssigen Teil des oberen Bandes ab und ich hatte einen optimal eingestellten BH mitsamt Nietenverzierung an. Ein Blick in den Spiegel ließ allerdings für einen kleinen Moment meinen Unterkiefer herunterfallen.

„Der ist locker zwei Nummern zu groß."

„Natürlich. Wie sollen deine Piercings sonst geschützt werden?"

„Der ist aber trotzdem heftig."

„Ich kann daran nichts Heftiges finden", lachte Donna, „wenn ich dir den gegeben hätte, der vorne zwei dicke Nippel hat, dann könntest du sagen, dass der ein bisschen gewöhnungsbedürftig ist. Schließlich geht man ja nicht jeden Tag mit einem knallengen T-Shirt durch die Stadt, das von spitzen Brustwarzen nahezu durchbohrt wird. Aber das Modell hier ist doch eher moderat."

„Okay, wenn man es so sieht, dann stimme ich dir allerdings zu."

Ich sah mich nochmals im Spiegel an. Mit dem Teil gab es absolut keine Diskussion darüber, ob ich Oberweite hatte oder nicht. Insbesondere deshalb, weil hier nichts runter hing. Der Vorbau war absolut beeindruckend.

Donna reichte mir eine Packung mit Pflastern. „Du wirst kaum die nächsten Tage immer nur mit dem BH hier rumlaufen wollen. Hier sind große, gut verträgliche Pflaster drin. Immer schön drüber kleben, damit du keine Reibung an den Nippeln bekommst."

Ich nahm die Packung entgegen, ohne den Blick vom Spiegel zu nehmen.

„So, jetzt reiß dich mal von deinem Anblick los. Den Schlauch kannst du jetzt ein bisschen weiter hoch ziehen. Danach kommt die Nummer mit dem Korsett. Das kennst du ja noch von letzthin. Ich habe dir das hier rausgesucht."

Donna hielt ein glänzendes, dunkelblaues Korsett in der Hand, das an den Nähten schwarz abgesetzt war.

„Okay?"

Ich ließ meine Hände über das glatte Material gleiten.

„Super. Leg los."

Wieder begann die langwierige Prozedur. Als der erste Durchgang, den ich wirklich gemerkt hatte, beendet war, hörte Donna zu meiner Überraschung auf.

„So. Jetzt kannst du dich erstmal ein bisschen dran gewöhnen. In der Zwischenzeit kümmere ich mich um deine Beine."

Sie griff nach schwarzen Gummistrümpfen die sie bis an meine Oberschenkelbänder hochzog.

„Jetzt kann ich deine schönen Oberschenkelbänder auch benutzten. Beim letzten Mal hatte ich leider die passenden Zutaten nicht hier. Diese Strümpfe hier haben kleine Karabinerhaken die ich jetzt außen und innen an deinen Bändern befestigen kann. Ist das nicht geil?"

Freudestrahlend ließ sie die Haken einrasten, zog mein Schlauchkleid hoch und präsentierte mir das Resultat. Die Strümpfe saßen fast so eng, wie die Schenkelbänder. Ich konnte die kurze Verbindung gut erkennen.

„Diesmal gibt es keine Stiefel. Ich habe dir diese Schnürschuhe rausgesucht."

Sie hielt mir über und über mit Nieten verzierte Plateauschuhe hin, die komplett geschlossen waren und ein Stückchen über die Knöchel gehen würden. Teilweise waren sie in genau dem gleichen Blau gehalten, wie mein Korsett. Ich nahm einen der Schuhe in die Hand und schaute ihn ehrfürchtig von der Seite an. „Wie hoch sind die?"

„Fünfzehn und fünf. Der absolute Knaller. Du wirst sie lieben."

Ich war mir nicht so sicher, aber ich setze mich auf eine Bank und hielt Donna meine Füße hin. Nachdem sie die Schnürung angezogen hatte, zog sie aus einer weiteren Box einige glänzende Ketten heraus. Sie legte die Kette locker um meine Knöchel und dann einmal unter dem Fuß hindurch. Danach sicherte sie die Enden mit einem Schloss. Nachdem sie das Gleiche am anderen Fuß wiederholt hatte, zog sie mich hoch und führte mich zu einem Spiegel. Die außen liegenden Schlösser waren mehr als deutlich zu erkennen. Wenn ich mich bemühte, das nicht zu sehr zu bewerten, sahen die Schuhe wirklich super aus. Ich machte ein paar Probeschritte und fühlte mich auf Anhieb sehr sicher.

„Gefallen sie dir?", wollte Donna freudestrahlend wissen.

„Sehen super aus. Mich macht nur ein bisschen nervös, dass du Schlösser verwendest."

„Jacque steht drauf. Sind außerdem ganz normale Schlösser. Die bekommt zur Not jeder mittelmäßige Schlüsseldienst auf", winkte Donna ab. „So, dann will ich mal schauen, dass dein Korsett noch komplett geschlossen wird. Die Stange kennst du ja schon."

Ich umfasste die Stange, die von der Decke herab kam und ließ mich dann langsam strecken.

Als ich die Stange endlich los lassen durfte, hatte das auf den mittleren Teil meines Körpers wieder keinen Einfluss und wieder zeigte mir der Blick in den Spiegel eine wahrhaft atemberaubende Silhouette, die diesmal durch meine scheinbar riesigen Brüste noch stärker betont wurde.

„Du siehst super aus Sabienne."

Donna nahm eine Schere und schnitt den über und unter dem Korsett herauskommenden Stoff des Schlauchkleides ab. Damit hatte ich, da ich noch immer am Spiegel stand, das erste Mal freie Sicht auf die sechs Ringe in meinen Schamlippen. Dezent war anders.

Donna riss mich aus meinen Gedanken „Noch ein letztes Teil."

Donna hielt mir ein glänzendes Kleid mit kurzen, angeschnittenen Ärmeln hin. Direkt unterhalb meiner Brüste wurde der Stoff weit und endete in Höhe meiner Schenkelbänder.

„Schau dich mal im Spiegel an."

Ich drehte und wendete mich vor dem Spiegel. Der Anblick war fantastisch. Als ich Händeklatschen hörte, drehte ich mich erschrocken um und schaute in die strahlenden Augen von Jacque. Mit einem „Gefalle ich dir?", sprang ich in seine Arme.

Kapitel 9

So spät, wie ich dann doch irgendwann noch eingeschlafen war, so spät wachte ich am nächsten Morgen auch auf. Als ich die Augen aufschlug und die Geräusche sortierte, wusste ich, dass Jacque diesmal nicht durch Isabelle vertreten wurde, sondern höchstpersönlich auf mich wartete. Er hatte mir als letzte Aktion vor dem Einschlafen noch ein bodenlanges weites Nachthemd geschenkt, bei dem die Ärmel in ihrer ganzen Länge an den seitlichen Nähten des Nachthemdes festgenäht waren. Ich hatte mich vor ihn gestellt und mich darüber amüsiert, dass immer das gesamte Nachthemd hochgehoben wurde, wenn ich einen meiner Arme hob oder auch nur den Ellenbogen beugte. Da er mir verboten hatte, das Hemd auszuziehen, schlurfte ich in dem Hemd ruhig und entspannt Richtung Küche und freute mich schon darauf, erstmal von ihm in den Arm genommen zu werden. Bevor er mir das Nachthemd angezogen hatte, war er stundenlang gleichzeitig der beste und rücksichtvollste Liebhaber gewesen, den ich mir nur vorstellen konnte. Er hatte mich mehrfach zum Orgasmus gebracht und trotzdem größte Rücksicht auf meine Piercings genommen. Einfach einmalig.

Er saß in der Küche und starrte wie gebannt auf den kleinen Fernseher. Als er mich kommen sah, nahm er mich, wie erwartet in den Arm, führte mich dann aber mit ernster Miene in den Raum.

„Sabienne, das sieht so aus, als ob du ein ziemliches Problem bekommen kannst. Die kleinen Fernsehkanäle sind voll von einem gewissen Herrn Wolf, der gestern in seinem eigenen Haus überfallen worden ist. Die sind sogar zu dem ins Krankenhaus gekommen, damit er seine lädierte Hand in die Kameras halten kann. Wobei man außer einem dicken Verband und viel roten Desinfektionsmittel eigentlich nichts erkennen kann."

Im ersten Moment wollte ich einfach nicht glauben, was Jacque mir da erzählte.

„Der hat mich entführt, ich hab mich befreit und jetzt erzählt der einfach, dass er überfallen worden ist? Ist es das, was da gerade passiert?"

Jacque nickte mit ernstem Gesicht. Ich wollte meine Hand ausstrecken, was aber nicht ging, da ich auf dem Nachthemd saß. Also stand ich kurz auf und zog das Hemd so weit hoch, dass ich mich mit meinem nackten Hintern auf den Stuhl setzen konnte. Dann machte ich einen zweiten Versuch und streckte die Hand aus „Gib mir das Telefon da hinter dir!"

Statt mir den Gefallen zu tun, ließ er seine Hände ruhig auf dem Tisch liegen.

„Wen willst du anrufen?"

„Meinen Sicherheitschef. Den habe ich gestern zu dem Haus geschickt. Ich will wissen, was er da vorgefunden hat und vor allem, wie es möglich ist, dass die Pressefuzzis so einen Mist verbreiten können."

„Ich schau mir das schon länger an. Der hat sein Gesicht auch schon in die Kameras gehalten."

„Und, was hat er gesagt?"

„Schwer zu sagen, was er wirklich gesagt hat."

„Wie meinst du das?"

„Naja. Er ist an dem Haus gefilmt worden. Er machte irgendwie den Eindruck, dass er in das Haus einsteigen wollte. Als er dann gemerkt hat, dass man die Kamera auf ihn hält, hat er sich erst dünne machen wollen. Damit hatte er erst recht die Aufmerksamkeit auf seiner Seite." Jacque konnte sich ein Lachen nicht verkneifen.

„Die haben ihm dann direkt ein Mikro unter die Nase gehalten. Erst hat er sich geweigert überhaupt irgendetwas zu sagen. Du weißt schon. Die Hand freundlich aber entschieden vor die Kameras halten und permanent ‚Kein Kommentar' wiederholen. Schließlich haben sie ihn dann doch zum Sprechen gebracht. Er wäre freiberuflicher Privatdetektiv und hätte eigentlich nur ein bisschen Hintergrundrecherche machen wollen. Man müsse immer hinter das Offensichtliche schauen und so."

„Aber ich habe ihn doch mit seinem ganzen Team zu dem Haus geschickt. Die müssen doch lange vor der Polizei und den Journalisten da gewesen sein. Wieso lässt der sich beim Einsteigen in das Haus filmen?"

Jacque zeigte auf den Bildschirm. „Da ist wieder der Sprecher der Polizei. Hör dir das mal an."

„Nach jetzigem Kenntnisstand wurde der alleinstehende Bewohner auf seinem einsam gelegenen Grundstück überfallen. Nachdem er zunächst mit Hand- und Fußfesseln einfacher Bauart fixiert worden war, gelang es ihm, sich nach einigen Stunden zu befreien. Beim Betreten seines Hauses wurden ihm in der schweren Eingangstüre mehrere Finger gequetscht. Danach floh der Angreifer. Dem Opfer gelang es, den Notdienst anzurufen. Eine sofort eingeleitete Notoperation verlief erfolgreich. Ob er die Bewegungsfähigkeit der Hand wiedererlangen wird, kann man zum jetzigen Zeitpunkt jedoch noch nicht sagen."

Einer der Journalisten stellte die Frage nach dem Täter

„Es handelt sich nach bisherigen Erkenntnissen um einen Einzeltäter. Mehr kann und werde ich Ihnen aus ermittlungstaktischen Gründen nicht sagen."

„Und?", meinte Jacque, „was meinst du?"

„Wenn die Polizei und der Notarzt vor Ort waren, dann kann doch nicht unentdeckt geblieben sein, wie es in dem Haus ausgesehen hat. Man läuft direkt in diese ganze Überwachungstechnik rein!"

„Richtig. So hast du mir das gestern in unseren kleinen Päuschen auch erzählt und um es direkt zu sagen: Ich glaube dir."

Ich sah ihn fragend an „Wie geht das? Der Pressesprecher würde doch niemals so etwas sagen, wenn die das gleiche Haus gesehen haben, wie ich."

„Das ist der Punkt. Die haben etwas ganz anderes gesehen und die haben auch etwas ganz anderes gehört."

„Ich kann mir nicht vorstellen, dass mein Securitychef das Haus verfehlt hat. Deshalb will ich ja mit ihm sprechen."

„Ich glaube nicht, dass du da den Besten von seiner Sorte hast. Das ist eigentlich das, was ich dir gestern schon erzählen wollte. Du bist mehrere Male in deinen Verstecken aufgespürt worden. Woher haben die Leute den Tipp bekommen? Sogar deine Firmenhomepage ist gehackt worden. Und du bist der Meinung, dass dieser eine kleine Masseur das alles alleine auf die Reihe bringt?"

„Wieso nicht? Vielleicht ist das ja so ein kleines Genie."

„Das gibt es vielleicht in Filmen oder Büchern. Aber in der Realität ist das alles nicht ganz so einfach. Und warum soll der eigentlich genau dich als Opfer ausgesucht haben? Das hast du mir bisher noch nicht beantworten können."

Irgendwann musste die Frage ja kommen.

„Er behauptet, ich hätte seine Frau und seine Tochter ermordet."

„Upps", Jacque schaute einen kleinen Moment auf die Tischplatte. „Und hast du?"

„Natürlich nicht."

„Wieso hast du ihn dann nicht schon lange angezeigt? Immerhin versucht er mit allen Mitteln, dich in der Öffentlichkeit in Misskredit zu bringen."

„Weil ich befürchtet habe, dadurch erst recht Öffentlichkeit zu schaffen."

„Und was meinte dein Sicherheitsberater dazu?"

„Er hat mich darauf hingewiesen, dass die Polizei in solchen Fällen mehr kann, als er."

„Du hast das aber nicht gelten lassen und ihm befohlen, selber zu recherchieren?"

„Genau", nickte ich, „im Grunde hat er das vermutlich auch erwartet. Er kennt mich schließlich lange genug."

Jacque nickte. „Dann war es ja kein großes Risiko, den Vorschlag mit der Polizei zu machen."

„Wie meinst du das?"

„Genau so." Er lehnte sich nach vorne. „Du musst nur eins und eins zusammenzählen. Das Haus oder zumindest der zentrale Wohnraum war mit Technik vollgestopft. Dein Securitychef war auf dem Weg zu dem Haus, das er bei all seinen Recherchen nicht gefunden hatte, obwohl dein Entführer mit Sicherheit in den letzten Tagen immer wieder mal einen Blick da rein geworfen haben muss. Schließlich ist er ja ein Einzeltäter. Und er hat damit das Problem, dass er natürlich all seine Quellen einigermaßen im Auge behalten muss."

Ich nickte zustimmend.

„Wie hat der so schlimm verletzte Entführer das geschafft, sein Haus in so kurzer Zeit wieder einigermaßen unauffällig zu gestalten?"

„Geht nicht. Das ist komplett unmöglich."

„Genau. Selbst, wenn er nicht verletzt gewesen wäre, hätte er das nicht geschafft."

„Sag es mir. Wie sieht die Lösung aus?"

„Ganz einfach. Ich habe die Zeiten, die in den Nachrichten kamen mit dem abgeglichen, was ich selber weiß. Der Anruf meiner lieben Freundin Donna war etwa eine Stunde vor dem Anruf dieses Wolf. Wenn ich deine Flucht inklusive der Fahrt in die Innenstadt und dem Spaziergang zu Donna mit zwei Stunden veranschlage, dann macht das zusammen mindestens drei Stunden. Also drei Stunden, zwischen Finger einquetschen und Notarzt. Das war seine Zeit um sein Haus umzuräumen oder noch besser auszuräumen. Und dafür muss er definitiv Hilfe gehabt haben. Außerdem beweist die Stunde zwischen Donnas Anruf und seinem Notruf noch etwas anderes."

Ich schaute ihn fragend an.

„Ist doch klar Sabienne. Dein Securitymensch hat vielleicht zwanzig Minuten gebraucht, um vom Markt bis zu dem Haus zurück zu fahren. Dann wäre er aber angekommen, lange bevor der Entführer den Notruf absetzen konnte."

Ich sah ihn ungläubig an. „Du meinst, die beiden machen gemeinsame Sache?"

„Das ist eine Option", nickte er. „Deshalb wollte ich dir das Telefon nicht so schnell geben."

Er stand auf, legte das Telefon vor mich auf den Tisch, stellte sich hinter mich und begann meinen Nacken zu massieren.

„Möchtest du deinen Kaffee vor oder nach dem Telefongespräch?"

„Wenn du mit dem, was du gerade machst nicht aufhörst, kann ich noch ein paar Stunden ohne Kaffee durchstehen."

Inzwischen hatte ich gewählt und das Telefon auf laut gestellt, damit Jacque direkt mithören konnte.

„Weberlein hier. Was ist los?"

„Wo sind Sie?"

„Seit wann beantworten Sie meine Fragen mit Gegenfragen? Ich habe Sie gestern mit Ihren Leuten zu dem Haus geschickt und muss jetzt in den Nachrichten sehen, dass dort einem armen, völlig unschuldigen, hinterhältigen Entführer fast seine Hand abgequetscht worden wäre. Kein Wort von einem Privathaus voller Überwachungselektronik. Erzählen Sie mir, was Sie dort gestern vorgefunden haben."

„Als ich ankam, waren die Einsatzkräfte gerade eingetroffen. Ich habe noch versucht, mir ein Bild von dem Haus zu machen, aber die Jungs von der Polizei waren auf Zack. Gerade, als ich hinter dem Haus war, haben die mich schon einkassiert und dann nach Feststellung der Personalien weggeschickt."

Ich suchte den Blickkontakt zu Jacque, der mir signalisierte auf diese offenkundige Lüge nicht einzugehen.

„Warum war ihr Team nicht schon lange da?"

„Das mit dem Team ist mein Fehler. Ich habe denen die falschen Koordinaten gegeben."

„Wie Koordinaten? Es gibt Adressen bei uns in Deutschland. Einfach die Adresse. Muss ich Ihnen jetzt Ihren Job erklären?"

„Koordinaten haben den unbestreitbaren Vorteil, dass sie immer da sind. Adressen können neu sein und deshalb im Navi noch nicht abgespeichert. Also nehmen wir Koordinaten. Das ist hochprofessionell."

„Das ist Schwachsinn. Was gedenken Sie als Nächstes zu tun?"

„Weiter recherchieren. Sie haben gesagt, dass in dem Haus Überwachungselektronik war. Einen kurzen Blick konnte ich noch in das Wohnzimmer werfen. Da war nichts mit Elektronik. Das war ein stinknormales Wohnzimmer. Couch, Tisch, Schrank."

„Und? Haben Sie den Polizisten gesagt, was eigentlich da stehen sollte?"

„Natürlich nicht. Schlimm genug, dass die mich einkassiert haben. Was mir aber keine Ruhe lässt ist, wie der Mann es geschafft haben soll, die ganzen Sachen wegzubekommen. Noch dazu mit einer kaputten Hand."

„Dann haben Sie ja eine Aufgabe. Das möchte ich nämlich auch wissen."

„Wie kann ich Sie erreichen?"

„Gar nicht. Ich melde mich."

Damit beendete ich das Gespräch, schloss die Augen und gab mich ganz der Massage hin, die Jacque mir gewährte.

Schließlich ergriff ich seine Hände, legte meinen Kopf in den Nacken und schaute zu ihm hoch. „Du hast recht. Der spielt irgendein falsches Spiel. Jetzt will ich aber erstmal damit in Ruhe gelassen werden und in Ruhe frühstücken."

Jacque schaute mich eine zeitlang liebevoll an.

„Du kannst das Nachthemd auch ausziehen, wenn du willst."

Ich schaute an mir herunter.

„Nö, solange ich nicht drauf sitze, geht das eigentlich ganz gut."

„Gut, dann wünsche ich dir einen guten Appetit."

Es hatte vielleicht eine halbe Stunde gedauert, bis er mich dann doch wieder auf die Probleme mit dem Masseur und die öffentliche Zurschaustellung ansprach. Mir war noch immer nicht danach, darüber zu diskutieren. Ich wollte einfach nur die Zeit mit ihm genießen und das Problem noch ein bisschen verdrängen. Als er dann aber von mir wissen wollte, wie es mir gelang, meine Firma so erfolgreich zu führen, wo ich doch in der Handhabung des ‚Masseurproblems' so ungeschickt und kurzsichtig und lasch agierte, fiel in mir innerhalb von Sekundenbruchteilen ein Schalter um. Ich stimmte ihm zu, stand wortlos auf, zog mich an und verließ die Wohnung mit dem ziemlich verdutzten Jacque.

Auf der Straße winkte ich ein vorbeifahrendes Taxi heran und ließ mich zu meiner Villa bringen. Immerhin hatte die Sache mit den kaputten Fingern den Vorteil, dass der Masseur mich im Moment nicht überwachen konnte. Zudem waren seine ganzen Überwachungsgerätschaften wegen der überstürzten Aktion in dem Haus mit Sicherheit nicht in Betrieb. Ich nahm mir den Schlüssel meines eher mittelmäßigen, unauffälligen Chevy und fuhr los.

Als ich sah, wie das einsam stehende Haus vor mir auftauchte, stieg der Adrenalinspiegel in meinem Blut spürbar an. Vor kaum 24 Stunden war ich hier aus den Händen eines Entführers geflohen. Ich musste unbedingt wissen, was in diesem Haus los war und ich musste vor allem herausbekommen, ob ich meinem Security-Maier trauen durfte oder nicht.

Das Grundstück sah unberührt aus. Den Bulli hatte jemand weggefahren. Ich ging zur Rückseite des Hauses und warf einen Blick in das Wohnzimmer. Tatsächlich bot sich der absolute Durchschnittsanblick. So wie mein Securitymann gesagt hatte. Sofa, Sessel, Tisch. Aber irgendetwas musste doch auf die Fluchtaktion hindeuten. Ich ging weiter um das Haus. Fenster und Türen waren verschlossen. Der Blick in die obere Etage war dagegen schon vielversprechender. Eines der Fenster schien geöffnet zu sein. Jedenfalls schaute die eingeklemmte Gardine heraus. Jetzt brauchte ich nur noch eine Leiter und das erste Hindernis würde hinter mir liegen.

Nach einigen Minuten Suche stand ich noch immer mit leeren Händen da. Das Einzige, was ich gefunden hatte, war eine leere Maurerbütt. Ich holte meinen Chevy und stellte ihn ohne Rücksicht auf die Bepflanzung unter das Fenster.

Danach hievte ich die Bütt auf das Autodach und kletterte dann selber hinterher. Auf der umgedrehten Bütt stehend, reichte es so gerade, um das Fenster nach innen zu drücken und dann hinterher zu klettern. Dabei machten sich die Schenkelbänder wieder unangenehm bemerkbar. Ich zog mich mit den Händen so weit hoch, wie es ging und schwang dann ein Bein auf die Fensterbank, wobei ich darauf achtete, dass ich nicht gegen meine neuen Piercings drückte. In dieser Stellung gelang es mir, mich so weit hoch zu ziehen, dass ich den Oberkörper auf die Fensterbank auflegen und mich dann in das Zimmer ziehen konnte.

Ich war in dem Schlafzimmer gelandet, in dem ich mir gestern die Klamotten aus dem Schrank genommen hatte. Ohne mich weiter umzusehen, lief ich in das Wohnzimmer runter, stellte mich in die Mitte des Raumes und wartete darauf, dass mir irgendetwas auffallen würde, das mich weiterbringen konnte. Die neu hereingestellten Möbel waren allesamt sehr staubig. Bei genauerer Betrachtung musste ich mich korrigieren. Die Sachen waren schlicht und ergreifend dreckig und verbreiteten darüber hinaus auch noch einen ziemlich abgestandenen, fast schimmeligen Geruch. Gerade so, als ob sie jahrelang in einem feuchten Keller gestanden hätten.

Ich machte mich auf die Suche nach der Kellertüre. Die Kellertreppe war breit genug, um auch größere Möbel zu verkraften. Vorsichtig ging ich die gemauerten Stufen nach unten, ohne wirklich zu wissen, was mich erwarten würde. Der erste Raum, der von dem Kellerflur abging, war ein klassischer Abstellraum, in dem sich so ziemlich alles angesammelt hatte, was man nicht sofort wegwerfen wollte, dann aber doch nie wieder benutzen würde.

Der Inhalt des zweiten Raumes ließ meine Augen aufleuchten. Die gesamte Elektronik aus dem Wohnzimmer war vereinigt. Bildschirme, Computer, Tastaturen…, einfach alles. All die Elektronik, mit der er mir das Leben so schwer gemacht hatte. Das Einzige, das ich mich fragte, war, ob hier auch der Computer mit dem SMS-Programm stand, den er ganz am Anfang erwähnt hatte. Wenn ja? Erst dachte ich, dass dieser Computer unbedingt wieder angeschlossen werden musste, damit er weiterhin die SMS bekommen und vor allem beantworten konnte, dann fing ich an, über mich selber zu lachen. Wenn der Computer nicht mehr lief, konnte er auch keine Videos ins Netz stellen.

Ich suchte in den anderen Räumen und wurde schnell fündig. Mit einem riesigen Vorschlaghammer in der Hand und einem Schutzhelm mitsamt Visier auf dem Kopf betrat ich zum zweiten Mal den Kellerraum und fing an, mit stetig wachsender Energie auf die Geräte einzuschlagen, bis ich nichts mehr sah, das auch nur ein halbwegs in seinem Originalzustand war. Endlich hatte ich dem kleinen dreckigen Überwachungsfreak die Grundlage seines Handelns entzogen. Mit etwas Glück waren jetzt sogar die Filme zerstört, die er bei mir geklaut hatte. Ich schaute mit weit aufgerissenen, vor Freude strahlenden Augen auf das angerichtete Chaos und fing an, befreit zu lachen.

Noch immer lachend ging ich die Treppe hoch und geradewegs durch das Wohnzimmer zu meinem Auto. Ich legte „schools out" ein, drehte auf volle Lautstärke und trat das Gaspedal durch. Der Kübel fiel bereits an der ersten Hausecke, die ich mit durchdrehenden Rädern umrundete, vom Dach. In meinen Gedanken war nur die eine Information: „Endlich wieder frei". Mit quietschenden Reifen bog ich in die Landstraße ein. Ein entgegenkommendes Taxi konnte gerade noch rechtzeitig bremsen, um einen Crash oder den Weg in die Böschung zu vermeiden. Ich zeigte dem Idioten den Mittelfinger. Meine Laune war einfach zu gut, um mich über andere Verkehrsteilnehmer aufzuregen.

Ich fuhr direkt zur Firma. Die überraschten Blicke am Empfang registrierte ich, dachte aber nicht weiter darüber nach. In meinem Büro wartete genug Arbeit auf mich. Erst Stunden später, nachdem ich einige meiner heißgeliebten Kurzsitzungen abgehalten hatte, ließ ich meinen Securitychef zu mir rufen. Es war Zeit, ihm den Stuhl vor die Türe zu setzen. Seine gesamten Aktionen in dem Fall waren eine einzige Pleite.

Als er den Raum betrat, merkte ich sofort, dass ihm nicht wohl in seiner Haut war. Ich beschloss ihn erstmal ein bisschen zappeln zu lassen.

„Also?"

„Frau Weberlein. Waren Sie noch mal in dem Haus? Sie wissen schon. Wo Sie fliehen konnten."

„War ich", verkündete ich breit lächelnd, „und ich habe den ganzen Elektrokram gefunden, mit dem er mich observiert hat."

„Sie haben das aber nur gesehen und wollten ihren Fund vermutlich der Polizei melden?"

„Warum sollte ich? Die waren doch gestern zu blöd dazu den ganzen Kram zu finden. Weshalb sollten die jetzt auf einmal ein Interesse daran haben? Und was soll überhaupt diese ganze Fragerei?"

„Nun ja. Es ist so, dass der Eigentümer dieser Geräte Anzeige gegen Unbekannt erstattet hat. Wie er sich ausdrückt, wäre das allerdings nur die erste Variante."

Ich hatte keine Ahnung, wovon der Mann redete. Mein Masseur lag mit kaputten Fingern oder kaputter Hand – mir war das völlig egal – sicher verwart in einem Krankenhaus. Wer sollte also dieser ominöse Eigentümer sein?

„Reden Sie hier nicht in Rätseln. Raus mit der Sprache. Ich habe noch anderes zu tun!"

„Tut mir leid Frau Weberlein, aber ich habe einen Anruf bekommen. Wegen diesem Haus."

„Hat die Polizei jetzt die Verbindung zu mir hergestellt, nur weil Sie sich haben erwischen lassen?"

„Nein", er machte eine wegwischende Handbewegung, „das ist es nicht. Denen habe ich einen alten Presseausweis vor die Nase gehalten. Damit hatte sich der Fall."

Er machte schon wieder eine Pause.

„Herrgott noch mal. Jetzt erzählen Sie mir gefälligst in zusammenhängenden Sätzen, was Sache ist! Im Moment ist die Sinnentnahme gleich Null!"

„Mich hat ein Herr Wolf kontaktiert. Er hat mir in einem sehr kurzen Gespräch mitgeteilt, wo ich mir ihren Einbruch in sein Haus anschauen kann."

Im ersten Moment wollte ich mich weigern, das Gehörte bis zu mir vordringen zu lassen. Wie konnte das sein? Alles war in dem Keller und davon funktionierte bestimmt nichts mehr.

„Er hat mir außerdem gesagt, dass er seinen Beruf als Masseur nicht mehr ausüben kann und jetzt davon ausgeht, dass Sie ihm eine monatliche Rente bezahlen."

„Hat der noch alle auf der Reihe?"

„Ich denke nicht. Aber das macht ihn im Zweifelsfall nur umso gefährlicher. Jedenfalls habe ich mir die Seite im Internet angeschaut. Klarer kann man Sie kaum belasten. Sie sind sehr gut zu erkennen. Sie sind über den ersten Stock eingestiegen. Im Haus sind sie in den Keller gegangen. Dann hört man Hammerschläge und schließlich kommen Sie lachend wieder nach oben und verschwinden durch das Wohnzimmer. Draußen hätten Sie dann fast das Taxi gerammt, das ihn vom Krankenhaus zurückgebracht hat."

„Und das war dann alles? Die Hammerschläge können ja wohl auch nachträglich dazugekommen sein. Eine miese Fälschung. Kein Grund zur Panik. Sonst noch was?"

„Er will Sie heute Abend zum Essen ausführen."

„Was will der mich? Ist der jetzt völlig durchgeknallt?"

Mein Gegenüber hatte endlich wieder zu seinem gleichmütigen Gesichtsausdruck zurückgefunden. Er zog einen Zettel aus der Jackentasche. „Das hier ist die Adresse. Meines Wissens ein brandneues Restaurant mit gehobener Küche. Sehr empfehlenswert."

Mein erster Impuls war, den Zettel in den Papierkorb zu pfeffern. Dann sah ich ihn nachdenklich an. Der Masseur wollte mich um 20 Uhr sehen. Ich hatte also noch ein paar Stunden Zeit.

„Sie können gehen."

„Gut, ich werde Ihnen dann morgen Bericht erstatten."

„Sie haben mich falsch verstanden. Sie könne für immer gehen. Die Personalabteilung habe ich gerade eben, kurz bevor sie mein Büro betreten haben, informiert."

Er spielte nach meiner Einschätzung nur halbherzig den Überraschten, als er nach dem „Warum" fragte.

„Die Nummer gestern war trotz mehrerer Anläufe komplett vergeigt. Ob ich mich dazu entschließe, Sie wegen Untreue vor den Richter zu stellen, werde ich noch prüfen. Und jetzt kein Wort mehr, sonst lasse ich Sie von Ihren ehemaligen Kollegen hinausbegleiten."

Als er mit aschfahlem Gesicht weggeschlichen war, griff ich zu meinem Handy und wählte Jacques Nummer. Wie erhofft, gratulierte er mir zu meinem Plan bezüglich der Abendeinladung und sicherte seine volle Unterstützung zu. Mit einem zufriedenen Lächeln legte ich auf und brachte die Kugel ins Rollen.

Kapitel 10

Die elegante glänzend weiße Strechlimousine scherte aus dem Verkehr aus und hielt vor dem Eingang des Restaurants. Der grau uniformierte Chauffeur stieg aus, umrundete den Wagen und öffnete die Türe zum Font. Nach einigen Sekunden legte sich meine mit Hennatattoos geschmückte Hand auf die bereitgehaltene Hand des Chauffeurs. Ohne Eile stieg ich, im Stil bester Bollywoodfilme gekleidet, aus dem Wagen. Der Chauffeur ging voraus, um mir die Türe zum Restaurant zu öffnen und dann den Oberkellner heranzuwinken. Als sich dieser anbot, mich zum Tisch des bereits wartenden Herrn Wolf zu führen, verabschiedete sich der Chauffeur und verließ das Restaurant.

Am Tisch wartete ich, bis mir der Stuhl zurechtgeschoben wurde und ließ mich dann würdevoll nieder.

„Nun, mein lieber Herr Wolf, ich möchte doch hoffen, dass Sie nicht zu lange haben warten müssen?"

„Wie komme ich zu der Ehre, dass du so einen Aufwand betreibst? Ein einfaches ärmelloses Kleid hätte durchaus gereicht. Außerdem bist du eine halbe Stunde zu spät."

Ich zeigte auf meine Handgelenke. „Bedauerlicherweise bin ich nicht im Besitz einer Uhr. Generell sollten sich Damen in meiner Stellung nicht mir solchen Banalitäten abgeben. Und was ich zu unserem kleinen Rendezvous trage, ist ganz alleine meine Entscheidung. Dieser krankhafte Zwang, mir meine Kleidung vorschreiben zu müssen, ist einfach nur nervig. Den sollten Sie dringend ablegen. Er steht einer fruchtbaren Zusammenarbeit nur im Wege."

„Du bestimmt hier keine Regeln Bienchen. Das ist meine Rolle."

Ich wandte mich an den Kellner, der mit demonstrativ unbeteiligter Haltung ein Schritt vom Tisch entfernt stand.

„Bringen Sie uns zum feierlichen Anstoßen auf unser Wiedersehen bitte eine Flasche lieblichen Sekt. Die Auswahl überlasse ich Ihnen. Nur bitte nichts aus der Champagne."

Ich wendete mich wieder meinem Gastgeber zu.

„Was ist denn mit Ihrer Hand passiert? Das sieht ja schrecklich aus."

„Das solltest du eigentlich wissen. Du hast mir die Finger abgequetscht."

Ich machte einen übertrieben erschrockenen Gesichtsausdruck, was mir mit den stark geschminkten Augen besonders gut gelang. Ich hatte noch vor einer knappen Stunde zusammen mit Isabelle lachend vor dem Spiegel gestanden und einige völlig überzogene Gesten und Mimiken geübt.

„Wann sollte das passiert sein?" Ich überschritt bewusst die Lautstärke, die man bei einem Tischgespräch üblicherweise einhielt. „Ich könnte mir das nie verzeihen."

„Gestern Mittag. Es wäre jetzt angebracht, wenn du mit dieser Nummer hier mal aufhören würdest."

„Wird die Hand denn jemals wieder voll funktionsfähig sein?"

Er wartete mit seiner Antwort, bis der Sekt serviert war. Ich lächelte dem wartenden Kellner freundlich an „Ich bin mir sicher, dass Ihre Wahl vortrefflich ist. Wenn Sie so freundlich wären, sich für einen Moment zurückzuziehen."

Nachdem der Angesprochene meinem Wunsch nickend nachgekommen war, wandte ich mich mit erhobenem Glas wieder lächelnd meinem Gegenüber zu.

„Auf unser Wiedersehen und auf gemeinsame Geschäfte in Indien."

Ich war mir nach wie vor der diskreten Aufmerksamkeit der Nachbartische bewusst. Aus dem gleichen Grund legte Herr Wolf ein nicht sonderlich gelungenes Lächeln auf und erhob ebenfalls sein Glas.

„Dann auch noch die rechte Hand", nahm ich das Gespräch wieder auf, „Sie sind doch Rechtshänder oder täusche ich mich?"

„Ich bin Rechtshänder", nickte er, „und die Hand wird schon wieder in Ordnung kommen."

„Wann ist das passiert sagten Sie?"

„Gestern. Es ist gestern passiert."

„Was für eine furchtbare Nachricht. Da komme ich gerade von wundervollen Wochen der Entspannung und Meditation aus dem großen Land am Ganges zurück und schon ereilen mich die Nachrichten der schrecklicher Realität."

„Es gibt noch einiges mehr, was man als schreckliche Realität bezeichnen könnte."

Ich winkte hektisch Luft auf meine feucht werdenden Augen „Nicht noch mehr schreckliche Dinge. Ich hatte mich so sehr auf ein entspanntes und gleichzeitig von Inspiration geschwängertes Gespräch mit meinem ehemaligen Meister gefreut. Und jetzt kommen Sie mit all diesen schrecklichen Dingen."

„Du verkennst die Situation liebes Bienchen. Deine Show ist zwar zugegebenermaßen ziemlich gut – das sei dir gegönnt – aber trotz allem bist du diejenige, die mit den Rücken zur Wand steht. Du hast nicht mehr die geringste Chance gegen mich."

„Noch nie, mein lieber Freund habe ich an Ihren Fähigkeiten gezweifelt. Selbstverständlich hätte ich keine Chance.

Gerade deshalb bin ich so froh, dass wir gemeinsam an den Geschäften arbeiten wollen. Jeder mit seinen Fähigkeiten auf seinem Gebiet."

„Ich habe keine Ahnung, was du genommen hast. Jedenfalls solltest du das nicht zur Gewohnheit werden lassen. Du bist nur aus einem einzigen Grund zu diesen Essen eingeladen worden. Ich werde dir mitteilen, wie es weitergehen wird und was ich in Zukunft von dir erwarte."

Er zog einen Zettel aus der Tasche und legte ihn vor mich. Ich hörte nach der Überschrift „Sklavenvertrag" auf, zu lesen. Stattdessen winkte ich einen der stets aufmerksamen Kellner heran. Nachdem ich ihm meinen Wunsch mit strahlenden Augen zugeflüstert hatte, ging der schnellen Schrittes weg und kam dann mit einem leeren Sektkübel zurück.

Ich nahm, immer noch lächelnd, den Vertrag, hielt ihn an die Flamme der Kerze und ließ ihn dann, als er richtig brannte, in den Kübel fallen.

„Ich freue mich ja so, dass dieses kleine Problem zwischen uns endlich beseitigt ist. Endlich stehen uns all die herrlichen Wege in die Zukunft offen."

Herr Wolf lehnte sich, leicht mit dem Kopf schüttelnd, nach hinten und schaute der schnell ersterbenden Flamme zu. „Die Freude ist ganz auf meiner Seite. Das war im Nachhinein betrachtet völlig am Ziel vorbei. Wir müssen die Dinge viel klarer und konsequenter angehen."

„Ganz recht", nickte ich zustimmend, „endlich sind Sie auf meiner Linie lieber Herr Wolf. Nur entschlossenes und vor allem gemeinsames Handeln kann uns zum Ziel führen. In Indien sagt man ‚Wenn man im Wasser lebt, ist es nicht gut, mit dem Krokodil in Feindschaft zu leben.' Zwar leben Wölfe üblicherweise nicht im Wasser und müssen demzufolge den chancenlosen Kampf gegen ein Krokodil nicht fürchten, aber ansonsten finde ich, passt diese kleine Weisheit ganz ausgezeichnet."

Ich sah, dass er einen kleinen Moment brauchte, um das Gesagte einzuordnen. Dann fing er leise an zu lachen. „Zwar bin eigentlich ich das Krokodil, aber das macht nichts. ‚Man soll die Menschen nicht an ihren Worten, sondern an ihren Taten messen' sagt man hier in Deutschland."

Ich lächelte ihn mit strahlenden Augen an.

„Das ist eine Auseinandersetzung, die ganz nach meinem Geschmack ist. Selbstverständlich kann ich Ihnen auch sofort die indische Antwort auf Ihre vermessene Selbsteinschätzung geben. Krokodile sind mächtige Jäger, die in Ruhe auf ihre Opfer warten können und sich nicht mit solchen kindischen Spielereien, wie Edelstahlschmuckstücken abgeben. Da passt die folgende Weisheit schon besser: ‚Wer auf die Jagd nach einem Tiger geht, muss damit rechnen, einen Tiger zu finden.' Sie waren mit Ihrer Suche sehr erfolgreich. Dazu kann ich Ihnen nur respektvoll gratulieren."

„Man soll nicht mit Kanonen auf Spatzen schießen", war seine schnelle Antwort.

„Das passt ja nun mal gar nicht. Ist Ihnen das nicht peinlich? Wenn Sie mich wirklich als Spatz ansehen, dann frage ich mich doch sehr, weshalb Sie bislang so viel Zeit und Energie in unserer Beziehung investiert haben. Sollten Sie sich selber als den Spatzen ansehen, dann schlage ich vor, dass wir nach diesem letzten gemeinsamen Essen einen Schlussstrich unter unsere Beziehung ziehen. Das wäre dann Ihre Chance, mit einigermaßen erhobenem Haupt aus der ganzen Sache herauszukommen."

Ich schaute ihn übertrieben mitleidig an. Er machte nicht den Eindruck im nächsten Moment eine passende Weisheit absondern zu können. Also setzte ich meinen Gedanken fort.

„Wer nicht tanzen kann, behauptet der Hof sei schief. So würde es der Inder sagen."

„Also, so langsam geht mir das entschieden auf den Zeiger. Du ziehst hier eine völlig falsche Nummer ab. Das wirst du noch bitter bereuen."

„Mein indischer Meister hat mich gelehrt, dass nur der Unwissende böse werde, während der Weise verstehe. Das sollten Sie bei Ihren nächsten Äußerungen unbedingt bedenken", verkündete ich ihm lächelnd. Innerlich lachte ich befreit auf, als ich sah, welche Energie er brauchte, um ruhig zu bleiben.

Ich winkte den Kellner heran.

„Ich habe gesehen, dass Sie Imperial Austern anbieten." Ich zeigte auf Herrn Wolf „Mein ehemaliger Meister isst diese armen wabbeligen Tierchen für sein Leben gerne. Mir bringen Sie bitte einen frischen Salat mit kross gebratenen Putenstreifen. Bitten Sie Ihren Sommelier einen leichten und sehr trockenen Weißwein zu den Austern auszuwählen. Für mich bitte ein schlichtes Mineralwasser. Medium."

Ich wendete mich wieder lächelnd meinem Gegenüber zu. Sein Gesichtsausdruck war leicht als ‚zu spät gemerkt, dass ich überrumpelt wurde', zu deuten.

„Wenn ich Sie eben richtig verstanden habe, dann haben Sie mir vorgeworfen, ich würde Schuld daran tragen, dass Ihre Hand so furchtbar verletzt wurde. Haben Sie das wirklich so gemeint?"

„Was fragst du so dämlich? Du weißt das doch ganz genau."

„Nein", ich konzentrierte mich auf einen Gesichtsausdruck, der irgendwo zwischen Bedauern und Mitleid lag, „ich weiß leider gar nichts darüber. Wo soll das denn gewesen sein?"

„In meinem Haus vor der Stadt natürlich. Was soll das Theater?"

„Sie haben auch früher schon dazu geneigt, die Wahrheit zu verfälschen und mir Ihrer Phantasie zu vermischen. Vielleicht sollten Sie auch einmal eine ausgedehnte Auszeit mit Meditation nehmen. Das öffnet den Geist und bringt Sie zurück zu Ihrem eigentlichen Zentrum." Zur Untermauerung meiner Ausführung breitete ich meine Arme aus und verharrte einen Moment mit unergründlichem Lächeln in dieser Pose.

„Du tickst ja wohl nicht mehr sauber. Wenn hier einer Realität und Phantasie vermischt, dann bist du das und kein anderer."

Ich riss meine Augen auf, um den Schreck zu signalisieren, den seine Äußerung bei mir hervorgerufen hatte.

„Warum versuchen Sie denn bloß, mir so eine Gemeinheit zu unterstellen?"

„Hör endlich mit dem Scheiß auf!" Seine Stimme begab sich langsam aber stetig auf den Weg zu einem leisen, mühsam beherrschten Zischen.

„Lieber Herr Wolf. So kenne ich Sie gar nicht. Vielleicht hilft es ja, wenn Sie beschreiben, was dort passiert ist. Möglicherweise gelingt es mir, Ihnen zu zeigen, an welcher Stelle Ihre Erinnerung Ihnen diesen bösen Streich spielt."

„Was soll das? Du weißt doch genau, was passiert ist. Wir sind mit dem Bulli zu meinem Haus gefahren. Schon vergessen?"

„Da. Sehen Sie. Schon haben wir den Punkt gefunden. Sie wissen doch, dass ein Bulli absolut kein Auto ist, mit dem ich mich hier in Deutschland auch nur einen einzigen Meter chauffieren lassen würde. Wie sieht das denn aus? Ein Chauffeur mit seiner schicken grauen Uniform in einem einfachen Bulli…"

Ich legte den Kopf lächelnd auf die Seite, so als ob ich auf seine unvermeidliche Zustimmung warten würde.

„Seit wann lässt du dich denn bitte von einem Chauffeur in der Gegend herumfahren? Du gibst doch lieber selber Gas."

„Herr Wolf! Was ist denn bloß los mit Ihnen? Ich bin es doch. Ihr Bienchen aus vergangenen Tagen." Ich ließ meine verzweifelte Frage einen kleinen Moment in der Luft hängen „Ich hätte Sie nicht verlassen dürfen. Ich mache mir größte Vorwürfe."

„Bist du jetzt völlig durchgeknallt? Du warst doch gar nicht in Indien. Ich überwache dich doch schon seit Wochen lückenlos."

Wieder sah ich ihn bedauernd an. „Jeder mittelmäßige Krimiautor weiß, dass man zur lückenlosen Überwachung einer einzelnen Person richtig viel Personal braucht. Das ist jetzt schon der zweite Fehler, der Ihnen zeigen sollte, dass Sie Phantasie und Wirklichkeit vermischen."

Er grinste mich überlegen an. „Schon mal was von Webcams gehört? Und von Wanzen? Also nicht den Tieren, sondern den Abhörgeräten. Du hast keinen blassen Schimmer davon, wieviel von den Teilen ich bei dir in und um deine schmucke Villa herum installiert habe."

„Natürlich", nickte ich, „und in Wirklichkeit ist Ihr Name auch nicht Wolf, sondern Bond. James Bond, wie sich versteht. Ich möchte sehr hoffen, dass Sie die Austern gleich nicht mit irgendso einem gerührten Drink nehmen. Lieber Herr Wolf. Sie sollten sich mal selber beim Reden zuhören. Das macht doch alles keinen Sinn."

„Doch, doch. Das macht Sinn. Und ich werde das auch alles beweisen, indem ich das ins Netz stelle." Statt sich jetzt genüsslich zurückzulehnen, schaute er mich mit einem unsicheren Blick an.

„Also gut. Sie sagten, wir wären gemeinsam mit einem Bulli zu Ihrem Haus gefahren. Wie, um alles in der Welt haben Sie mich denn da rein bekommen?"

„Schon vergessen? Ich war als Bulle verkleidet und du hast dich nicht ganz freiwillig hinten reingesetzt. Dann habe ich dich angekettet und wir sind losgefahren."

So sehr mir das Gespräch auch Spaß machte. Der permanente Wechsel meines Gesichtsausdrucks war auf die Dauer ziemlich anstrengend. Ich antwortete ihm mit schockiert aufgerissenen Augen.

„Sie wollen mich entführt haben? Wissen Sie überhaupt was Sie da sagen? Das ist verboten. Wenn das wirklich passiert wäre, müsste ich Sie anzeigen. Schon alleine um all die anderen lieben Frauen zu schützen, die Sie vielleicht in Zukunft noch entführen wollen."

„Natürlich habe ich dich entführt. Du hast es doch gar nicht anders verdient. Und dann, als ich dich ins Haus bringen wollte, um mit dir genau das zu machen, was du verdient hast, habe ich einen kleinen Moment nicht aufgepasst. Das hast du ausgenutzt und mich ausgeknockt."

„Um Gottes willen. Was sagen Sie denn da bloß? Wie könnte eine schwache und der Meditation zugewandten Frau, denn so etwas tun?"

„Keine Ahnung, aber du hast es getan. Als ich wieder zu mir kam, musste ich mich erstmal mit den Ersatzschlüsseln befreien. Du warst wirklich so abgebrüht, dass du mich mit den Fesseln gefesselt hast, mit denen ich zuvor dich gefesselt hatte."

„Das ist das Schöne an den Träumen. Der Gute hat immer die Chance, sich zu befreien. So ein Glück, dass du Ersatzschlüssel hattest."

Als Antwort erntete ich Sprachlosigkeit.

„Wie geht die Geschichte denn dann weiter? Wenn ich mir vorstelle, das wäre wirklich passiert, dann denke ich, dass ich irgendwie abgehauen wäre."

„Du warst halb nackt. Vermutlich hast du dir überlegt, dass du erstmal was Vernünftiges anziehen musstest."

„Nein", wieder schockierte Augen, „ich komme in Ihren sexuellen Phantasien vor? Halbnackt? Wir waren uns doch immer einig, dass es zwischen uns zu keinem Sex kommen wird. Sie selber haben das gleich zu Anfang so bestimmt. Und jetzt erfahre ich, dass Sie in Ihrem tiefsten Inneren doch so ein Monster mit diesen niederen menschlichen Gelüsten sind?"

„Es war nicht meine Schuld, dass du so wenig an hattest. Du warst schon in dem Zustand, als ich dich in den Bulli gebeten habe. Da kann ich dann mal nichts zu, wenn du dich so durch die Stadt fahren lässt."

„Ah, sehen Sie. Jetzt kommen Sie langsam wieder in die Realität zurück. Sie haben jetzt selber gesagt, dass ich mich habe chauffieren lassen. Mein indischer Meister würde jetzt sagen ‚Auf einer geraden Straße ist noch niemand verloren gegangen'. Ich bin mir sicher, wenn wir genau an dem Punkt ansetzen, werden Sie bald wieder komplett in der Realität angekommen sein. Eigentlich ganz einfach. Man muss nur einen Schritt nach dem anderen tun."

Er schaute mich eine zeitlang an, bevor er den nächsten Versuch startete.

„Du hörst jetzt augenblicklich mit diesem Mist auf. Wozu soll das alles gut sein? Alles, aber auch alles ist auf meinen Festplatten gespeichert. Kein Richter der Welt würde nach Sichtung dieser Materialien auch nur den Hauch eines Zweifels an meinen Aussagen haben."

„Haben Sie denn meine Entführung auch gefilmt?"

„Nein, natürlich nicht. Wie hätte das gehen sollen?"

„Eben. Man kann Dinge, die nicht passiert sind, natürlich auch nicht filmen. Genau das ist der Grund dafür, dass Sie es nicht filmen konnten."

Ich ergriff mit besorgtem Blick seine gesunde linke Hand.

„Haben Sie denn überhaupt einen Bulli?"

„Natürlich habe ich einen. Wie hätte das sonst funktionieren sollen?"

„Ich meine nur, weil ich Sie noch nie mit einem Bulli oder überhaupt einem Auto habe fahren sehen. Ich weiß nicht wieso, aber ich dachte, dass Sie gar kein Auto besitzen."

„Ich habe einen Bulli. Und das muss dazu jetzt reichen."

„Wenn Sie meinen, dann will ich das natürlich nicht in Frage stellen." Nach kurzem Zögern setzte ich den Satz fort: „Es ist nur fraglich, ob wir auf diese Weise irgendwie weiter kommen."

Er setzte ein überlegenes Lächeln auf. „Gar kein Spruch mehr von deinem indischen Meister?"

„Wenn du den Hahn einsperrst, geht die Sonne doch auf" Ich versuchte mich an dem Gesichtsausdruck ‚zurückhaltende Freude' und beschloss auf seine Antwort zu warten.

Er wurde durch den Ober erlöst, der mit dem Servieren begann. Ich war gespannt, wie er auf die Austern reagieren würde. Eigentlich hatte ich schon bei der Bestellung damit gerechnet, dass er mich korrigieren würde. Zu meiner Überraschung nahm er eine der Austern, träufelte Zitronensaft auf die glibberige Masse, legte den Kopf leicht nach hinten und ließ die Auster in seinen Mund gleiten.

Er schaute mich lächend an. „Ich muss mich entschuldigen Bienchen. Eigentlich soll man die ja mit diesen kleinen Löffelchen essen. Aber ich persönlich finde, dass die nur direkt aus der Schale ihren vollen Geschmack entfalten können. Möchtest du auch kosten? Wirklich vorzüglich."

Ich hob abwehrend die Hände. „Nein danke. Es freut mich außerordentlich, dass ich die richtige Wahl für Sie getroffen habe. Mir sagt der Geschmack nicht zu. Mein Salat reicht mir völlig."

Er leerte seine Portion genüsslich schlürfend mit siegesgewissem Lächeln. Ich musste mir eingestehen, dass die Austern ein Eigentor nach allen Regeln der Kunst waren. Andererseits war alles, was ihn von seinen Plänen mit mir abhielt, immer nur ein Vorteil für mich. Also konnte ich ihm seine kleine überraschende Geschmacksverirrung ruhig gönnen. Inzwischen saßen wir nach meinem Gefühl lange genug zusammen. Wie auf Bestellung kam der Oberkellner zu uns und überreichte mir auf einem kleinen Tablett ein Couvert.

Ich las den kurzen Brief, dankte dem Ober mit einem Blick und wendete mich dann Herrn Wolf zu.

„Leider erfahre ich soeben, dass ich Sie verlassen muss. Mein neuer Meister verlangt nach mir."

Ohne seine Antwort abzuwarten, erhob ich mich und war begeistert, wie schnell der Ober hinter mich getreten war, um den Stuhl zurückzuziehen. Ich hätte mir eigentlich noch gerne einige Zeit das verblüffte Gesicht des Masseurs angesehen. Leider wäre ich damit aber aus meiner Rolle gefallen. Also musste ich mich damit zufrieden geben, anmutig und gleichzeitig zurückhaltend Richtung Ausgang zu schreiten. Alle Türen bis hin zur Strechlimo wurden mir geöffnet.

Später am Abend hörte ich mir zusammen mit Jacque die Aufnahmen an. Sie waren von einwandfreier Tonqualität.

„Woher kennst du diese ganzen Zitate?"

„Ich bereite mich immer sehr intensiv auf unsere Kunden vor. Als wir einen ganzen Schub Abschlüsse mit indischen

Unternehmen vor uns hatten, habe ich mir die Sprüche angeschaut und natürlich gemerkt."

„Wow", applaudierte Jacque, „bei mir würde es höchstens zum Lesen und Erinnern reichen. Auf keinen Fall könnte ich die rezitieren. Waren nicht gerade Japaner bei dir?"

„Nachlässigkeit ist ein großer Feind"

„Wohl wahr. Japanisch?"

„Wohl wahr. Japanisch."

„Und wieso meinst du, dass der Spruch jetzt gerade passt?"

„Schau unter Beachtung deiner eigenen Passivität auf meinen edlen Körper. Wenn dir dann keine Antwort einfällt, dann wäre das schon sehr enttäuschend."

Kapitel 11

„Aufwachen Sabienne."

Ich merkte, wie er mir die Decke wegzog. Also tat ich ihm den Gefallen und entblößte meinen Körper, indem ich die Arme nach oben reckte.

„Praktisch so ein Teil. Ich glaube, das trage ich jetzt immer. Da muss man nicht lange rumfummeln, um den Saum zu finden. Einfach genüsslich die Arme strecken und alles ist erledigt."

„Nur, solange du die Bewegung auch machen kannst", antwortete er mir lachend. Vor dem Einschlafen hatten wir ‚Papier, Schere, Stein' gespielt. Da ich gewonnen hatte, musste er bis auf das Nachthemd alle Fesseln lösen.

„Du hast heute einen Termin bei Fabienne, meinem Schmuckfritzen. Er hat sich das Armband genau angeschaut und glaubt, dass er dir bis auf die Ringe alles abnehmen kann."

Er schob mir einen Zettel mit einer Adresse hin.

„Nimm eins von meinen Autos aus der Tiefgarage. Am besten, wir gehen eben zusammen runter. Ich muss dann auch in einen meiner Clubs."

„Wann sehen wir uns?"

„Wir bleiben über Handy in Kontakt. Ich kann mir nicht vorstellen, dass dein lieber Herr Wolf den gestrigen Abend unbeantwortet lässt."

„Das ist es ja gerade, was an dem Plan so lustig ist", antwortete ich ihm lachend.

Ich zog mir, so wie er es wünschte, ein Korsett unter die Alltagskleidung – so eng wie Donna bekam ich es nicht geschnürt, aber zumindest fast so eng - und machte mich nach einem kurzen Frühstück auf den Weg.

Zu meiner Überraschung befand sich Fabiennes Werkstatt in einem mittelgroßen Wohnmobil. Ohne viele Worte zu machen, fing Fabienne an, mein verbliebenes Oberarmband zu bearbeiten. Nach einigen Fehlversuchen, die ihn scheinbar nur noch ruhiger machten, hörte ich endlich ein lautes Klicken und spürte gleichzeitig, wie Luft an meinen Arm kam. Nachdem er das geöffnete Band genauer betrachtet hatte, nickte er mir bestätigend zu.

„Ich hatte es mir fast gedacht. Da ist ein kleiner Sender eingebaut, der ab und zu ein Signal abgibt. Dadurch bekommt er immer wieder deine Positionsdaten. In dem anderen Band war der nur vorgesehen, aber nicht eingebaut."

„Deshalb konnte er die Infos an die Reporter weitergeben?"

„Genau."

„Das bedeutet aber, dass er jetzt auch mitbekommt, wo wir uns befinden?"

Statt einer Antwort wartete er ab, bis ich mir die Antwort selber gab.

„Deshalb bist du in ein Wohnmobil umgezogen?"

„Exakt."

Er beugte sich über meinen Handgelenkschmuck, der meiner linken Hand nach wie vor fast die gesamte Bewegungsfähigkeit raubte. Auch hier brauchte er einige geduldige Versuche, bevor das erlösende Geräusch erklang. Als ich auf meinen nackten Unterarm schaute, konnte ich deutlich mehrere Vertiefungen sehen. An diesen Stellen waren die

Verdrehsicherungen, wie Fabienne sie nannte, angebracht. Einfache, stumpfe, aber große Nieten. Leider sah das Hennatattoo jetzt überhaupt nicht mehr gut aus, da es viel zu früh und ohne jeden ersichtlichen Grund ein gutes Stück vor dem Handgelenk aufhörte.

Wenig später war ich meine Schenkelbänder ebenfalls los. Damit blieben nur noch der Fingerring und die Zehenringe.

„Die müssen wir an einem anderen Termin abnehmen. Dafür brauche ich meine richtige Werkstatt", erklärte er mir mit bedauerndem Gesichtsausdruck, „im Moment waren die dicken Bänder wichtiger. Die werde ich gleich auf eine längere Reise schicken. Vermutlich wird es eine Zeit dauern, bis er das merkt. In die kleinen Ringe wird wohl kein Sender integriert sein. Schließlich heißt der Typ nicht Bond, sondern Wolf."

Er schaute dann doch genauer auf meine Zehen und hantierte vorsichtig an einem der kleinen Ringe. Danach richtete er sich lachend auf „Wieso nimmst du die nicht einfach ab?"

Ich hatte es tatsächlich kein einziges Mal versucht.

„Das ist jetzt nicht dein ernst oder?"

Während er mir noch, „eigentlich schon", antwortete, hatte er bereits den ersten Ring entfernt und immer noch lachend auf den Tisch gelegt. Nachdem er alle Zehenringe abgezogen hatte, gab ich ihm zum Dank einen Kuss auf die Wange und fuhr dann zur Arbeit in meine Firma. Als ich mich dem Haupttor näherte, sah ich, dass sich keine Reporter mehr herumtrieben. Vermutlich hatten die endlich erkannt, dass sie von meinem Masseur auf eine Jagd geschickt worden waren, die auf Dauer nicht genug Nachrichten abwerfen konnte. Zumindest keine, mit denen wirkliches Geld zu verdienen war. Mir sollte das recht sein. Schließlich hatte ich einen Plan umzusetzen und dafür war noch eine Menge an Arbeit zu erledigen.

Irgendwann gegen Mittag bat Zimmermann, mein vorläufiger Securitychef um einen kurzen Termin. Eine Stunde später saß er mit weit geöffneten, wachen Augen vor mir.

„Ihr Masseur war heute viel unterwegs. Definitiv wurde mit dem Einbruch in sein Haus ein beträchtlicher Teil seiner Abhör- und Überwachungstechnik zerstört. Wir haben keine Aufläufe von Reportern zu verzeichnen und im Internet ist auf den uns bekannten Seiten ebenfalls nichts dazugekommen." Er schaute auf seine Armbanduhr. „Vor exakt einer Dreiviertelstunde hat er sich ins Krankenhaus zurückbegeben. Vermutlich zum Verbandswechsel. Das dachten wir zumindest. Tatsächlich hat er das Gebäude aber schon kurze Zeit später über einen anderen Ausgang verlassen. Von dort hat er sich mit einem Taxi an den Stadtrand bringen lassen. Definitiv eine weitere Rückzugsmöglichkeit für ihn. Er verfügte über die Schlüssel. Kurze Zeit später ist er dann mit einem Privatwagen losgefahren. Zurzeit befindet er sich auf der Autobahn Richtung Süden. Wir versuchen ihn so lange es geht zu beschatten. Ist auf Autobahnen definitiv nicht immer so einfach, wie man denkt."

„Das dürfte eine Fahrt sein, die ihn nicht weiterbringt. Wie Sie wissen, hatte er an mir Schmuckbänder angebracht, die sich nicht so ohne weiteres lösen ließen. Heute Morgen wurden sie allerdings endlich von einem Experten entfernt. Er wollte sie mit einem LKW auf eine weite Reise schicken."

„Es ist also eine Frage der Zeit, wann der Masseur merkt, dass er nur den Bändern und nicht Ihnen hinterher fährt."

Er machte eine kleine Pause.

„Betrachten wir ihn also als einen temporär zahnlosen Tiger. Es bleibt abzuwarten, wann sich das ändern wird. Wir sollten definitiv davon ausgehen, dass es sich ändern wird."

„Gut. Ich will, dass Sie lückenlos an dem Mann dran bleiben. Dieses lustlose Herumermitteln Ihres Vorgängers werde ich nicht noch mal so lange durchgehen lassen. Was macht meine Villa?"

„Das Umzugsunternehmen hat mich zwar für definitiv geistig minderbemittelt erklärt, aber der Umzug Ihres gesamten Mobiliars läuft auf Hochtour. Das Haus wird, einrichtungstechnisch gesehen, komplett entkernt und in Containern eingelagert. Heute Nachmittag werden die Anstreicher anrücken und eine Nachtschicht einlegen. Morgen dünstet das ganze Gebäude aus. Übermorgen Abend können Sie wieder einziehen. Definitiv läuft alles nach Plan."

„Gute Arbeit Zimmermann." Lächelnd präzisierte ich: „Definitiv gute Arbeit"

Als er das Büro verlassen hatte, vertiefte ich mich wieder in meine Arbeit. Zu meiner großen Freude lief der Plan hervorragend an.

Am späten Nachmittag riss Jacque mich aus der Arbeit.

„Wann machst du heute Schluss?"

„Wann immer du willst, mein Liebster. Alles, was ich heute schaffen wollte, habe ich auch geschafft. Genaugenommen arbeite ich bereits am Pensum für morgen."

„Okay, wenn du einverstanden bist, dann steht mein Fahrer in einer Viertelstunde vor der Türe."

Ich legte noch einen kleinen Endspurt hin, packte meinen Laptop ein und verließ dann mein Büro. Dem Assistenten gab ich erneut die Anweisung, alles wirklich Wichtige über Mail weiterzuleiten.

Im Auto wartete Isabelle bereits auf mich.

„Ich habe ein kleines ‚Aufwärmgeschenk' von Jacque dabei."

Ich konnte nicht anders, als Isabelles Lächeln mit Küsschen links und Küsschen rechts zu beantworten.

„Danke, dass du für Jacque einspringst, wenn er nicht kann."

„Mach ich doch gerne."

Sie schob mir eine kleine rote, mit dicker Schleife verzierte Box hin. Nachdem ich die Schleife geöffnet hatte, zog ich lange, matt glänzende Handschuhe heraus. Ich schaute fragend zu Isabelle „Latex?"

„Klar, was sonst? Willst du sie direkt anziehen?"

„Logisch. Erstens freut sich Jacque bestimmt darüber und zweitens bekomme ich so langsam eine immer stärker ausgeprägte Schwäche für dieses Material."

„Na, dann los."

Da ich kurze Ärmel trug, konnte ich ohne große Umstände anfangen, meine rechte Hand in den dafür vorgesehenen Handschuh hineinzuarbeiten. Als er endlich komplett hochgezogen war, schaute ich Isabelle verblüfft an.

Die meinte nur lachend: „Besser ich helfe dir bei dem anderen?"

„Besser ist das. Was sind das für komische Handschuhe? Irgendwie kann ich mit meinen Fingern gar nichts so richtig fühlen."

„Eigentlich solltest du langsam mitbekommen haben, dass Jacque auf so etwas steht. Schließlich haben seine Clubs unter uns Angestellten nicht ohne Grund den Spitznamen ‚Restraint'."

Sie nahm den anderen Handschuh und half mir beim Anziehen. Danach strich sie das Material an beiden Armen aufmerksam glatt, bis es wie eine zweite Haut saß.

„Die Handschuhe haben übrigens noch einen Special Effect."

„Ich dachte, das Abschalten der Gefühlswelt meiner Fingerkuppen wäre schon der Special Effect."

Isabelle nahm eine dicke Schaumstoffrolle und legte sie auf meinen Schoß.

„Leg mal deine Hände drauf. So, dass deine Finger ein bisschen gekrümmt sind. Den Daumen locker neben den Zeigefinger."

Als ich, ohne eine Idee zu haben, was dabei herauskommen sollte, der Aufforderung Folge geleistet hatte, riss Isabelle an beiden Handschuhen ein kleines Band ab, das irgendwo in der Gegend des Daumenansatzes befestigt war.

„Jetzt einen kleinen Moment nicht bewegen, sonst versaust du es."

Isabelle zählte langsam von zwanzig auf null und strahlte mich dann an.

„Und? Merkst du es? Du kannst die Hände jetzt von der Rolle runter nehmen."

Eigentlich hatte ich nur einen leichten Druck gespürt. Jetzt aber merkte ich noch einiges mehr.

„Ich kann meine Finger nicht mehr bewegen."
„Genau so ist das auch gedacht. Cool oder?"
Ich wusste nicht so richtig, ob ich mich wirklich freuen sollte. Aber letztlich gaben die lächelnde Isabelle und die Freude, in wenigen Minuten bei Jacque zu sein, den Ausschlag.

„Naja. Etwas unvorbereitet. Aber schon interessant. Ich nehme mal an, dass ich heute nicht so furchtbar viel zu tun bekomme. Zumindest nichts, was besondere Fingerfertigkeit verlangt."

„Damit liegst du ziemlich richtig."

Als ich wenig später in Jacques Armen lag, konnte ich die Frage nicht zurückhalten.

„Wann und wie ziehe ich die Handschuhe eigentlich wieder aus?"

„Hey, Sabienne. Das hatte ich dir glaube ich wirklich gar nicht so klar gesagt. Bei allem, was du von mir bekommst und was deine Bewegungsfreiheit in irgendeiner Weise einschränkt, entscheide ich ganz alleine, wann du das wieder ausziehen darfst. Und wenn du fragst, wann du es ausziehen darfst, dann wird die Tragezeit in jedem Fall deutlich verlängert." Er schaute mich an und ergänzte dann lächelnd, „alles verstanden?"

„Upps. Alles klar. Ich dachte, das mit der Brille und dem Nachthemd waren einfach nur kleine Sonderregeln."

„Ne. Gilt immer. Ich stehe auf einfache Regeln. Wenn man einmal anfängt irgendwelche Ausnahmen zu machen, kann man die Regel meist ziemlich bald in die Tonne kloppen."

„Alles klar. Da mache ich gerne mit."

„Was macht denn eigentlich dein Masseur?"
„Der scheint noch ein bisschen gehandicapt zu sein. Zum einen habe ich ihm gestern scheinbar den größten Teil seiner Spionageanlage demoliert. Zum anderen scheint der mit seiner Hand noch einige Probleme zu haben. Jedenfalls fährt

er im Moment Richtung Süden. Immer meinem Schmuck hinterher."

„Deine Funküberwachung ist blinder Passagier auf einem LKW, der langsam, aber sicher Richtung Italien rollt. Ich bin mal gespannt, wann der das merkt."

„Bald, würde ich mal sagen."

„Warum?", wollte Jacque wissen.

„Weil der sehr genau weiß, dass ich niemals auf einem LKW in der Gegend herumkutschieren würde."

„Gerade deshalb hat Fabienne einen LKW genommen. Wir haben einfach eine Ecke weiter gedacht. Der Masseur weiß, dass du weißt, dass er weiß, dass du niemals auf einem LKW fahren würdest. Und gerade deswegen ist genau das eine perfekte Tarnung für dich. Und genau deswegen wird er den LKW nicht so schnell aus dem Auge lassen."

„Jetzt kommst du mir hier mit alten Indianerweisheiten", erklärte ich lachend. „Das Problem ist nur, dass er natürlich auch eine Ecke weiter denken kann. Immer schwer zu sagen, wann man bei solchen Sachen mit dem Weiterdenken aufhören muss. Trotzdem: Er wird merken, dass es ein LKW ist und dann möglichst schnell checken, ob ich dabei bin oder nicht."

„Okay, wenn wir damit alles besprochen haben, dann kommt jetzt der gemütliche Teil des jungen Abends."

Kapitel 12

Obwohl ich schon ein zeitlang wach war, lag ich noch im Bett und dachte über die letzte Nacht nach. Jacque hatte irgendetwas an sich, das bei mir immer wieder alle Sicherungssysteme durchbrennen ließ. Erst hatte er mich in die Oper ausgeführt. Mit meinen bewegungslosen Fingern musste ich mir bei Allem von ihm helfen lassen. Noch nicht einmal das Sektglas in der Pause konnte ich selber festhalten. Dann am ziemlich späten Abend gab es noch eine Privataudienz bei dem besten Blumenmaler aller Zeiten. Jacque hatte mir nicht erlaubt, in den Spiegel zu schauen. Trotzdem kannte ich natürlich die Stelle, an der ich mein zweites Tattoo bekommen hatte. Genauer gesagt war es eigentlich die Fortsetzung der Rose, die ich schon vor ein paar Tagen erhalten hatte.

Ich warf die Decke zur Seite und ging ins Badezimmer, um mir den Verband abzumachen und endlich einen Blick auf das Werk zu werfen. Der Stiel der Rose begann jetzt an meinem rechten Schlüsselbein und setzte sich über den seitlichen Hals bis zu dem Ende des ersten Stiels fort. Zusätzlich zu der ‚alten' dunkelroten Rosenblüte hatte ich seitlich am Hals eine ins dunkelblau hineinschimmernde Blüte dazubekommen, die fast bis zum Ansatz meines Unterkiefers reichte. Zwischen den beiden Blüten waren noch zwei weitere lose Blütenblätter zu erkennen, die keine Verbindung zu dem Stiel. So würde das mit Sicherheit nicht bleiben. Ich war schon jetzt auf die Fortsetzung gespannt.

Ich war so in die Betrachtung der Rosen vertieft, dass ich gar nicht gemerkt hatte, dass Jacque entspannt lächelnd am Türrahmen lehnte. „Gefällt es dir Sabienne?"

„Sehen super aus." Obwohl ich selber nicht verstand, weshalb es mir so schwer fiel, setzte ich den Satz erst nach einer kleinen Pause fort „Wäre aber trotzdem schön, wenn diese Blumen den öffentlichen Bereich meines Körpers mal so langsam verlassen könnten."

„Kein Problem", antwortete er immer noch lächelnd. Ich konnte nicht anders, als sein Lächeln zu erwidern. Ein letzter Blick in den Spiegel bestätigte mir nochmals, dass das Tattoo einfach nur perfekt war.

Das Brummen meines Handys riss mich aus den Gedanken. Ohne auf das Display zu schauen, meldete ich mich. So viele Leute kannten die Nummer meines neuen Firmenhandys noch nicht.

„Spreche ich mit Weberlein?"

„Ja. Und mit wem spreche ich?" In Erwartung der befürchteten Antwort lief mir ein leichter Schauer den Rücken herunter.

„Tagesblatt. Ihre Zeitung vor Ort und für den Ort. Warum wollen Sie Ihre Firma ausgerechnet an Chinesen verkaufen? Haben Sie keine Angst, dass dann wieder Knowhow made in Germany unwiederbringlich verloren geht? Was ist mit den ganzen Patenten? Sind die Teil der Verkaufsmasse?"

„Überprüfen Sie gefälligst Ihre Quellen, bevor Sie mich mit so einem Quatsch belästigen. Ich habe nicht die Absicht die Firma zu verkaufen. Demzufolge gibt es auch keine Verkaufsgespräche mit wem auch immer! Wo haben Sie das denn überhaupt her?"

„Sie sollten eigentlich wissen, dass es nicht nur eine Website gibt, die sich mit Ihnen befasst. Sind Sie ernsthaft der Meinung, dass Sie auf einmal völlig uninteressant geworden sind, nur weil Ihr Rotlichtfreund einen Hubschrauber benutzt hat, um Sie vor uns zu retten?"

„Lassen Sie mich doch einfach meine Arbeit machen."

„Dazu hatten Sie doch jetzt Gelegenheit. Ich habe den Auftritt einer indisch gekleideten Schönheit genauso wenig unterbrochen, wie Ihren Opernbesuch. Das war doch eigentlich nett von mir. Jetzt sollten Sie sich aber mal so langsam revanchieren."

„Okay. Sie können Ihre Revanche haben. Wir treffen uns in exakt einer Stunde in der Innenstadt. Sie sichern mir zu, keine Ton- oder Bildaufnahmen zu machen. Ich sichere Ihnen zu, Informationen bezüglich des Herrn weiterzugeben, der die indisch gekleidete Dame zum Essen eingeladen hat."

„Wo genau?"

„Im ‚Kaffeebohne'. Seien Sie pünktlich. Ich werde nicht warten."

Damit legte ich auf. Jacque stand mit fragendem Blick vor mir.

„Das war so ein Pressefuzzi. Ich werde ihm die Tonaufnahmen geben, die wir letzthin gemacht haben."

„Ist das eine gute Idee?"

„Und ob das eine gute Idee ist. Nichts gegen die Abende und Nächte mit dir. Ich wünschte, die würden mindestens doppelt so lange dauern." Ich hob die Arme und damit mein gesamtes Nachthemd, um ihn umarmen zu können. „Aber, jetzt wo ich endlich angefangen habe, wirkungsvoll gegen ihn zu agieren, darf ich nicht nachlassen. Ganz im Gegenteil: Ich muss den Druck auf ihn erhöhen. Ich darf auf keinen Fall wieder in die Defensive kommen."

„Wie du meinst. Es ist dein Geschäft", war seine zögerliche Antwort.

Ich sah ihn fragend an. „Suchst du etwa gerade nach einem passenden Spruch? Irgendwas mit ‚Haifischbecken' zum Beispiel?"

„Nein", wehrte er lachend ab „Ich werde bestimmt keinen Sprüchewettstreit mit dir beginnen. Da kann ich nur verlieren. Und ich verliere überhaupt nicht gerne."

„Obwohl du in dem Fall gute Karten hättest. Ich kenne nämlich keinen Spruch. Nur das Sinnbild für gefährliches Terrain und bei den Australiern gibt es noch was: Die nennen Surfanfänger ‚Shark biscuit'."

Ich öffnete die Türe zum ‚Kaffeebohne' auf die Minute genau. Die Anzahl der Gäste war überschaubar. Mein Blick schweifte prüfend durch den Raum. Dann ging ich auf den einzigen alleine sitzenden Gast zu, der sich bei meinem Eintreten zudem noch ruckartig gerade hingesetzt und völlig überflüssigerweise an seinem Revers herumgefummelt hatte. Im Vorbeigehen orderte ich an der Theke einen Milchkaffee, setzte mich an den Tisch des Mannes und schaute ihn fragend an. Der legte die Illustrierte, in der er gerade geblättert hatte, zur Seite und stellte sich vor.

„Tagesblatt. Ihre Zeitung vor Ort und für den Ort. Mein Name ist Müller. Schön, dass es so kurzfristig geklappt hat."

„Werden Sie dazu gezwungen, sich so bescheuert vorzustellen, Herr Müller?"

„Nein", antwortete er errötend, „ich dachte nur, dass Sie dann die Sicherheit haben, dass Sie auch wirklich den vor sich sitzen haben, mit dem Sie eben noch telefoniert haben."

„Sehr aufmerksam, aber wie Sie bemerkt haben, habe ich Sie auch so gefunden."

Er lehnte sich, wie zum Zeichen, dass die Begrüßung jetzt beendet sei, noch ein Stück weiter nach vorne und fragte mit gedämpfter Stimme: „Was ist denn jetzt dran an der Geschichte mit dem Verkauf?"

Ich lehnte mich ebenfalls nach vorne und raunte ihm lächelnd, „Nichts", zu. Danach lehnte ich mich gegen die Rückenlehne des Stuhls und dankte dem Kellner mit einem Blick für den, mit perfekter Schaumkrone verzierten Kaffee, den er vor mich stellte.

Der Reporter behielt seine Stellung weiterhin bei. „Sie sind lange genug in der Branche tätig, um zu wissen, dass in jedem Gerücht irgendwo ein Funke Wahrheit verborgen ist."

Ich führte betont langsam die Kaffeetasse an die Lippen und nahm, ohne den Reporter aus den Augen zu lassen, einen kleinen Schluck. Beim Absetzen der Tasse, verfehlte ich die Untertasse, was mit etwas Unterstützung dazu führte, dass eine größere Menge des Kaffees überschwappte. Damit waren die albernen Lederflicken an den Ellenbogen seiner völlig formfreien Reporter-Kordjacke mit Kaffee zugesaut. Als Folge des ersten Überraschungsreflexes kippte er dann auch noch seine Teetasse um. Innerlich hätte ich jubeln können, setzte aber ein schockiertes Gesicht auf und lief hinter den Stuhl des Reporters.

„Ziehen Sie schnell die Jacke aus! Damit Ihr Hemd nicht auch noch nass wird! Das ist aber auch zu ungeschickt von mir." Resolut packte ich einen der Jackenärmel am Bund und riss ihn hoch. Im gleichen Moment, in dem er den Arm herauszog, sah ich das Kabel, das sich zwischen seinem Jackenrevers und dem Hemd spannte. Noch ein kleiner weiterer, eigentlich völlig unnötiger Zug am Ärmel löste die Verbindung des kleinen Mikros mit dem Revers. Danach baumelte es deutlich sichtbar vor der Brust des Reporters. Ich hielt in meiner Bewegung inne und griff nach dem Mikro. Als ich es fest in der Hand hatte, zog ich es mit einem kräftigen Ruck nach oben, was den Reporter dazu zwang mit schmerzverzerrtem Gesicht halb aufzuspringen und sich dann direkt wieder fallen zu lassen.

„Oh, das tut mir leid. Ich hatte nicht damit gerechnet, dass das Mikro so gut festgemacht ist. Hoffentlich habe ich Ihnen keine ernsthaften Schaden zugefügt Herr Müller?"

„Nein, nein. Geht schon. Halb so wild", presste er durch die geschlossenen Zähne hervor.

„Vermutlich sind Sie Schlimmeres gewohnt?"

„Ja", nickte er. „Allerdings"

„Dann kann Sie das ja nicht schocken." Ich nahm den restlichen Kaffee und leerte die Tasse über seinem Schoß. „Ich hatte gesagt. Keine Ton- oder Bildaufnahmen."

Im Herausgehen legte ich dem Kellner Geld auf den Tresen. „Von so einem miesen Drecksreporter würde ich mich noch nicht einmal zu einem Stück trockenes Brot einladen lassen. Der Schluck, den ich von Ihrem Kaffee vor diesem unwürdigen Vertrauensmissbrauch nehmen konnte, hat mich wirklich sehr beeindruckt. Ich wünsche Ihnen noch einen schönen Tag."

Als ich beim Losfahren einen Blick in den Rückspiegel warf, sah ich den ‚Tagesblatt. Ihre Zeitung vor Ort und für den Ort. Mein Name ist Müller' - Reporter aus dem Cafe stürmen. Statt aber panisch die Straße entlang zu laufen und in ein mickriges altes Presseauto zu steigen, um die eigentlich unmögliche Verfolgung aufzunehmen, kam mit quietschenden Reifen ein kleiner Fiat angebraust, der den Reporter aufnahm und dann, wiederum mit quietschenden Reifen anfuhr. Auf meinem Gesicht breitete sich ein entspanntes Lächeln aus. Die beiden Reporter wollten tatsächlich eine Verfolgungsjagd veranstalten. Die konnten sie gerne haben. Lächelnd ließ ich den Wagen gemütlich durch den Verkehr gleiten. Der Blick in den Rückspiegel verriet mir, dass die beiden zumindest wussten, wem sie folgen mussten. Eigentlich wäre es jetzt an der Zeit gewesen, das Tempo anzuziehen und die beiden mit ein paar gekonnten Manövern abzuhängen. Ich hatte allerdings noch ein bisschen Zeit.

Nach einigem Kramen fand ich unter den CDs eine alte Aufnahme von Muddy Waters. Während ich gemütlich über den äußeren Stadtring glitt, hörte ich extrem entspannten Blues der feinsten Sorte. Auch mal schön, wenn es einem so gut geht, dass man nichts Hartes braucht, um sich abzureagieren. Die Sache mit Jacque konnte ruhig noch richtig lange dauern. Sogar das Korsett, das ich auf seinen Wunsch wieder angezogen hatte, machte mir nichts aus. Es war mir viel mehr eine beständige Erinnerung daran, dass es jemanden gab, der auf mich wartete und sich nur zu gerne mit mir beschäftigte. Außerdem fühlte ich mich damit gigantisch sexy.

Einige Ampeln später, als der kleine hektische Fiat hinter mir ebenfalls zu seiner inneren Ruhe fand und auch mal mehrere Sekunden am Stück ohne Blickkontakt blieb, fing ich wieder an, die CD-Sammlung zu durchsuchen. Endlich hatte ich etwas Adäquates gefunden. Was war besser, als mit Ravels Bolero ganz langsam und allmählich in Fahrt zu kommen? Ich wartete noch respektvoll, bis Muddy ein Stück zu Ende gebracht hatte und wechselte dann die CD. Ungefähr eine Viertelstunde permanente Steigerung lag jetzt vor mir. Sehr viel länger dauerte das normalerweise nicht. Ich beschloss meinen entspannten Fahrstil mit dem Einsatz der ersten Saxophone zu beenden und mich dann langsam in Position für das große Finale – das Zurücklassen des kleinen Fiats - zu bringen. Also hörte ich mir genussvoll die vorsichtigen und präzisen Einsätze von Querflöte und Klarinette an. Ohne merkliche Steigerung übernahm das Fagott. Als dann endlich das Tenorsaxophon an der Reihe war, wurde mir klar, dass die Aufnahme eine so unglaublich gleichmäßige Steigerung bot, dass es mir komplett unmöglich sein würde, in die korrekte Autoverfolgungslaune zu kommen.

Nach dem nächsten Wechsel waren die Stray Cats an der Reihe. Das ging definitiv. Ich lenkte meinen Wagen ansatzlos in eine kleine Lücke auf der Nebenspur und zog, da die Gegenfahrbahn gerade durch eine auf rot gesprungene Ampel freigehalten wurde, direkt noch weiter rüber. Bei der 180°-Wende zog der gute alte Heckantrieb mit durchdrehenden Rädern zwei akkurate schwarze Linien auf den Asphalt. Leider bekamen die Räder beim Hochschalten dann aber doch Grip und stellten ihre lautmalerischen Aktionen ein. Stattdessen hatte der Motor jetzt seinen großen Moment. Ich liebte das Gefühl dieses Andrucks an die Rückenlehne. Leider konnte ich dieses Glücksgefühl nur für wenige, aber intensive Sekunden auskosten, da die nächste Kreuzung nicht weit weg war. Während ich das Auslaufen des Wagens durch Runterschalten leicht unterstützte, vergewisserte ich mich, dass die beiden Reporter noch nicht einmal den Versuch unternommen hatten, mir zu folgen. Diese Weicheier hatten einfach keinen Mumm in den Knochen. Bei dem Gedanken, dass einer der beiden sogar eine Hose trug, die an einer sehr verräterischen Stelle klatschnass war, konnte ich das Lachen nicht mehr zurückhalten. Eigentlich Zeit für ‚We are the champions'. Wenn Jacque nur die passende CD in dem Auto hätte.

Kurz vor meinem Ziel drehte ich die Musik ab. Ich musste jetzt unbedingt wieder runter kommen. Den Wagen ließ ich neben den Autos einiger Ausflügler auf einem Waldparkplatz stehen. Den Rest des Weges musste ich zu Fuß gehen. Glücklicherweise hatte ich Jacque davon überzeugen können, dass ich abgesehen von dem Korsett besser praktische und definitiv unauffällige Kleidung tragen konnte. Vermutlich ahnte er, dass ich mehr vor hatte, als einen nervigen Reporter zu treffen. Glücklicherweise hatte er aber auch einen ausreichend ausgeprägten Instinkt dafür, wann er sich mit seinen Fragen besser zurückhalten sollte.

Ich ging am Waldrand in die Hocke und schaute mir das Haus eine zeitlang einfach nur an. Wenn er von der Verfolgungsjagd meines Schmucks inzwischen zurückgekehrt war, dann entweder ohne Auto oder er hatte es in der Garage untergestellt. Laut Zimmermann war er noch auf der Autobahn. Zwar hatte er inzwischen gewendet, aber eine gute Stunde würde er wohl noch brauchen. Die Distanz zwischen Haus und Wald war deutlich größer, als ich es in Erinnerung hatte. Die Chance, dass er im Haus war, war wirklich verschwindend gering.

Also ging ich langsam auf das Haus zu und hielt dabei die Fenster genau im Auge, um auch die kleinste Bewegung wahrnehmen zu können. Als ich am Haus angekommen war, fühlte ich mich absolut sicher. Ich setzte das Stemmeisen, das ich auf der Fahrt besorgt hatte, an die Kellertüre an und schaffte es mit letzter Kraftanstrengung schließlich doch noch, das Schloss aus seiner Halterung in dem Holzrahmen zu lösen. Mit einem lauten Knall flog die Türe auf. Der Keller und damit das gesamte Haus, lagen einladend vor mir.

Bevor ich mit der eigentlichen Inspektion beginnen konnte, zwang ich mich aber vorsichtshalber einmal durch das gesamte Haus zu gehen. Dabei behielt ich das Brecheisen schlagbereit in der Hand. Die Kamera über der Treppe, mit der er mich beim letzten Mal gefilmt hatte, musste bedauerlicherweise ihre Arbeit einstellen, nachdem ich ein paar Übungen mit dem Brecheisen gemacht hatte. Ein paar Minuten später war ich mir sicher, dass ich alleine war. Ich stellte mir den Handywecker auf eine Stunde und machte mich an die systematische Suche.

Erst, als die Zeit schon fast abgelaufen war, fand ich die privaten Erinnerungsstücke in Form von Fotoalben. Massenweise Kindheitsfotos. Seine Eltern waren wirklich sehr aktiv gewesen. Dann noch einige wenige Fotos als Jugendlicher und das war es auch schon. Selbst, wenn er selber keine Fotofreak sein sollte, mussten trotzdem irgendwo Hochzeitsfotos und Babyfotos seiner Tochter existieren. Aber in der Hinsicht war absolute Fehlanzeige.

Mein alter Securitychef hatte mir berichtet, dass der Masseur nie verheiratet war. Er konnte mit der Frau natürlich auch in wilder Ehe gelebt haben. Nur stand auch in keinem Bericht irgendetwas von einem Kind. Demzufolge hingen in der Wohnung, die meine Leute gefilzt hatten, keine Kinderbilder und auch keine Bilder seiner Frau oder Freundin.

Und das, obwohl er doch so furchtbar um die beiden Toten getrauert hatte. Ich ließ es mir nochmals durch den Kopf gehen und kam wieder zum gleichen Ergebnis.

Mein armer, trauernder Masseur hatte bei dieser heilen kleinen Familie einfach nur gespannt. Und zwar hardcoremäßig. Genauso, wie er bei der Frau spannte, die ihr Haus, nur mit Unterwäsche bekleidet, putzt. Durch den Unfall, der mir passiert war, waren ihm einfach nur Opfer seines perversen Triebes verloren gegangen. Dazu passten auch diese beiden Stalkinganzeigen, die Security-Maier erwähnt hatte.

Und damit war der eigentliche Grund klar, weshalb er das Material nicht schon lange an die Polizei weitergereicht hatte. Vermutlich war ich jetzt sein absoluter Megakick. Er konnte mich dabei beobachten, wie ich mit Hindernissen in meinem Leben umging, die bei anderen Menschen in dieser Menge vielleicht noch nicht einmal über Jahrzehnte verteilt, eintraten. Ich war sein persönliches Reality-TV. Ich nickte mir selber bestätigend zu. Gut, wenn man weiß, wie die gegnerischen Karten aussehen.

Apropos Reality-TV. Ich öffnete auf meinem Smartphone eine der Weberlein-Seiten, die der Masseur eingerichtet hatte. Nach ein bisschen Suchen fand ich die Aufnahmen einer Webcam, die einen Raum zeigte, der mir sehr vertraut vorkam. Ich drehte mich in Richtung Wohnzimmer und nickte zufrieden. Wenn er zum richtigen Zeitpunkt auf seine Seite geschaut hatte, dann wusste er jetzt, dass ich in seinem Haus war. Mit anderen Worten: Es war an der Zeit zu gehen. Zumindest, nachdem die frisch entlarvte Webcam ihren Dienst eingestellt hatte.

Da ich mir Zeit ließ, erreichte ich mein Auto erst eine halbe Stunde später. Gerade, als ich losfahren wollte, klingelte mein Handy

„Weberlein"

„Hallo Bienchen. Wie geht es denn so?"

„Ach", ich konnte mir ein souveränes Lächeln nicht verkneifen, „der böse Wolf gibt sich auch mal wieder die Ehre. Aber, ich merke schon, dass ich ganz schrecklich ungehorsam bin. Ich habe doch glattweg Ihre Frage nicht beantwortet. Mir geht es gut. Und selber? Was macht die Hand?"

Die Pause, die er brauchte, um mir zu antworten, war zu meiner Freunde ein kleines bisschen zu lang.

„Das spielt keine Rolle. Wir müssen dringend reden. In einer halben Stunde bei deinem geliebten Salvatore."

Damit beendete er das Gespräch. Ich schaute noch eine Weile auf mein Handy, schaltete es dann aus und fuhr los. Selbstverständlich würde ich nicht zu Salvatore fahren, obwohl es mir schon einen ziemlichen Kick verschaffen würde, die Distanz in der knappen Zeit zu schaffen. Stattdessen legte ich den guten alten Muddy nochmals in den CD-Player. Diesmal würde ich ihm bis zum Ende seiner Performance zuhören.

Was ging wohl gerade im Kopf meines Masseurs vor sich? Ich glaubte nicht, dass er ernsthaft mit meinem Erscheinen bei Salvatore rechnen würde. Dazu war die Zeit, die er mir gegeben hatte, einfach zu kurz. Warum also hatte er mich trotzdem dahin bestellt? Sicherlich nicht, um irgendeinen Grund zu haben, sauer auf mich zu sein und entgegen seinen Versprechungen dann doch mit so einem „Der Meister bestraft seine Sklavin" - Mist anzufangen. Seine kaputte Hand alleine wäre dafür ohnehin Grund genug gewesen. War er vielleicht plötzlich hektisch, nur weil er mich nicht mehr orten konnte oder weil ich schon zum zweiten Mal in sein Haus eingebrochen war? Soviel ich auch grübelte, ich konnte keinen Grund finden.

Um mein Versprechen gegenüber Muddy Waters nicht brechen zu müssen, fuhr ich noch eine Extrarunde um den Block, in dem meine Firma lag. Als mein Blick auf ein Straßencafe fiel, parkte ich den Wagen spontan in der nächsten besten Lücke und setzte mich an einen der kleinen runden Tische. Gerade, als die junge Aushilfskellnerin den bestellten Espresso brachte, drang eine vertraute Stimme zu meinem Ohr durch.

„Hallo, hier ist Wolf."

Fast hätte ich eine passende Antwort gegeben. Erst im letzen Moment merkte ich, dass ich gar nicht angesprochen sein konnte.

„Ich weiß das, aber Sie sind ja sonst nicht zu erreichen. Es handelt sich hier quasi um einen Notfall."

Wieder trat eine Pause ein. Ich hätte nur zu gerne gewusst, wen er da gerade anrief.

„Sie wissen doch, dass sie meine gesamte Anlage zertrümmert hat. Im Moment kann ich nicht so agieren, wie ich möchte."

Wie konnte es dann sein, dass ich eben noch Aufzeichnungen einer Webcam im Internet gesehen hatte? Scheinbar war der Angerufene auch nicht auf den Kopf gefallen.

„Ja, ja. Natürlich nicht alles. Aber zumindest einen sehr bedeutenden Teil. Ein bisschen was hatte ich glücklicherweise woanders gelagert. Niemals alles ins gleiche Haus."

Ich verdrehte die Augen. Der andere hatte scheinbar schon wieder etwas zu sagen.

„Was ich von Ihnen will ist doch klar. Ich habe Ihnen doch alles geschickt. Das kann doch nicht so schwer sein, das entsprechend weiterzuleiten."

Bevor ich eine Idee hatte, was das sein könnte, redete mein Masseur schon weiter.

„Ich sitze hier in einem Cafe."

Was sollte das jetzt geben?

„Das können Sie auch gerne noch ein paar Mal fragen. Ihnen das jetzt alles zu erklären würde deutlich zu weit führen. So viel kann ich Ihnen aber verraten. Ich habe eine ganze Menge nutzloser Stunden auf der Autobahn verbracht. Und ich bin durchaus der Meinung, dass Sie mich hätten warnen können. Auf Wiederhören"

Ich hätte mich jetzt gerne umgedreht, um ihm anzubieten das dringende Gespräch nachzuholen, das er eigentlich bei Salvatore mit mir führen wollte. Andererseits hatte ich, wegen der üppig bepflanzten Blumenkübel eine gute Chance, auch weiterhin nicht von ihm entdeckt zu werden. Immerhin war mir durch das zufällige Abhören des Telefonats ein unschätzbarer Vorteil in die Hände gefallen. Ich wusste jetzt, quasi aus erster Hand, dass der Masseur einen Komplizen hatte. Und ich wusste, dass dieser Komplize mir etwas geben würde. Irgendetwas, wodurch der Masseur einen Vorteil bekommen würde.

Wenn ich jetzt einen Kosmetikspiegel dabei gehabt hätte, wäre ich sogar in der Lage gewesen, einigermaßen unauffällig abzuchecken, wo er saß. Aber ich hatte keinen Spiegel dabei und damit blieb mir nichts anderes übrig, als möglichst unauffällig meinen Espresso zu genießen.

Nachdem ich eine auf dem Nachbarstuhl liegende Illustrierte halb durchgeblättert hatte, verlangte mein Masseur die Rechnung und verschwand.

In meinem Vorzimmer warf ich meinem Assistenten mein aktuelles Handy auf den Schreibtisch. „Ich bin heute schon wieder von zwei Leuten angerufen worden, die die Nummer dieses Handys definitiv nicht kennen sollten. Punkt 1: Ich brauche mal wieder ein neues."

Mein Assistent ging zu einem der Aktenschränke und zog eine kleine Zwischenschublade heraus. „Da es eine Frage der Zeit war, bis Sie ein neues brauchen würden, habe ich mir erlaubt einen kleinen Vorrat anzulegen. Sie haben die freie Wahl."

Damit trat er einen Schritt zurück und machte den Blick für mich frei.

„Rosa?", fragte ich fassungslos. „Sie haben allen ernstes ein halbes Dutzend rosa Handys gekauft? Wollen Sie mich auf den Arm nehmen? Hab ich blonde Haare? Lasse ich dämliche Sprüche ab? Benutze ich rosa Lippenstift? Haben Sie überhaupt mal irgendetwas an mir gesehen, was auch nur ansatzweise in Richtung Rosa geht?"

Mein Assistent zeigte ungerührt auf meinen Hals. „Eines der Blütenblätter ist eindeutig rosa."

„Wenigstens sind Sie spontan. Wir wissen beide, dass Sie das jetzt gerade das erste Mal sehen. Also: Warum Rosa?"

„Sonderangebot. Die Lebenszeit Ihrer Handys ist so kurz, dass ich schon überlegt habe, ob ich Sie nicht besser mit billigen Prepaidmodellen versorge."

Ich nahm mir kopfschüttelnd eines der Handys aus der Schublade. „Ich hoffe, Sie haben die Kontakte eingegeben?"

„Selbstverständlich Frau Weberlein. Und jetzt werde ich unverzüglich Ihre neue Nummer an Ihre Geschäftspartner weitergeben."

„Damit wären wir an Punkt 2 angekommen. Wie ist es möglich, dass meine Nummer an die falschen Leute weitergereicht werden kann?"

Mein Assistent hob abwehrend die Hände. „Von mir jedenfalls nicht. Ich gebe Ihre Nummer grundsätzlich nicht raus."

„Meinen Sie etwa, meine Geschäftspartner machen das?"

„Entzieht sich meiner Kenntnis. Alles, was ich mache ist dafür zu sorgen, dass die Nummer an alle Kontakte weitergegeben wird. So, wie Sie es wollen."

„Wie machen Sie das eigentlich so schnell?"

„Ich habe die letzte Liste runtergeladen und verschicke dann vom Computer aus die entsprechenden SMS. Eigentlich ganz einfach. Deshalb konnte ich auch alle Handys aus der Schublade mit geringem Zeitaufwand vorbereiten."

Ich ging die Kontakte meines rosa Alptraums durch und sah meinen Verdacht sehr schnell bestätigt. Ich hielt ihm das Display hin „Was lesen Sie da?"

„Wolf" Nach einer kleinen Pause ergänzte er mit hochrotem Kopf: „Der Wolf?"

„Ja, der Wolf! Vermutlich haben Sie in der Liste dann auch direkt noch ein paar Zeitungsleute über meine aktuelle Nummer informiert. Mein Gott noch mal. Ich kann doch nicht alles selber machen."

„Dann erklären Sie mir mal bitte, wie das in ihre Kontakte kommt. Das muss schon irgendjemand eingegeben haben. Die Einträge kommen schließlich nicht geflogen."

„Unverschämtheiten retten Sie jetzt auch nicht mehr. Wenn Sie nichts anderes zu tun haben, als sich die Arbeit zu erleichtern und damit das Risiko auf sich zu nehmen, mir Probleme zu machen, dann können Sie auch genauso gut direkt irgendwo anders anfangen!"

„Soll das jetzt eine fristlose Kündigung sein oder können Sie wieder einmal einfach Ihr Temperament nicht zügeln?"

„Packen Sie Ihre Sachen! Ich gebe Ihnen exakt fünf Minuten."

Noch während ich das sagte, wählte ich die Nummer von Security-Zimmermann. „Kommen Sie sofort in mein Vorzimmer. Mein Assistent will uns verlassen. Sie eskortieren Ihn raus."

Als ich mich wieder meinem Assistenten zuwandte, schaute er mich lächelnd an. „Wie denken Sie sich eigentlich, dass das gehen soll?"

„Ganz einfach soll das gehen. Sie gehen, bekommen auf den Cent so viel Gehalt weiterbezahlt, wie nötig, damit Sie nicht auch noch irgendwelche Richter mit Ihren Problemen behelligen können und dann war es das. So einfach geht das."

Seinem Gesicht nach zu urteilen, hatte er noch immer nicht verstanden, dass seine Zeit in meinem Vorzimmer und in meiner Firma zu Ende war.

„Ich empfehle Ihnen, die restlichen Minuten zu nutzen, um Ihre persönlichen Sachen zusammenzupacken, falls Sie so etwas überhaupt haben."

Er ging zu einem schmalen Garderobenschrank, nahm seinen Mantel heraus, zog seinen Werksausweis aus der Mappe mit seinen Papieren und legte ihn auf den Schreibtisch.

„Wenn Sie mir freundlicherweise quittieren wollen, dass ich den Werksausweis abgegeben habe?"

„Wo soll ich das quittieren? Ich sehe hier nichts zum Quittieren."

„Dann müssen Sie wohl jemanden aus einem der anderen Büros um Hilfe bitten", erklärte er mir in sehr ruhigem und entspanntem Tonfall, „ich selber kann leider nicht einspringen, da ich sonst das erhebliche Risiko eingehen würde, nicht abreisefertig zu sein, wenn Herr Zimmermann zu uns stößt."

Bevor ich ihm eine passende Antwort auf diese weitere Unverschämtheit geben konnte, kam der Securitychef in den Raum.

„Sind Sie so weit?"

„Selbstverständlich Herr Zimmermann. Es fehlt nur noch der Beleg für die Abgabe meines Werksausweises."

Während die beiden das Büro verließen, hörte ich noch, wie Zimmermann meinem ehemaligen Assistenten erklärte: „Das machen wir doch immer unten im Foyer. Das wissen Sie doch."

Am Abend fuhr ich zum ersten Mal selber in einen der Clubs, mit denen Jacque sein Geld verdiente. Ich hatte mir in Jacques Wohnung noch schnell etwas Passendes angezogen und war dann losgestürmt. Miro, der Dienst als Türsteher hatte, erkannte mich sofort und brachte mich mit leuchtenden Augen zu Jacque. Als er die Türe hinter sich zugezogen hatte und die Begrüßungsumarmung beendet war, schaute ich mich in dem Büro um.

„Ist das hier dein Hauptarbeitsplatz oder hast du so ein Büro in jedem Club?"

Jacque hob mit einer Spur von Widerwillen den Kopf von den Unterlagen, die er gerade studierte. „Das ist mein Hauptbüro. In den anderen Clubs werden nur die jeweiligen Tagesgeschäfte abgewickelt. Hier sind die eigentlichen Unterlagen. Verträge und dieser ganze Kram."

Eigentlich hatte ich diese Antwort gar nicht gebraucht, da ich die entsprechenden Akten schon vorher gesehen hatte.

„Ich nehme mal an, dir macht diese Arbeit keinen Spaß?"

Ohne aufzublicken antwortete er: „Sei mir nicht böse. Ich freue mich ohne Ende auf die gemeinsame Zeit, die wir heute noch miteinander verbringen werden, aber diesen Mist hier muss ich vorher noch erledigen."

„Ich bin dir nicht böse. Ich frage mich nur, warum du dir keine professionelle Hilfe holst."

Er schob mit etwas mehr Energie, als notwendig seinen Schreibtischstuhl nach hinten und sah mir mit leicht genervtem Gesichtsausdruck in die Augen.

„In dem Geschäftsbereich, in dem ich arbeite, ist das nicht ganz einfach mit den Professionellen." Als er die Doppeldeutigkeit erkannte, schickte er lachend, „Bürokräften", hinterher.

„Ich brauche hier eine ganz besonders intensive Vertrauensbasis. Zwar mache ich nichts Illegales, aber die Konkurrenz schläft nicht. Deshalb habe ich die Fäden lieber selber in der Hand."

„Verstehe. Was hältst du von mir?"

Er sah mich verwirrt an. „Eigentlich war ich der Meinung, dass du mitbekommen hast, wie ich zu dir stehe. Auch wenn ich Bordelle und kleine Liebesnester betreibe, heißt das noch lange nicht, dass ich jeden Tag mit einer anderen ins Bett steige. Und wenn ich zu der Tageszeit, in der die Läden die meisten Besucher haben, meine Zeit mit dir verbringe, dann finde ich eigentlich, dass du das durchaus als Liebesbeweis ansehen kannst."

„Klar", gab ich ihm lächelnd zur Antwort, „das sehen ich auch so. Ich meinte, ob ich bei dir genügend Vertrauen genieße, um dich im Büro zu entlasten. Und damit meine ich wirklich entlasten. Schließlich hat mein Arbeitsleben mit einer Ausbildung zur Bürokauffrau begonnen."

Er sah mich einen Moment mit offenem Mund an. Dann sprang er auf und bot mir seinen Stuhl an. Wir brauchten etwas über eine Stunde, um die Grundzüge seines Systems mit meinem gelernten Wissen in Einklang zu bringen. Danach schickte ich ihn raus. Er hätte mich jetzt nur noch gestört.

Irgendwann gegen Mitternacht kam Jacque wieder und sah sich erstaunt in seinem Büro um. Ich hatte es zu meinem Leidwesen noch nicht geschafft, alles aufzuarbeiten, aber zumindest einer der Papierhaufen war deutlich dezimiert und die im Raum verteilten Unterlagen waren thematisch zu akkuraten Stapeln zusammengelegt, die nur darauf warteten, abgearbeitet zu werden.

„Na, du machst ja mal direkt Nägel mit Köpfen. Wahnsinn."

Ich schaute zufrieden lächelnd um mich. „Das muss für heute dann aber auch erstmal reichen. Es gibt schließlich auch Neuigkeiten zu erzählen."

Er hörte sich mit großem Interesse an, was ich im Laufe des Tages herausgefunden hatte. Zum Schluss zog ich das neue Handy aus der Tiefe meiner Tasche und legte es auf den Tisch. „Ich habe heute mal wieder ein neues Handy gebraucht. Das hier habe ich von meinem Ex-Assistenten bekommen. Er meinte, da ich momentan so einen hohen Verbrauch hätte, hätte er sich schon einmal einen kleinen Vorrat angelegt. Der hatte die halbe Schublade voll."

„Lass das bitte in deiner Tasche. Du willst mich doch wohl nicht beleidigen indem du mal eben ein paar Geschäftstelefonate machst. Dann hättest du in deiner Firma auch Überstunden machen können." Während er das sagte, legte er lächelnd den Zeigefinger auf seine Lippen, um mir zu bedeuten, dass ich nichts sagen sollte. Also ließ ich es wieder in meiner Tasche verschwinden und schaute ihn fragend an. Statt mir eine Antwort zu geben, legte er seinen Arm um mich und führte mich aus dem Büro.

„Ich lasse das lieber mal checken. Wenn das wirklich das ist, von dem dieser Wolf gesprochen hat, dann wird er dich damit orten und vielleicht sogar abhören."

Während er das sagte, griff er zu seinem eigenen Handy und bestellte einen seiner Mitarbeiter zu sich. Zu meiner Überraschung kam kurz darauf der mächtige Körper von Miro den Gang entlang. Als er mich sah, glitt wieder ein Lächeln über sein Gesicht.

„Was gibt's Chef?"

„Sabienne hat ein Handy bekommen, das eventuell nicht sauber ist. Du weißt ja, dass es jemanden gibt, der ihr nachstellt. Möglicherweise ist das Teil eine Wanze. Check das bitte mal."

Schon nach dem ersten Satz war jede Spur von Lächeln aus seinem Gesicht verschwunden.

„Es gibt eine einfache Möglichkeit, mit dem Problem umzugehen. Einfach in die nächste Tonne schmeißen."

„Ist mir auch klar. Nur, wenn das Teil präpariert ist, dann können wir einen Vorteil daraus ziehen, wenn wir das wissen und der Typ gleichzeitig nicht weiß, dass wir das wissen. Klar?"

Ohne eine Sekunde zu zögern, nickte Miro. „Okay. Wo ist das Teil?"

Ich führte ihn zur Tasche und gab ihm das Handy. Mit wortlosem Gruß ging der Riese weg.

Auf meinen fragenden Blick erklärte Jacque mir lächelnd. „Ich habe ihm schon öfters gesagt, dass er mehr kann, als den Türsteher und Oberaufpasser. Aber er will nicht. Das ist der Job, der ihm am meisten Spaß macht. Den will er unbedingt behalten."

Jacque stand einen Moment lang nachdenklich vor mir. „Eigentlich hatte ich für heute ganz andere Sachen geplant. Durch deinen Arbeitseifer und zugegebenermaßen meine egoistische Freude, dass du mir Sachen wegarbeitest, die mir tatsächlich keinen Spaß machen, hat sich das erledigt. Wir werden es aber definitiv noch nachholen."

„Und jetzt?" wollte ich wissen.

„Was meinst du? Was würdest du gerne machen? Dein Wunsch ist mir Befehl."

„Um ehrlich zu sein. Die Abläufe in deinem Laden sind mir nicht so komplett klar. Gibt es eine Möglichkeit ein bisschen mehr Einblick zu bekommen?"

„Du spinnst ja wohl! Bist du jetzt ernsthaft der Meinung, dass ich dich mit den Gästen zusammen sehen will?"

„Nein. Warum sollte ich? Es muss doch auch andere Möglichkeiten geben, mir ein besseres Bild machen zu können."

Er musste über sich selber lachen. „Entschuldige bitte. Das war dumm von mir. Klar gibt es auch andere Möglichkeiten. Wir haben allerdings keine Gucklöcher oder irgendetwas in der Art. Wenn du einen Einblick haben willst, dann musst du dich auch sehen lassen. Solltest du das nicht wollen, kannst du nur außerhalb der Geschäftszeiten mit meinen Angestellten reden. Falls dir das was bringt."

„Ein besseres Gefühl bekomme ich schon, wenn ich das selber sehe."

„Gut. Kennst du dich mit Getränken aus?"

„Aber so was von. Es gab mal eine Zeit in meinem Leben, in der ich die Straße zur Alkoholikerin eingeschlagen hatte. Und das nur mit einer riesigen Bandbreite wirklich guter selbstgemixter Drinks. Ich denke, ich kann dir hinter der Theke wirklich helfen."

„Hört sich gut an. Dann wollen wir mal."

Er griff zu seinem Handy. „Isabelle, kannst du dich bitte um Sabienne kümmern? Sie will einen Einblick in den Laden bekommen und hat sich angeboten unentgeltlich hinter der Theke zu helfen. Wenn ich das richtig mitbekommen habe, ist Claudine heute alleine. Sollte also genug zu tun sein."

Ein paar Minuten später kam Isabelle aus dem Gästebereich. Sie war wieder ganz in Latex gekleidet. Ihre Bekleidung bestand aus oberschenkellangen weißen Strümpfen, kurzem Rock, sehr knappem BH und einer weißen Schwesternkappe. Alles war mit roten Kreuzen verziert. Die passenden mörderischen Absätze fehlten natürlich auch nicht. Isabelle begrüßte mich lächelnd. „Wo tut es denn weh junge Frau?"

„Eigentlich überall." Ich rieb mir mit gespieltem Ärger die Arme. „Der Stoff ist auch so kratzig."

„Da können wir helfen. Dann komm mal mit."

Seit Isabelle mich damals mit der Strechlimo abgeholt hatte, war mir das Outfit nicht mehr aus dem Kopf gegangen, das hinter der Bar getragen wurde. Vor allem den Keuschheitsgürtel, zu dem nur Jacque den Schlüssel haben würde, konnte ich kaum abwarten. Als Isabelle mit dem Teil vor mir stand, packte sie es auch direkt wieder weg. „Du hast frische Piercings. Wenn die nicht komplett verheilt sind, dann kann der Druck von dem Gürtel in deinem Schritt nichts Gutes machen. Besser, du ziehst die restlichen Klamotten der Uniform ohne das Teil an."

Ich musste ihr schweren Herzens zustimmen. „Dann werde ich eben in ein paar Wochen noch mal hospitieren."

„Hast du dich auf den Gürtel gefreut oder darauf in irgendetwas eingeschlossen zu sein?"

„Eigentlich beides", gestand ich, „Ist schon irgendwie schräg oder?"

„Ne. Kein Problem. Wenn du so etwas auf der Basis gegenseitigen Vertrauens gerne machst, ist das doch wunderbar. Jacque steht drauf. Du stehst drauf. Alles wunderbar."

Als ich fertig angezogen und geschminkt war, führte Isabelle mich zur Bar und stellte mir Claudine vor. Die betrachtete mich mit einem schnellen, freundlichen Blick. „Jacque hat gesagt, du bist gut im Mixen?"

Als ich nickte, zog Claudine mich an die entsprechende Stelle der Bar. „Hier solltest du eigentlich alles finden, was die Geschmäcker unserer Gäste so brauchen. Wenn die Gäste direkt bei dir bestellen, dann kassierst du entweder bar oder die halten dir einen Chip zum Scannen hin." Sie zeigte mir die Preisliste und den Scanner. „Beim Scannen einfach hier auf ‚start' drücken, die Drinks in der Liste antippen und am Ende den Chip scannen. Eigentlich ganz einfach. Bei den ersten kannst du mich auch gerne rufen."

„Was ist mit Bier und so? Das machst nur du?"

„Kleinen Moment."

Claudine bewegte sich ohne Hektik zu einem Gast, der an der anderen Seite der Theke geduldig darauf wartete, seine Bestellung abzugeben. Danach hatte ich bereits meine erste Bestellung. Originellerweise einen ‚Sex on the Beach'. Also konzentrierte ich mich voll auf meine Aufgabe, um schon direkt am Anfang perfekte Arbeit abzuliefern. Ich brachte den Drink zu Claudine, die ihn dann an den Gast weiterreichte und entsprechend buchte.

„Ich habe noch eine Sache vergessen. Du sollst als Anfängerin deinen Platz da hinten nicht verlassen. Anordnung vom Chef." Während sie das sagte, ging sie mit mir wieder zurück in die Cocktailecke und ließ dann mit einem kleinen Schalter eine Kette von der Decke herunterkommen, die sie mit einem Schloss an meiner Taille befestigte. „Ich lass dir genug Spielraum, damit du deine Arbeit machen kannst", erklärte sie lachend, als sie meinen überraschten Blick sah, „aber nicht genug, damit du da hinten an den Kasten mit dem Schlüssel kommen kannst. Es gibt allerdings einen Notfallschlüssel. Hier, direkt vor dir unter der Theke in dem kleinen grünen Kasten. Du musst nur die Scheibe eindrücken. Wie bei einem Feuermelder."

„Und so soll ich jetzt arbeiten?"

„Klar. Sei froh, dass es nur das eine Schloss ist. Ich habe hier auch schon welche gehabt, die sich im Hobbelkleid bewegen mussten. Das ist auf Dauer verdammt anstrengend. Vor allem, weil manche Gäste dann ihren Spaß daran haben, so jemanden an der ganzen Theke hin und her zu schicken."

„Okay", gab ich, jetzt auch lachend, zu, „dann ist das hier ja wirklich keine nennenswerte Einschränkung."

Scheinbar hatten die Gäste ab dem Moment, ab dem ich angekettet war, schlagartig Lust auf Cocktails. So, wie es meine Art war, arbeitete ich hochkonzentriert und stellte lächelnd einen Cocktail nach dem anderen auf die Theke. Erst, als der Betrieb langsam abflaute, fand Claudine Zeit, um sich zu mir zu gesellen.

„Du bist wirklich gut. Haben die Gäste mir zumindest gesagt."

Ich suchte vergeblich nach einer Spur von Neid in Claudines Gesichtsausdruck.

„Danke. Es hat mir auch wirklich Spaß gemacht."

„Sehe ich dich dann jetzt öfter hier?"

„Ja, aber nicht hinter der Theke, sondern eher im Büro. Jacque wird mir vermutlich die ganze Büroarbeit überlassen. Ich helfe dir hier, weil ich den Betrieb so weit, wie das ohne direkten Kontakt zu den Kunden geht, gerne selber kennenlernen möchte."

„Du siehst aus, wie diese Unternehmerin, die in den letzten Tagen plötzlich so viel öffentliche Aufmerksamkeit bekommen hat."

„Ich seh nicht nur so aus, ich bin es", verkündete ich lächelnd.

„Wie kommt es, dass du so einen Job, bei dem du vermutlich Geld ohne Ende verdienst, für so etwas hier fallen lässt? Wenn ich dich das überhaupt fragen darf?"

„Kein Problem", antwortete ich immer noch lächelnd mit einem Blick auf die Kette, „ich kann ja ohnehin nicht weglaufen. Das Ganze ist um einiges komplizierter, als es im ersten Moment aussieht. Aber alles in allem macht mir das hier alles einen riesigen Spaß. Und wenn mir etwas Spaß macht, dann mache ich das auch. So war ich immer schon."

„Naja, um ehrlich zu sein, mache ich das hier im Wesentlichen, um Geld zu verdienen."

„Klar. Deswegen hast du vermutlich auch kein Blumentattoo?"

„Genau", nickte sie, „Das lässt er nur dann machen, wenn klar ist, dass diejenige auch auf Dauer bleiben wird. Oder zumindest auf unabsehbare Zeit. Bei mir ist das so, dass wir uns erstmal auf einen Zweijahresvertrag geeinigt haben. Er behandelt mich aber trotzdem wie eine von den anderen. Er ist da schon sehr fair."

„Aber die anderen könne doch auch nicht bis zum Rentenalter arbeiten. Also zumindest nicht das, was sie jetzt machen."

„Natürlich nicht. Die Gäste wollen junge Körper. Aber die bekommen mehr Lohn. Jacque ist sich sicher, dass der Marktwert durch die Tattoos hochgeht."

Claudine blickte sich um. Der Raum war fast leer.

„Ich glaube, das war es für heute. Warte eben. Ich mach die Kette auf und sag Jacque Bescheid, dass du frei hast."

„Miro hat dein Handy gecheckt", erklärte Jacque, während er es mir reichte. „Es ist tatsächlich eine versteckte Ortungssoftware geladen. Sobald das Handy eingeschaltet ist, und das ist bei Handys ja eigentlich der Dauerzustand, sendet es im Minutentakt Infos mit den Koordinaten, an denen es sich gerade befindet."

„Hat er auch gefunden, ob eine Abhörfunktion geladen ist?"

„Nein. Bei den Sachen kann man sich natürlich immer nur sicher sein, wenn man etwas gefunden hat, aber Miro meint, die Chance, dass doch so etwas drauf ist, sei ziemlich klein."

„Dann war mein Assistent tatsächlich der Verbindungsmann."

„Kann sein", gab Jacque zu bedenken, „kann aber auch genauso gut sein, dass er nur ausgenutzt wird. Wir sollten voreilige Schlüsse vermeiden. Noch haben wir den Vorteil, dass er keine Ahnung davon hat, dass wir etwas wissen."

Er sah mich einen Moment lang fragend an. „Hast du eben in der Vergangenheit gesprochen? Als du von deinem Assistenten erzählt hast?"

„Klar. Ich hab ihn heute wegen extremer Inkompetenz gefeuert. Dieser Idiot hat meine Handynummer an meinen Exmasseur und die Presse weitergegeben. Wie soll ich mit so was vertrauensvoll zusammenarbeiten?"

„Wenn er der Verbindungsmann war, dann ist das schlecht für uns", gab Jacque zu bedenken, „weil der dann garantiert als erstes zu deinem Wolf gegangen ist."

„Das interessiert mich nicht im Geringsten. Das Einzige was zählt, ist, dass ich meinen Laden sauber halte. Meine Leute wissen sehr genau, dass die, die sich als inkompetent erweisen im hohen Bogen auf der Straße landen. Er ist inkompetent, also ist er jetzt weg. So einfach ist das."

Jacque sah mich mit einer Mischung aus Amüsiertheit und Respekt an.

„Noch weitere Pläne für heute Abend oder besser für heute Morgen?"

„Eigentlich nicht. Lass uns jetzt einfach eine Runde schlafen. Als mein Leben noch in seinen alten Bahnen lief, hätte in ein paar Minuten mein Wecker geklingelt. Um spätestens elf will ich in der Firma sein. Komme, was wolle."

„Alles klar. Denke bitte daran irgendwann bei Donna vorbeizugehen, damit sie sich deine Piercings ansehen kann."

„Mach ich."

Kapitel 13

Eigentlich verlief der Tag mindestens so gut, wie ich es erwartet hatte. Die Besprechungen und Verhandlungen waren durchweg erfolgreich. Genauso war Donna mit der Heilung der Piercings zufrieden. Die Internetseiten, die der Masseur für mich betrieb, waren nach wie vor ohne update. Am Nachmittag hatte Security-Zimmermann mir gemeldet, dass die Villa wieder einzugsbereit war. Oder anders ausgedrückt: Vermutlich gab es dort im Moment keine ungewollte Überwachungseinrichtung mehr. Das Umzugsunternehmen hatte tatsächlich noch einige Installationen gefunden. Insofern konnte auch diese Aktion als voller Erfolg gewertet werden.

Als ich zusammen mit Jacque entspannt an meiner kleinen Privatbar saß und endlich wieder den Ausblick in die Landschaft genießen konnte, gab es eigentlich nur noch ein Problem: Warum meldete sich der Masseur nicht mehr? Uns war beiden klar, dass es eigentlich krank war, auf einen Anruf oder was auch immer genau von der Person zu warten, mit der man eigentlich überhaupt nichts zu tun haben wollte. Trotzdem war es genau das, was uns Sorge bereitete. Es war ein Gefühl, wie die Ruhe vor dem Sturm.

Als dann doch das alte Handy klingelte, schreckte ich schon fast zusammen.

„Weberlein!"

„Hallo Bienchen. Ich hoffe, du bist die letzten Tage ohne mich gut klar gekommen?"

„Stellen Sie sich vor, Herr Wolf", antwortete ich ihm lächelnd, „ich komme ohne Sie und Ihre bescheuerten Spielchen wunderbar klar. Was machen denn die Internetseiten?"

„Das Projekt ruht im Moment. Wie du weißt, gibt es da gewisse Hardwareprobleme. Außerdem bin ich zum Schluss gekommen, dass das irgendwie nicht so ganz das richtige Mittel für dich ist."

„Ich hoffe, Sie können Ihr Versagen gut verarbeiten?" wollte ich mit gespieltem Bedauern in meiner Stimme wissen.

„Ja, mach dir da mal keine Sorgen. Eigentlich wollte ich dir nur mitteilen, dass ich ein neues Projekt vorbereite, das noch ein paar Tage in Anspruch nehmen wird. Ich bin zuversichtlich, dass ich damit meinem erklärten Ziel ein gutes Stück näher kommen werde."

„Das ist ja mal aufregend. Können Sie mir denn schon Einzelheiten verraten?"

„Nein, dann wäre ja die ganze Überraschung gefährdet."

„Na dann wünsche ich noch einen schönen Tag"

Damit beendete ich das Gespräch und schaute Jacque fragend an. „Wie kommen wir dahinter, was der plant?"

„Keine Ahnung. Wir müssen einfach aufmerksam sein. Wir lassen das Handy mit dem Ortungssystem weiter in einem deiner Autos von deinen Leuten durch die Gegend fahren. Außerdem möchte ich, dass Miro entsprechende Software auf deinem Handy versteckt. Wenn dir etwas passieren sollte, haben wir wenigstens die Chance, dich zu finden."

„Okay", nickte ich, „so machen wir das."

Dann lächelte ich ihn an „Und jetzt? Ab in dein Bordell oder hast du andere Pläne?"

„Du kennst die Bilder in meiner Küche?" wollte er grinsend wissen.

„Klar kenne ich die. Ist es schon so weit?"

„Wenn du Lust hast, dann ist es zumindest für ein erstes Kennenlernen so weit. Ich möchte dich gerne dem Bondagemeister meines Vertrauens vorstellen. Wir werden definitiv keine Fotos machen. Alles was laufen soll, sind ein paar Tests und ein bisschen Kennenlernen. Ich bleibe auch die ganze Zeit dabei und du wirst dich nicht ausziehen müssen." Er schaute mich fragend an „Okay?"

„Klar ist das okay. Ich freu mich sogar schon darauf. In meiner Bewegungsfreiheit eingeschränkt zu sein, scheint ja in Zukunft noch öfter auf mich zuzukommen. Und ich glaube, mir macht das zunehmend Spaß. Zumindest dann, wenn ich mir sicher sein kann, auch wieder befreit zu werden, sobald ich nicht mehr kann oder will."

„Hallo ich bin Christopher. Ich möchte in der nächsten Stunde gerne austesten und herausbekommen, was dir gefällt und was du alles aushalten kannst ohne zu verkrampfen."

Eigentlich konnte ich diese verständnisvollen Typen mit den großen braunen Augen überhaupt nicht ausstehen. Ich warf einen kurzen Blick auf Jacque. Er sah so aus, als ob es ihn sehr wundern würde, wenn ich nicht entsprechend reagieren würde.

„Hallo Christopher. Ich bin Sabienne und ich möchte dich schon bevor du überhaupt angefangen hast, um etwas bitten."

Er schaute mir verständnisvoll in die Augen.

„Mach hier nicht den Frauenversteher für mich. So was kann ich überhaupt nicht ab. Leg einfach los mit deinem Job und betrachte mich mehr als das Objekt, an dem du einiges ausprobierst. Wenn irgendwas nicht passt, dann sage ich das schon. Zumindest hat Jacque mir zugesichert, dass du die Finger von meinem Mund lässt. Insofern gehe ich mal davon aus, dass ich mich klar verständlich machen kann."

Je länger ich redete, umso mehr fing er an zu grinsen.

„Alles klar. Ich habe verstanden. Der Punkt ist einfach, dass wir uns noch nicht kennen und dass du das noch nie so richtig gemacht hast. Also dachte ich mir, mache ich mal den Verständnisvollen. Damit wäre die Kennenlernphase dann aber auch abgeschlossen." Er deutete auf einen Stuhl „Setz dich. Ich fang mit deinen Händen an. Die hängen sonst nur störend in der Gegend rum."

Ich schaute ihm dabei zu, wie er ein weiches Seil nahm und in der Mitte einen Knoten legte der mich spontan an einen zu klein geratenen Teppichklopfer erinnerte. Schließlich zog er drei kleinen Schlingen aus dem Knoten heraus und steckte die drei mittleren Finger meiner Hand hindurch. Der eigentliche Knoten lag jetzt auf meinem Handrücken.

„So, damit ist es eigentlich auch schon fast passiert. Ich brauch die Schlingen gar nicht zu zuziehen. Stattdessen binde ich die losen Enden jetzt dekorativ ganz oben an deinen Armansatz." Während er mir das erklärte, hatte er auch schon die erste Schlinge gelegt, die er dann festzog. Als Ergebnis war meine Hand mit der Handfläche nach außen, bei komplett gebeugtem Ellenbogen fixiert. Die Schlingen an den Fingern waren zwar wirklich nicht zugezogen, aber mir war schnell klar, dass ich es kaum schaffen konnte, die Finger daraus zu befreien.

Er sah mich strahlend an „Einfach und effektiv oder? Und das Beste ist, dass jetzt noch eine Menge Seil übrig ist, die ich dekorativ an deinem zusammengefalteten Arm aufbrauchen kann. Die Segler sagen ‚halbe Schläge' dazu."

Er legte Schlinge um Schlinge um meinen Arm und fixierte ihn damit endgültig. Auf der Außenseite, genau an der Linie an der sich Ober- und Unterarm trafen, entstand auf diese Weise eine gerade Reihe gleicher Knoten.

Nachdem er die gleiche Prozedur mit meinem anderen Arm wiederholt hatte, war ich in meiner Handlungsfähigkeit so weit eingeschränkt, dass ich ohne fremde Hilfe noch nicht einmal meine Hose hätte ausziehen können.

„Das bleibt jetzt erstmal so. Wenn es ein Problem geben sollte – taubes Gefühl in den Händen oder so - musst du dich auf jeden Fall melden. Alles klar?"

„Mach ich. Aber im Moment ist alles wunderbar", gab ich ihm zur Antwort.

„Dann können wir ja weiter machen." Er zeigte auf den Tisch „Setzt dich mal drauf. Im Schneidersitz."

Ich setzte mich erst auf die Kante und versuchte dann unter dem breiten Grinsen von Christopher und Jacque langsam immer weiter nach hinten zu wackeln, bis ich endlich durch ein „Stopp" erlöst wurde.

Wieder nahm er ein Seil doppelt, legte knapp hinter meinem Knie eine Schlaufe und arbeitete sich dann, so wie zuvor an den Armen, immer weiter nach innen vor. Am Ende lag meine Ferse am Oberschenkelansatz. Ohne, dass er auch nur einen wirklich festen Knoten gemacht hatte, war mir klar, dass auch dieses Seil nicht von selber abfallen würde. Ein Seilende zog er durch den Schlitz zwischen meinem Dicken Zeh und dem Ringzeh. Danach verknotete er es mit dem anderen Ende.

Nachdem er die gleiche Prozedur an dem anderen Bein wiederholt hatte, trat er einen Schritt zurück und schaute nachdenklich mich nachdenklich an. Schließlich nickte er „du bist glaube ich ganz gut in Schuss. Deine Knie liegen zwar nicht auf dem Tisch auf, aber es fehlt nicht mehr viel."

Er trat auf mich zu und drückte leicht auf meine Knie. „Sag, wenn es nicht geht. Wir sind hier schließlich nicht bei irgendeiner Meisterschaft." Als der Zug an meinem Oberschenkelmuskel zu stark wurde, beugte ich zur Entlastung den Oberkörper nach vorne und wäre fast vornüber gefallen, wenn er mich nicht festgehalten hätte.

„Wenn dir die Position lieber ist, ist das auch kein Problem", verkündete er mir lachend. Damit nahm er ein weiteres Seil und legte es um meinen Nacken. Die beiden Enden befestigte er an meinen Füßen, wobei er so viel Zug auf das Seil gab, dass die Ringe durch meine Brustwarzen klackend die Tischplatte erreichten. Die Reste der beiden Enden verknotete er mit den Beinschlingen. Danach nahm er noch zwei weitere Seile, die er scheinbar nur dazu benutzte, um meine ohnehin schon ‚hoffnungslose' Lage noch weiter zu festigen.

„Bei dir ist noch alles klar Sabienne?"

„Ich meld mich schon", antwortete ich mit leicht gepresster Stimme.

„Ja, das war die Abmachung. Aber du bist neu dabei. Deshalb frag ich lieber mal ab und zu nach", erklärte er mir.

„Die Haltung ist unbequem aber trotzdem okay?"

„Alles bestens. Bin gespannt, was das noch geben soll."

„Das wirst du gleich merken."

Ich schaute ihm aus meinem eingeschränkten Blickwinkel dabei zu, wie er weitere Seile mit den bereits an mir fixierten Seilen verband. Als er damit fertig war, sprach er mich wieder direkt an. „Wenn es gleich irgendwo weh tut, dann sag sofort bescheid."

Kaum hatte ich genickt, als ich merkte, wie ich mich langsam vom Tisch abhob. Scheinbar hatte er mich an einen Flaschenzug gehängt. Ich merkte sofort, dass die Seile so gut austariert waren, dass sich mein Körpergewicht absolut gleichmäßig verteilte. Das Gefühl war einfach nur unbeschreiblich.

„Spitze."

„Dem kann ich nur zustimmen", ließ sich Jacque vernehmen. Er kam zu mir und hob mein Gesicht, das ich nach unten hängen ließ, sanft in eine senkrechte Position. „Wenn ich diese Haltung fotografieren würde, müsste dein Kopf noch entsprechend fixiert werden und alles wäre perfekt."

„Und wie geht das?", wollte ich wissen.

„Ich könnte dir einen Knebel einsetzten", erklärte Christopher, „und den dann hinten durch ein Seil über deinen Rücken mit den Füßen verbinden. Einen Zopf flechten und den dann festmachen ginge auch, wäre aber für dich nicht so angenehm. Das tut mit der Zeit ziemlich weh. Der Knebel hat den Vorteil, dass du deinen Kopf einfach dagegen fallen lassen kannst und damit deine Halsmuskulatur entspannt bleibt. Also so entspannt, wie das in der Situation geht. Das hältst du wesentlich länger aus. Wenn ich noch andere Zutaten nehme, dann könnte ich dir auch einfach eine Maske mit reichlich Ösen und Ringen aufziehen. Möglichkeiten gibt es genug."

Christopher und Jacque diskutierten dann noch eine Weile ohne den Versuch zu machen, mich in ihr Gespräch mit einzubeziehen. Normalerweise hätte ich mich darüber aufgeregt. Jetzt aber war ich einfach zu sehr damit beschäftigt zu verarbeiten, dass ich hilflos gefesselt an einem Haken von der Decke hing und das auch noch ungeheuer aufregend fand.

Einige Zeit später saßen wir bei einem Kaffee zusammen, um mir vor der nächsten Figur eine kleine Verschnaufpause zu gönnen.

„Du bist wirklich sehr entspannt und dehnungsfähig Sabienne", lobte Christopher. „Machst du irgendwie Joga oder so etwas?"

„Nein. Alles, was ich mache sind langsame Dehnungen. Fast jeden Abend. Und einmal die Woche Massage." Mit Blick auf Jacque fügte ich hinzu: „Zumindest, wenn alles so einigermaßen geregelte Bahnen geht."

„Ja, ja, das junge Glück", lächelte Christopher versonnen und nahm den letzten Schluck aus seiner Tasse. Danach stand er auf und holte einen Hocker.

„Du kannst noch am Tisch sitzen bleiben und deinen Liebsten anschmachten. Ich muss dir nur die Rückenlehne wegnehmen."

Als ich mich, genau gegenüber von Jacque auf den Hocker setzte, nahm ich mir vor, ihn so lange, anzuschauen, bis die nächste Bondage beendet wäre.

„Leg deine Arme auf den Rücken. Einfach die Unterarme übereinander."

Nachdem ich die Haltung eingenommen hatte, griff er meine Unterarme und führte sie ein kleines Stück den Rücken hoch. „Leg deine Handflächen gegeneinander."

Das nächste, das ich merkte war ein Seil um meine Handgelenke. Von dort führte er die beiden Seilenden zu meinen Oberarmen, legte sie einmal herum und zog die Enden dann zusammen. Ich merkte, wie sich die Ellenbogen immer stärker anwinkelten und ich langsam ins Hohlkreuz gedrückt wurde.

„Es gilt das Gleiche, wie eben. Du meldest dich, wenn etwas ist", erinnerte Christopher mich. Ohne Jacque aus den Augen zu lassen, brummte ich ein „ja".

Der Rest der Fesselung war eigentlich nur noch das Sichern des Zustandes. Ab und zu wackelte mein Oberkörper ein wenig, aber die meiste Zeit saß ich mit geradem Rücken und herausgedrückter Brust auf meinem Hocker und beobachtete, wie Jacque zusehends um seine Ruhe kämpfen musste. Viel zu früh für mein Gefühl meldete Christopher „Fertig" und erlöste Jacque, der das erleichtert wahrnahm von meinem Blick.

„Die Unterarme sind noch nicht ganz parallel, aber mit ein bisschen Übung könnte sie das vermutlich für ein oder zwei Minuten hinbekommen", hörte ich Christopher sagen. „Ich bin wirklich beeindruckt. Und du hast das noch nie vorher gemacht?"

„Mit Armen nach unten schon. Allerdings unfreiwillig."

„Das ist immer schlecht. Ich hoffe, du konntest es dem Kerl heimzahlen?"

„In Arbeit. Soll jetzt aber nicht das Thema sein. Hat diese Figur eigentlich einen Namen?"

„Was denkst du? Überleg mal, wie du deine Hände hältst."

„Da muss ich nicht lange nachdenken", antwortete ich ihm. „Das erinnert so ein bisschen an Beten."

„Auf den Punkt. Man nennt das ‚reverse prayer'. Ganz einfach."

Danach wendete er sich wieder an Jacque. Die beiden diskutierten noch eine Weile und lösten dann gemeinsam die Knoten.

„Du warst einsame Spitze Sabienne", lobte Jacque mich, „ich habe den Eindruck, dir hat das fast noch mehr Spaß gemacht, als mir. Kann das sein?"

„Kann sein. Jedenfalls war es eine super Erfahrung. Ich danke euch beiden und hoffe doch sehr, dass es schon bald einen nächsten Termin gibt."

Kapitel 14

Am nächsten Morgen war ich ausnahmsweise fast zu meiner alten gewohnten Zeit auf dem Weg in die Firma. Nach der Bondagesession hatte ich darauf verzichtet, Jacque zurück in den Club zu begleiten. Ich musste unbedingt alle Sinne zusammen haben, um mich auf meinen großen Gegenschlag vorzubereiten. Eine der Voraussetzungen war der möglichst schnelle Verkauf der gesamten Firma. Nur dann hatte ich den Rücken wirklich frei und konnte mich voll und ganz auf den Masseur konzentrieren.

Auf halber Strecke ging eine SMS von Security-Zimmermann ein. Ohne mein Tempo zu verlangsamen, las ich die kurze Meldung durch.

„Durchbruch gelungen. Versteck von Wolf gefunden. Schlage vor, dass Sie zu uns stoßen. Beethoven Straße 5"

Ich las die SMS zweimal durch. Der Mann war wirklich gut. Wenn ich den lahmen Maier doch nur früher rausgeschmissen hätte. Ich gab dem Navi über Spracherkennung die entsprechende Anweisung. Die erhoffte „Bitte wenden, wenn möglich"- Anweisung blieb leider aus. Ich hätte zu gerne einen netten kleinen 180°-Drift gemacht. Warum nur war das bei solchen Planänderungen in jedem durchschnittlichen Fernsehkrimi der Fall und bei mir nicht? Mir hätte es wirklich Spaß gemacht.

Als ich vor dem angegebenen Haus anhielt, stand kein Empfangskomitee auf der Straße. Ich beantwortete die SMS meines Securitymannes mit „Ich bin da, wo sind Sie?"

Während ich auf die Antwort wartete, betrachtete ich das Haus. Vermutlich wohnten dort mindestens 10 Parteien. Für jemanden wie meinen Masseur ein gutes Versteck, da hier vermutlich schon die Anonymität anfing, in die man sich zurückziehen konnte, wenn man das denn wollte. Ich schaute wieder auf mein Handy. In dem Moment, in dem ich mich fragte, weshalb ich Zimmermann nicht einfach angerufen hatte, statt ihm eine SMS zu schicken, kam schon die Antwort.

„Sorry, kann leider nicht rauskommen. Bitte klingeln Sie bei Berger. 1.Stock. Ich drücke auf."

Ich fand die Wohnungstüre angelehnt vor. „Zimmermann, was ist das für eine blöde Nummer? Es muss doch wohl möglich sein, zumindest zur Tür zu kommen."

„Kommen Sie bitte rein, Sie werden schon verstehen, weswegen ich nicht kommen kann."

„Ich will für Sie hoffen, dass ich das auch so sehe", rief ich in den Flur, während ich die Türe hinter mir ins Schloss fallen ließ. „Was ist eigentlich mit Ihrer Stimme los? Sind sie…"

Der Rest des Satzes blieb mir im Hals stecken. In dem Zimmer vor mir saß Zimmermann auf einem Stuhl und schaute mich mit sehr toten Augen an. Zwar konnte ich die Augen nicht so genau erkennen, da sie durch eine straff sitzende Plastiktüte etwas undeutlich waren, aber es bestand trotzdem kein Zweifel. Ohne nachzudenken, drehte ich auf dem Absatz um und wollte zur Wohnungstüre zurückspringen. Statt aber die Türe zu erreichen, lief ich geradewegs in den ausgestreckten Arm des Masseurs. Ich spürte noch, dass ich einen Stromschlag bekam, dann verlor ich die Kontrolle über meine Muskeln und sackte in mich zusammen.

Als ich wieder zu mir kam, brauchte ich nicht lange, um festzustellen, dass ich komplett bewegungsunfähig und geknebelt auf einem Stuhl saß. Mir gegenüber stand der Stuhl mit dem toten Securitymann. Seltsamerweise hatte man ihm jetzt auch noch einen blickdichten Sack über den Kopf gestülpt. Damit musste ich zwar nicht mehr in seine toten Augen schauen, aber trotzdem wollte ich meinem Kopf nicht die Chance geben, dieses Bild zu lange abzuspeichern. Da ich mich nicht wegdrehen konnte, schloss ich die Augen und wartete ab, was passieren würde.

Es passierte nichts. Das gab mir Zeit mich mit meiner Situation zu befassen. Das Erste, was mir klar wurde, war die Tatsache, dass ich mich absolut dilettantisch in eine primitive Falle hatte locken lassen. Das zusammen mit dem Toten direkt vor mir, kreiste eine halbe Ewigkeit durch meinen Kopf, ohne dass ich es schaffte, es wieder los zu werden.

Endlich erlöste mich die Stimme des Masseurs.

„Hallo Bienchen. Schön, dich wiederzusehen. Um ehrlich zu sein, hatte ich gar nicht damit gerechnet, dich so schnell wieder in meiner Gewalt zu haben."

Ich ließ die Augen geschlossen. Was hätte das auch gebracht, wo ich ihn noch nicht einmal anschauen konnte? Wegen des Knebels konnte ich ihm keine passende Antwort geben, auch wenn ich das gerne gemacht hätte.

„Eigentlich war der unrühmliche Abgang deines neuen Schnüfflers nur ein kleines unvermeidliches Intermezzo. Er hatte zu meinem Leidwesen eine ganz erhebliche Charakterschwäche."

Als ob er mir trotz Knebel die Chance geben wollte, jetzt brav zu fragen, was das denn für eine Charakterschwäche sei, machte er eine Pause. Mir blieb nichts anderes übrig, als in Ruhe abzuwarten bis der Masseur es für richtig hielt, weiterzusprechen.

„Im Gegensatz zu seinem Vorgänger wollte er sich nicht kaufen lassen. Er hat mir irgendso einen Schwachsinn von ‚Ehre' erzählt. Ich habe ihn gefragt, was er mit seiner Ehre anfangen würde, wenn ihn seine durchgeknallte Chefin wegen irgendeiner Nichtigkeit feuern würde. Als Antwort meinte er nur, dass du nur die feuern würdest, die versagen. Da er aber nicht versagen wollte, würdest du ihn auch nicht feuern. Natürlich waren das nicht genau seine Worte. Er hatte eine Schwäche für das Wort ‚definitiv'. Wirklich sehr nervig. Er hat es geschafft, dieses Wort gefühlte 20zig Mal zu benutzen. Wirklich sehr nervig."

Wieder konnte ich nur abwarten. Ich hätte Zimmermann dieses Wort schon ausgetrieben. Aber darüber nachzudenken lohnte jetzt auch nicht mehr, da der Mann nicht mehr unter den Lebenden weilte.

„Am Ende meinte dieser Volltrottel doch tatsächlich noch, er werde dir alles berichten. Nicht das ich ihn deshalb umbringen musste. Allein, seine Weigerung mit mir zusammenzuarbeiten war schon Grund genug. Also machte ich Gebrauch von diesem netten kleinen Elektroschocker. Danach habe ich ihn auf den Stuhl vor dir gesetzt und mir überlegt, was ich jetzt als nächstes machen kann. Schließlich bat ich ihn, noch ein paar Texte ins Mikrophon zu sagen. Ich habe ihm zugesichert, dass ich ihn einfach nur so sitzen lasse, wenn er brav ist. Keine Ahnung, ob er mir das geglaubt hat. Vermutlich hat er sich einfach nur gedacht, dass es zumindest eine Chance ist. Warum sollte er sie also nicht ergreifen?"

„Ja warum nur sollte er sie nicht ergreifen?" wiederholte ich in meinen Gedanken.

„Auf die Weise bin ich an die Anweisung gekommen, die ich dir eben vorgespielt habe. Du erinnerst dich? Kommen Sie bitte rein, Sie werden schon verstehen, weswegen ich nicht kommen kann. Ist schon irgendwie komisch", ergänzte der Masseur lachend. „Du hast dann ja auch tatsächlich gesehen, dass der Mann verhindert war."

Wieder machte er eine Pause.

„So, jetzt aber genug über die Vergangenheit geredet. Du brennst sicher darauf, zu erfahren, was ich mit dir vor habe."

Ich merkte, wie mein Stuhl gedreht wurde.

„So, jetzt kannst du die Augen wieder auf machen."

Ich folgte seiner Anweisung und sah ihm direkt ins Gesicht. Er saß sehr entspannt mit übereinandergeschlagenen Beinen in einem Sessel und lächelte mich an.

„Das hier", er machte eine vage Handbewegung, „ist die Wohnung deines ehemaligen Mitarbeiters. Den Namen auf dem Klingelschild unten habe ich überklebt. Sonst hättest du vielleicht doch noch deine Denkstube angeschmissen. Wir können leider nicht zu lange bleiben. Also muss ich schauen, dass ich dich reisefertig bekomme. Diesmal werde ich dafür sorgen, dass du mir nicht wieder so eine Baumarktnummer abziehen kannst."

Er griff neben sich und nahm einen Stahlreif in die Hand, der den Teilen, die ich um meine Oberarme getragen hatte, erschreckend ähnlich sah.

„Ich sehe an deinen Augen, dass du weißt, was ich hier habe?"

Er wartete mein zustimmendes Grunzen ab.

„Richtig, Den werde ich gleich an deinen Armen befestigen. Falls du das irgendwie einfallslos finden solltest, so nach dem Motto: ‚Schon wieder Edelstahlbänder. Inzwischen weiß ich doch, wie ich die wieder los werde', dann kann ich dich beruhigen. Ich lerne aus meinen Fehlern und werde jetzt ein besseres Modell verwenden. Nämlich den hier und seinen Bruder, der hier auch irgendwo herumliegen muss."

Er hielt mir den Reif vor die Augen.

„Siehst du die kleinen Löcher innen?"

Wieder musste ich zur Antwort grunzen.

„Überall da, wo so ein Loch ist, findest du auf der Außenseite eine hübsche Schmuckniete. Das Neue ist, dass man auf die Niete drücken kann und dann innen so eine kleine Nadel herauskommt. Ich zeige dir das mal."

Er hielt den Reif weiterhin vor meine Augen, drückte auf eine der Nieten und zeigte mir dann stolz die Nadel, die innen ein kleines Stück herausgetreten war.

„Wenn ich noch mal drücke, dann kommt die noch ein Stück weiter raus. Toll, oder?"

Ich wusste nicht, was ich ihm für eine Antwort gegeben hätte, wenn ich diesen Knebel nicht im Mund gehabt hätte. Offenbar war er fest entschlossen, mich nicht mehr vom Haken zu lassen. Vielleicht plante er auch schon meinen Tod. Jedenfalls hatte ihm das Leben meines Securitymannes nicht viel bedeutet. So viel war mir inzwischen klar geworden. Die Frage war nur, wie lange er mich vorher noch quälen wollte.

„Das Allerbeste aber ist, dass man die Nadeln von außen nicht mehr zurückbekommt. Schau hier. Ich muss mir so einen kleinen Bolzen nehmen und die Nadel damit zurückdrücken."

Nachdem er das gemacht hatte, schaute er mich erwartungsvoll an. Gerade so, als ob ich ihn für sein tolles Spielzeug loben sollte.

„Du bist natürlich noch zu überrascht, um deine Freude adäquat kundtun zu können. Das sei dir verziehen."

Er nahm eine Tube und drückte deren Inhalt auf die Innenfläche des Armreifs. Danach legte er ihn, ohne weitere Erklärung an meinem linken Arm an. Ein paar Augenblicke später waren beide Arme mit den neuen Armreifen geschmückt. Ich hatte versucht, wenigstens mit den Armen zu zappeln, aber die Fesselung war einfach zu straff.

„Vermutlich fragst du dich, was ich in dieser Tube hier habe? Ganz einfach. Das ist Kleber. Jetzt im Moment, wo der Kleber trocknet, geht deine Haut eine enge Verbindung mit den Armreifen ein. Ich möchte schließlich nicht, dass wieder so ein findiger kleiner Bastler daherkommt und die Armreifen öffnet und in einem Lastwagen Richtung Süden bringen lässt."

Mir gelang es nicht, die Angst, die seit einigen Minuten in mir hochstieg weiterhin zurückzudrängen.

„Ich sehe du erkennst langsam den Ernst der Situation?" Der Masseur lehnte sich freudig lächelnd zurück. „Das ist gut. Denn nur so kann ich mir sicher sein, dass du in der nächsten Zukunft keine dummen Tricks versuchst."

Er schaute mich eine Weile an, als ob er auf eine weitere Reaktion wartete.

„Fällt dir denn im Vergleich zu den alten Armreifen nichts auf?"

Ich war eigentlich noch zu sehr damit beschäftigt den Schock mit dem Kleber zu verdauen. Als der Masseur mich aber wieder auf diese widerlich freundliche, abwartende Art ansah, versuchte ich durch Muskelanspannung ein Gefühl für die Bänder zu bekommen. Und dabei bemerkte ich den Unterschied sofort.

„Ich sehe es dir an. Du hast es gemerkt. Die sind enger als die alten Bänder." Mit gespieltem Bedauern fügte er hinzu: „Du wirst auf die Dauer wohl ein bisschen Muskelmasse abbauen müssen. Aber du bist es ja auch selber Schuld. Ich musste Bänder auswählen, die keinesfalls über den Ellenbogen passen, falls es wider Erwarten doch jemandem Gelingen sollte, die Bänder in Bewegung zu setzen."

Ich merkte, dass der Masseur mich langsam, aber sicher in die Nähe des Kontrollverlustes führte. Ich musste unbedingt dagegenhalten. Sonst hätte er in den nächsten Stunden und Tagen ein zu einfaches Spiel.

„Hallo Bienchen, ist jemand anwesend?"

Er fuchtelte mit einer Fernbedienung vor meinem Gesicht herum. Mir wurde klar, dass ich ihn zwar angeschaut hatte, aber so sehr mit mir selber beschäftigt war, dass ich ihn gar nicht wahrgenommen hatte.

„Okay", meinte er lächelnd, „da bist du ja wieder. Dies hier in meiner Hand ist eine Fernbedienung. Damit kann ich eine ziemlich gemeine elektrische Sache auslösen, die ich an deinem Bauch befestigt habe. Ich zeige dir das mal."

Er schaute auf die Fernbedienung und drückte schließlich eine der Tasten. Ich zuckte augenblicklich zusammen, als mich ein kurzer deutlich spürbarer Stromschlag in der Nähe meines Bauchnabels traf.

„Das war natürlich nur die schwache Variante. Sie unterscheidet sich von den anderen dadurch, dass sie nur eine Zehntelsekunde gedauert hat. Sollte ich diese Fernbedienung benutzen müssen, weil du einen Fluchtversuch oder einen Hilferuf startest, dann wirst du mehr als eine Sekunde braten. Das kann durchaus bleibende Schäden auslösen. Ist ganz alleine deine Entscheidung." Wieder kam dieser gekünzelt mitfühlende Blick. „Verstanden?"

Allerdings hatte ich verstanden. Es bestand kein Zweifel mehr daran, dass er die komplette Kontrolle über mich hatte. Der größte Fehler, den ich gemacht hatte, war der, ihn nicht komplett zu zerstören, als ich noch die Gelegenheit dazu hatte. Ich musste mir eingestehen, dass ich ihn komplett unterschätzt hatte. Verglichen mit dem, was er jetzt scheinbar vor hatte, waren die vergangenen Versuche wohl eher Kindereien.

„So. Ich denke das Wichtigste ist gesagt. Wir beide machen jetzt eine kleine Autofahrt. Du hast schon festgestellt, dass du deinen Kopf nicht bewegen kannst?" Als ich grunzte, erklärte er mir: „Das bleibt dran. Wenn du gleich mal in den Spiegel schauen kannst, dann wirst du sehen, dass ich ein Gestell benutzt habe, wie es nach Unfällen gebraucht wird, um die Nackenwirbel komplett zu entlasten. Wenn dich also ein Passant mitleidig anschaut, weißt du warum. Sollte dich jemand ansprechen, dann regele ich das."

Wieder wartete er einen kleinen Moment, bis ich endlich zustimmend grunzte.

„Okay. Ansonsten werde ich dich für die Fahrt nirgendwo in deiner Bewegungsfreiheit einschränken. Der Knebel kommt auch raus. Du hast trotzdem absolutes Sprechverbot. Zur Erinnerung packe ich dir einen Tischtennisball in den Mund."

Diesmal wartete er nicht, bis ich grunzte. Er löste der Reihe nach meine Fesseln und packte mir dann den versprochenen Knebelersatz in den Mund. Ich blieb auf den Stuhl sitzen und versuchte meine Muskeln zu entspannen und die Durchblutung wieder richtig in Gang zu bringen. Dabei merkte ich schmerzhaft, dass die Armreifen tatsächlich um einiges enger waren als die Vorgänger. Vermutlich würde ich damit noch nicht einmal in der Lage sein, einen Kasten Wasser zu heben. Ich war gespannt, was Fabienne dazu sagen würde, falls ich ihn überhaupt jemals wiedersehen sollte.

„So, dann wollen wir diesen Ort mal verlassen. Auf dem Weg zur Türe ist übrigens auch der versprochene Spiegel. Du sollst ja schließlich wissen, wie du rumläufst."

Er nahm mich am Arm und zog mich vom Stuhl hoch. „Besser ist es, wenn du alleine gehst. Nicht, dass ich versehentlich eine der Nadeln auslöse."

Mit starr nach vorne ausgerichtetem Kopf bewegte ich mich langsam und vorsichtig zum Flur. Ich streckte dabei meine Hände vorsichtig aus, um mich notfalls an Möbelstücken zu stützen oder diese überhaupt zu bemerken. Als ich vor dem Spiegel stand, stellte ich fest, dass ich bis auf das Jackett noch immer die Businesskleidung trug, die ich am Morgen angezogen hatte. Allerdings hatte der Masseur die

Arme meiner Bluse abgetrennt, wodurch die neuen Edelstahlbänder deutlich sichtbar waren. Wie zur Antwort legte er einen großen breiten Schal um meine Schultern, der die Oberarme verdeckte und sogar gut zu dem Rest der Kleidung passte.

„Es liegt in deiner Verantwortung, dass der Schal nicht verrutscht. Denk an die Fernbedienung!"

Im Treppenhaus tastete ich mich vorsichtig Stufe für Stufe hinunter. Hilfe vom Masseur konnte ich nicht erwarten. Er hatte mir erklärt, dass ein Sturz für meine Gesundheit zwar sehr gefährlich sein konnte, aber ich sei schließlich erwachsen und er würde darauf vertrauen, dass ich auf der Treppe nicht leichtsinnig sein würde.

Als ich endlich auf die Straße trat, führte er mich zu seinem Auto. Der Wagen, mit dem ich am Morgen gekommen war, stand noch immer an seinem Platz. Er folgte meinem Blick und erklärte mir dann. „Ich halte es für nutzlos, den zu verstecken. Die Polizei kann in der Wohnung ruhig deine DNA-Spuren finden. Natürlich auch meine. Das ist mir eigentlich ziemlich egal."

Als ich in den Wagen gestiegen war, nahm er nochmals die Fernbedienung in die Hand und richtete sie auf das Haus. Da wir mit der Front zu dem Haus standen, entging mir das helle Licht, das kurz darauf in der Wohnung des toten Securitymannes sichtbar wurde, nicht.

Während der Masseur losfuhr erklärte er mir: „Das mit der DNA möchte ich den Damen und Herren der Polizei natürlich auch nicht zu einfach machen. Deshalb wird sich in ein paar Minuten ein nettes kleines Feuerchen ausbreiten. Mal sehen, wie gut die Polizisten dann noch sind", fügte er kichernd hinzu.

Ich hatte mich noch immer nicht darauf eingestellt, wie sehr der Masseur die Regeln geändert hatte. Immer wieder musste ich daran denken, dass er mir bei jeder falschen Bewegung einen Stromschlag verpassen konnte und dass ich nur durch einen Tischtennisball meiner Sprache beraubt war und mich tatsächlich nicht traute, den Ball einfach auszuspucken. Schließlich hatte er mir auch noch die gesamte Bewegungsfähigkeit meines Kopfes genommen. Ich hatte noch nicht einmal die Möglichkeit, ihn zu fragen, wie lange ich das Gestell noch tragen würde.

„Du bist so still Bienchen. Vermutlich machst du dir gerade Gedanken über die armen anderen Menschen, die in dem Haus wohnen, das in zwei oder drei Minuten einem ernsthaften und bösen Feuer ausgesetzt sein wird. Aber so ist das nun einmal im Leben. Man kann es nicht immer allen recht machen. Da musste ich einfach auch mal an mich denken."

Die nächsten Stunden bekam ich nicht mehr viel von meiner Umgebung mit. Der Masseur hatte mir eine von innen geschwärzte Sonnenbrille aufgesetzt. Ich kannte das schon von Jacque. Nur war es so unendlich schöner, wenn er mir so eine Brille aufsetze, als wenn der Masseur das tat. Da er sich nicht weiter mit mir unterhielt und auch kein Radioprogramm lief, das mich wenigstens über die Uhrzeit aufgeklärt hätte, blieb mir nichts anderes übrig, als über meine Situation nachzudenken und das Gefühl für Ort und Zeit zu verlieren.

Endlich verließ er die Autobahn. Da sich immer nur die gleichen entmutigenden Gedanken in meinem Kopf gegenseitig die Klinke in die Hand gegeben hatten, war ich froh, dass sich jetzt wenigstens die Autofahrt dem Ende zu neigte. Hauptsache, es würde etwas passieren, was meine Aufmerksamkeit bekommen würde und damit den Frust über die Auswegslosigkeit der Situation vertreiben würde. Ich korrigierte, wie schon während der gesamten Autofahrt meine Gedanken in ‚vorübergehende Auswegslosigkeit' und wartete auf das, was als nächstes passieren würde.

Kapitel 15

Am nächsten Morgen wurde ich durch meinen Masseur geweckt.

„Du kannst jetzt erstmal frühstücken. Danach wartet ein Termin auf dich."

Überraschenderweise legte er mir keine Fesseln an. Da er das Kopfgestell schon am Abend entfernt hatte, war ich jetzt zum ersten Mal ohne jede Bewegungseinschränkung. Er zeigte nur stumm auf die Fernbedienung in seiner Hand. Da ich davon ausging, dass das Redeverbot noch immer galt, verlief das Frühstück ziemlich ruhig. Wenn ich mal von den nervigen Essgeräuschen des Masseurs absah. Weshalb er mit mir zusammen frühstückte, war mir nicht wirklich klar. Es konnte doch nicht sein, dass er jetzt krampfhaft versuchte, einen auf ‚trautes Paar' zu machen.

„Du wirst zu dieser Adresse gehen. Das ist ein Friseursalon. Du stellst dich als ‚Bienchen' vor. Ich habe für halb zehn einen Termin gemacht. Die Leute wissen, was sie machen sollen. Dir empfehle ich, das alles als etwas ganz Aufregendes zu empfinden. Wenn du auf die Idee kommen solltest da irgendeinen Terror zu veranstalten, muss es dein Bauch ausbaden. Alles klar?"

Ich wollte schon nicken, aber dann viel mir ein, dass ich keine Ahnung hatte, wie ich zu der Adresse kommen sollte. Also zuckte ich mit den Schultern und zeigte auf die Anschrift.

„Du machst das schon sehr gut mit dem Schweigen", lobte er mich lächelnd. „Ich werde dich ein kleines Stück begleiten. Dann schaffst du das schon. Du darfst jetzt auch wieder reden. Zumindest, wenn du dich gewählt ausdrückst."

„Warum machen Sie das? Wo soll das hinführen und wieso sind Sie eigentlich der Meinung, dass Sie mit dem Mord an Zimmermann durchkommen?"

„Wer sagt denn, dass man überhaupt auf mich kommt?" wollte der Masseur lächelnd wissen. „Du warst schließlich auch in dem Haus und hast deine Spuren hinterlassen. Sogar dein wertvolles Auto steht noch davor. Was meinst du wohl, wessen Spur die zuerst verfolgen?"

Ich brauchte einen Moment, um meine Sprache wiederzufinden.

„Aber deine Spuren sind doch auch in der Wohnung. Wieso sollten die also nicht auch auf dich kommen? Außerdem werde ich alles unternehmen, um mir von dir keinen miesen hinterhältigen Mord in die Schuhe schieben zu lassen."

„Schau dich doch mal an" er zeigte mit seiner Hand Richtung Spiegel. „Piercings, Tattoos, Stahlarmbänder, die nicht mehr entfernt werden können und dann noch dieses unkontrollierbare Zucken. Bist du ernsthaft der Meinung, dass man deinen Äußerungen noch immer den Vertrauensvorschuss gibt, den du vor ein paar Wochen noch genossen hättest?"

„Es kommt ja wohl immer noch auf die Inhalte an. Außerdem. Was meinst du denn mit Zuckungen?"

Der Masseur drückte einen Knopf der Fernbedienung. Obwohl ich es beim Anblick der Fernbedienung schon erwartet hatte, konnte ich den Schmerz nicht beherrschen und fand mich Sekunden später zuckend auf dem Küchenboden wieder.

Der Masseur blickte mitleidig zu mir herab. „Die Zuckungen. Halte dich an die Regel, dann muss ich auch nicht mit diesen albernen Erziehungsspielchen weitermachen."

Er bückte sich zu mir herunter und drückte auf eine der Nieten meiner Armreifen. Ich merkte den spitzen Druck, hatte aber das Gefühl, dass die Nadel noch nicht in meine Haut eingedrungen war. Um ihm die Möglichkeit zu nehmen, noch mehr Nieten zu drücken, rollte ich, so gut es ging von ihm weg und blieb zusammengekrümmt vor dem Küchenschrank liegen.

„So, Bienchen. Jetzt hast du mal so gerade eben im Ansatz gemerkt, was ich mit dir machen kann, ohne dass du auch nur die Spur einer Chance hast, dich zu wehren. Für den Fall, dass du die Information im Schwall der Ereignisse nicht mitbekommen haben solltest sage ich dir noch mal: Mir machen diese Bestrafungsnummern nicht den geringsten Spaß. Ich finde sogar, dass das ein Verhalten ist, das unter Erwachsenen eigentlich völlig überflüssig ist. Aber leider gibt es immer wieder solche Härtefälle wie dich. Tu mir und dir den Gefallen und zeige mir, dass ich mich in dir verschätzt habe und erspare dir damit weitere Qualen."

Ich war für den Moment zu nichts anderem fähig, als den Masseur anzustarren und mich darauf zu konzentrieren erstmal nichts mehr zu machen, was ihm einen Grund geben würde, wieder diese Horrorfernbedienung zu benutzen. Schließlich nickte ich kaum merklich.

„Na dann steh jetzt mal auf Bienchen und zieh dich an. Zum Essen bleibt jetzt keine Zeit mehr."

Ich brauchte wegen meines immer noch schmerzenden Bauchs deutlich länger zum Anziehen, als das normalerweise notwendig gewesen wäre. Die Klamotten, die er mir gegeben hatte, sahen eher nach Second Hand aus, hatten aber trotzdem irgendwie Stil. Scheinbar wollte er sich in der Öffentlichkeit nicht neben einer Frau mit heruntergekommenem Äußeren zeigen.

Eine Viertelstunde später blieb er stehen und zeigte mir den Friseursalon. „Du brauchst nur deinen Namen zu nennen. Die Rechnung ist bereits bezahlt. Und ich empfehle dir die Nummer mit dem Überraschungsstyling locker zu nehmen. Wenn die Friseuse irgendwie Lunte riecht, wirst du es bereuen."

Ohne ihm eine Antwort zu geben, ging ich die letzten Meter bis zu dem Salon und stellte mich dann brav als „Bienchen" vor.

Die strahlende junge Friseuse begrüßte mich überschwänglich und erzählte mir sofort, wie toll das neue Styling würde, das mein Freund bestellt hätte. Bei dem Rest des Redeschwalles hörte ich schon nicht mehr richtig zu. Das Wort ‚bestellt' ging mir nicht mehr aus dem Kopf. Ich war doch keine Puppe, der man ein neues Kleidchen oder eine neue Frisur bestellen konnte.

Nach dem Waschen der Haare holte die Friseuse einen elektrischen Rasierer heraus und bearbeitete damit meinen Kopf mit Ausnahme einer kleinen Insel, die sich von der Stirn bis zum Anfang des Hinterkopfes zog. Scheinbar hatte der Masseur einen Irokesen ohne den hinteren Teil bestellt. Eigentlich eher so einen militärischen Schnitt, ging es mir durch den Kopf. Als sie den Rasierer mit einem zufriedenen Lächeln an seinen Platz zurückgestellt hatte, versuchte die Friseuse ein Gespräch über die tätowierten Rosen zu starten. Da ich überhaupt keine Lust verspürte mich zu unterhalten, versuchte ich so höflich, wie möglich klarzustellen, dass ich viel zu aufgeregt wegen des Stylings sei, um mich jetzt in Ruhe unterhalten zu können.

„Okay, dein Freund hatte auch schon so etwas angedeutet. Dann schweige ich jetzt eben."

Den Rest der Arbeit erledigte sie wirklich schweigend.

Sehr viel später stand ich wieder auf der Straße. Die raspelkurzen Haare an den Seiten und am Hinterkopf waren hellblond gefärbt. Von der Mitte meines Kopfes gingen einige Dutzend, etwa fünf Zentimeter lange Zöpfe los, die mit allen möglichen bunten Kunsthaarteilen durchsetzt waren und durch das Einarbeiten von Unmengen an Wachs in alle Richtungen abstanden. Als letztes i-Tüpfelchen hatte ich noch dabei zusehen müssen, wie meine Augenbrauen komplett wegrasiert wurden. Ich fühlte mit dem Finger über die glatte Haut und konnte nicht den kleinsten Stoppel ertasten.

Als ich die Hand gehoben hatte, um meine ehemaligen Augenbrauen zu betasten, merkte ich aber auch noch etwas anderes. Irgendwie, schien sich der Gürtel mit dem der Elektroschocker an mir befestigt war, gelockert zu haben. Es gelang mir, dem Drang zu widerstehen, sofort nachzuprüfen, was los war. Mit Sicherheit wartete der Masseur irgendwo in Sichtweite auf mich. Ansonsten wäre es viel zu riskant gewesen, mich alleine beim Friseur zu lassen. Also machte ich mich, ohne auf die Blicke der Passanten zu achten auf den Weg zu der Wohnung. Er hatte mir nach dem Verlassen des

Salons zwanzig Minuten gegeben, um zu ihm zurückzukommen.

Ich hatte zwar keine Uhr, aber als ich an der Türe klingelte, war ich mir vom Gefühl her sicher, die Zeit eingehalten zu haben. Den ganzen Weg hatte ich damit gerechnet, dass er hinter der nächsten Ecke hervorkommen würde, um mich wieder sicher in seiner Reichweite zu wissen. Jetzt, wo ich die Türe aufdrückte, wurde mir klar, dass er gepokert hatte. Er war davon ausgegangen, dass ich die Fluchtmöglichkeit nicht nutzen würde, da ich eine Falle vermuten würde. Ich musste mir eingestehen, dass er wieder eine Runde gewonnen hatte. Statt durch den Hintereingang des Salons zu flüchten, hatte ich alles brav über mich ergehen lassen. Sobald ich die Treppe zu ihm hochsteigen würde, hätte er einen weiteren Triumph errungen.

Endlich fasste ich mir an den Gürtel und ertastete sehr schnell, dass er hinten mit einer einfachen, nicht gesicherten Schnalle geschlossen war. Als ich die erste Stufe der Treppe betrat, hatte ich die Schnalle bereits geöffnet. Beim nächsten Schritt hatte ich den Gürtel in der Hand.

Mein erster Reflex war, umzudrehen und zu fliehen. Statt dem nachzugeben ging ich die Treppe weiter hoch. Nur, wenn ich den Masseur unschädlich machen würde, hätte ich Ruhe vor ihm. Statt ihm die Finger zu quetschen, hätte ich das besser schon an dem Haus gemacht.

Da ich nichts hatte, um den Gürtel zu verbergen, ließ ich ihn auf der Treppe liegen und ging dann die restlichen Stufen bis in das nächste Stockwerk.

„Du siehst wundervoll aus Bienchen."

Er stand lässig im Türrahmen und grinste mich auf eine so überhebliche und siegessichere Art und Weise an, dass mein Puls noch höher schoss, als er ohnehin schon war.

Ohne ihm die Zeit zu geben, sich auf einen Angriff einzustellen, trat ich ihm mit aller Kraft mit meiner Fußspitze an die empfindlichste Stelle, über die Männer verfügen.

Wie erwartet, klappte er laut schreiend unter Schmerzen zusammen. Ich fasste ihn an den Haaren, zog ihn in die

Wohnung und schmiss die Türe ins Schloss. Fasst hätte ich ihn wegen meiner schmerzenden Oberarme zu früh loslassen müssen. Im Schlafzimmer, griff ich mir einige von den Stricken, die er für mich vorgesehen hatte und rannte zurück in den Flur. Beim Blick auf die Stelle, an der er eben noch gelegen hatte, blieb ich, wie vom Donner gerührt, stehen. Er war weg.

„Das war aber sehr ungehörig Bienchen"

Die Stimme war direkt neben mir. Als ich, in der Angst im nächsten Moment einen Schlag von ihm zu bekommen aufblickte, sah ich, wie er eine Taste an der Fernbedienung drückte. In dem Moment, in dem er erkannte, dass ich nicht so reagierte wie erwartet, ergriff ich die letzte Chance, die ich für längere Zeit bekommen konnte.

Ich schlug ihm mit der Handkante auf den Halsansatz. Eigentlich hatte ich den Adamsapfel treffen wollen. Der enge Ring um meinen Oberarm verhinderte aber, dass ich meine Hand so führen konnte, wie ich eigentlich wollte. Ich wusste zwar, dass ich mit dem Schlag seinen Tod riskiert hätte, aber die Angst war zu übermächtig. Mir war für den Moment egal, was passiert wäre. Wichtig war nur, dass er röchelnd vor mir lag.

Ich nahm die Seile und schlang sie ziellos um seinen Körper, bis ich alle aufgebraucht hatte. Danach holte ich Nachschub und knotete diesmal wesentlich sorgsamer. Am Ende waren seine Arme auf dem Rücken mit den Füßen verbunden und ich konnte mich erschöpft zurücklehnen.

Der Masseur hatte sich in der Zeit von dem Schlag so weit erholt, dass seine Atmung wieder fast auf normalem Niveau war.

Er schaute mich eine zeitlang an und stellte dann die Frage, die mir auch durch den Kopf ging.

„Und jetzt?"

Statt ihm zu antworten ging ich ins Schlafzimmer und holte den Ballknebel.

„Jetzt ist erstmal Ruhe. Wenn du", ich korrigierte sich, „Sie, so freundlich sein würden den Mund schön weit zu öffnen?"

Ich konnte an seinen Augen ablesen, dass er seine Chancen abwog, dem Knebel entkommen zu können. Dann aber öffnete er brav den Mund und ich zog den Befestigungsriemen mit aller Kraft zu.

„Dann will ich mal sehen, was ich mit dem werten Herrn Wolf jetzt anfange."

Zum Zeichen meiner tiefen Konzentration legte ich meine Stirn in Falten.

„Ich hab's. Du darfst dich jetzt erstmal schlafen legen."

Ich holte ein weiteres Seil, das ich an ihm befestigte und an dem ich ihn dann durch den Flur bis ins Schlafzimmer ziehen konnte. Eine gute halbe Stunde später lag er mit dem Gesicht nach oben auf dem Bett. Seine Beine und Arme hatte ich an den jeweiligen Bettpfosten befestigt.

Ich stellte mich vor ihn und begutachtete mein Werk.

„Das sieht schon mal gut aus. Nur legt man sich natürlich nicht in Straßenkleidung ins Bett. Ich glaube ich habe da etwas, womit ich dir da helfen kann."

Ich holte aus der Küche eine Geflügelschere und begann ihm die Kleidung vom Leib zu schneiden.

„Schön ruhig liegen bleiben, damit ich dich nicht versehentlich verletze."

Als ich die Hose weggezogen hatte, sah ich den Weichteilschoner, den er trug.

„Aha. Ich sehe. Du hast damit gerechnet, dass ich dir einen Tritt in die Weichteile geben könnte. Deshalb hast du dich so schnell erholt. Hat aber trotzdem noch wehgetan oder?"

Ich schaute ihn kurz an, ohne wirklich eine Antwort von ihm zu erwarten. Trotzdem tat er mir den Gefallen und nickte. Mit zwei Schnitten hatte ich die Befestigungen durchtrennt und konnte den Schutz zu der kaputten Hose in die Ecke legen. Als er dann komplett nackt vor mir lag, nahm ich mir die Zeit um ihn in Ruhe zu betrachten.

„Dein Körper ist wirklich gut in Schuss. Ein Jammer, dass so ein kranker Geist darin wohnen muss."

Diesmal nickte er nicht.

„Dann will ich mir mal anschauen, was ich hier in der Wohnung noch so alles finde. Ich kann mir vorstellen, dass du noch einiges mit mir vor hattest."

Da ich ihn bei der Ankündigung nicht aus den Augen gelassen hatte, konnte ich erkennen, dass ich mit der Vermutung richtig lag. Es gab definitiv etwas zu finden. Auf Gut Glück öffnete ich den Schlafzimmerschrank. Ohne Eile ging ich die verschiedenen Regale durch und nahm einige Teile zur näheren Begutachtung heraus.

„Ich muss feststellen, dass du eine ganze Menge ziemlich freizügige Teile hast, die Männer üblicherweise nicht tragen. Hattest du die für mich vorgesehen? So nach dem Motto: Billige Nutte?"

Ich schaute ihn fragend an. Als ich ihm androhte, seine Nase zuzuhalten, bis er eine Antwort geben würde, nickte er grunzend.

„Na geht doch. Und? Ist das schon alles? Mehr als die billigen Klamotten hattest du nicht mit mir vor?"

Er schüttelte den Kopf.

„Ich hoffe für dich, dass du mich jetzt nicht anlügst. Zur Probe suche ich mal noch ein paar Minuten weiter. Einverstanden?"

Ohne auf seine Antwort zu achten, öffnete ich die Schubladen des Schranks. Dessous und Nylons soweit das Auge reichte.

„Ich lass dich mal für einen Moment alleine. Es gibt bestimmt noch andere kleine Verstecke in dieser netten kleinen Wohnung."

Ich brauchte nicht lange, bis ich das gefunden hatte, was ich schon im Schlafzimmer erwartetet hatte. Edelstahlschmuck in verschiedenen Ausführungen. Jedes der Stücke war mit einem der Schlösser ausgerüstet, die sich nicht ganz so einfach öffnen ließen. Ich nahm mir zwei Bänder, die von ihrem Umfang zumindest bei meinen Beinen gepasst hätten.

„Schau mal, was ich hier gefunden habe", verkündete ich ihm freudestrahlend. „Ich denke, bevor sich das Blatt vielleicht wieder unerwartet wendet, sollte ich diese Edelstahlschmuckstücke in Sicherheit bringen. Und wo sollte sie sicherer sein, als bei meinem lieben Freund Wolf?"

Als ich mich mit einem der Reifen seinem Oberschenkel näherte, fing er an zu zappeln und hysterisch zu grunzen.

„So geht das nicht. Du musst schon still halten."

Ich setzte mich so auf ihn, dass eines meiner Beine zwischen seinen Beinen lag.

„Wenn ich dich jetzt bitten dürfte, ruhig zu bleiben? Bedenke, dass deine süßen kleinen Bälle jetzt ziemlich ungeschützt sind. Ein kleiner Druck mit meinem Bein und du hast allen Grund zu schreien. Verstanden?"

Als er keine Antwort gab, aber gleichzeitig auch ruhig liegen blieb, konzentrierte ich mich auf die Arbeit mit dem Oberschenkelband.

„Du hast ja schon fast eine affenähnliche Beinbehaarung. Das sieht wirklich ekelhaft aus. Wenn ich mehr Zeit hätte, würde ich erstmal Wachs besorgen. Aber jetzt muss es auch ohne gehen."

Eigentlich wollte ich die beiden Enden vorsichtig ineinander drücken. Aber scheinbar waren die Bänder wirklich eine Nummer zu klein für ihn. Ich musste mich schließlich mit meinem ganzen Gewicht dagegenstemmen. Als dann endlich das erlösende, ratschende Geräusch erklang, hörte ich den Masseur stöhnen.

„Alles klar du böser Wolf? Sieht doch gut aus. Vielleicht ein bisschen eng, aber wenn du in den nächsten Tagen ein bisschen Muskelabbau betreibst, dann wird das schon passen", versuchte ich ihn aufzumuntern.

„Ein Bein geschmückt und ein Bein ohne Schmuck. Das geht natürlich nicht. Du willst doch sicher, dass beide Beine so hübsch sind, oder?"

Einen kleinen Moment zu spät, sah ich dass sich ein paar Haare in dem Schloss verfangen hatten. Entsprechend zuckte der Masseur zusammen, als ich das Schloss komplett zugedrückt hatte.

„Upps, das tut mir jetzt leid. Aber der Schmuck sitzt so fest, dass sich die Haut mit den Haaren ohnehin nicht mehr bewegen kann. Und mit der Zeit wird der Druck schon abnehmen. Die Haare wachsen ja weiter und fallen dann auch irgendwann aus. Also kein Grund zur Sorge."

Ich stellte mich ein Stück neben das Bett und betrachtete mein Werk.

„Für den Anfang schon mal ganz gut. Ich hole mal das nächste Teil. Falls ich keine Idee haben sollte, wofür es gedacht ist, kannst du mir bestimmt helfen oder?"

Er schaute mich nur an und schüttelte dann langsam den Kopf.

Als ich mit einem einzelnen Edelstahlband zurückkam, das im Umfang noch größer war, als die Schenkelbänder, konnte ich an seinen Augen erkennen, dass er das bestimmt nicht tragen wollte.

„Ich weiß gar nicht, was du hast? Da drüben liegen noch Sachen rum, die mit Sicherheit unangenehmer seien können.". Ich drehte das Band in den Händen und schaute ihn fragend an. „Um den Bauch?"

Keine Antwort.

„Na dann streck deinen Hintern mal nach oben, damit ich die eine Hälfte dieses schicken Gürtels unter dich bekommen kann."

Als er liegen blieb, führte ich meine Hand zwischen seine Beine.

„Du bist nicht in der Situation hier rumzuzicken. Wenn du zu kraftlos bist, deinen Hintern schön nach oben zu bewegen, werde ich dich an den beiden kleinen Bällchen hier hoch ziehen."

Noch bevor ich den Satz beendet hatte, machte er ein Hohlkreuz. Ich schob den Gürtel unter ihn und erlaubte ihm dann, sich wieder fallen zu lassen.

„Schön den Bauch einziehen. Sonst macht das Schließen so viel Arbeit."

Als ich sah, wie er sich bemühte, lobte ich ihn lächelnd „So ist brav."

Trotzdem brauchte ich einiges an Kraft, um den Gürtel zu schließen. Nachdem ich das ratschende Geräusch endlich gehört hatte, trat ich wieder einen Schritt zurück um mir mein Werk anzuschauen.

„Ist jetzt blöd für dich, dass der einzige wirkliche Widerstand an der Stelle die Wirbelsäule ist. Ansonsten hätte ich ihn dir nicht anlegen können. Die inneren Organe sollen sich ja angeblich selber ein bisschen sortieren und dann in Ruhe weiterarbeiten."

Nach einer kleinen Pause brachte ich die Frage auf, was man mit den ganzen Ringen an den Schmuckstücken machen könnte. Als von ihm, wie erwartet keine Hilfe kam, ging ich wieder zurück zu dem Vorrat, um diesmal diverse kurze Ketten mitzubringen-

„Nur für den Fall, dass dein Muskelabbau an den Oberschenkeln zu schnell gehen sollte", klärte ich ihn auf, „werde ich die jetzt erstmal mit ein paar Ketten an deinem schicken neuen Gürtel sichern. Glücklicherweise hast du ja reichlich Schlösser im Vorrat."

Nachdem ich die Ketten angebracht hatte und ihn darauf hingewiesen hatte, dass ich die Ketten extra so ausgewählt hatte, dass sie noch ein kleines bisschen Spiel hatten, nahm ich ein breites Bügelschloss und hielt es ihm triumphierend hoch.

„Bevor ich das einsetzen kann, muss ich deine Lage ein bisschen ändern. Ich hoffe sehr auf deine Kooperation. Ich werde jetzt ein Bein lösen und neben das andere Bein legen."

Ich nahm ein neues Stück Seil und verknotete es an seinem Fußgelenk.

„Wir machen das so. Ich löse jetzt das Seil, das dein Bein festhält, dann legst du dein Bein selbständig zu dem anderen Bein und ich werde es dort wieder festbinden. Das dauert vielleicht ein bisschen, aber ich werde nur mit einer Hand arbeiten, da ich mit der anderen Hand dafür sorge, dass diesen komischen Dingern zwischen deinen Beinen nichts passiert. Du solltest dann natürlich darauf hoffen, dass meine Hand nicht anfängt zu zucken."

Zu meiner Freude war er tatsächlich sehr kooperativ. Die Stelle schien bei Männern wirklich sehr empfindlich zu sein. Mit einer schnellen Bewegung hakte ich das Schloss zwischen seinen Oberschenkelbändern ein. Damit war er endlich so stark eingeschränkt, dass ich sogar eine Chance gegen ihn haben würde, wenn es ihm gelingen würde, sich irgendwie von den Seilen zu befreien, die ihn am Bett fixierten.

„So, dann muss ich jetzt mal anfangen darüber nachzudenken, wie das mit uns beiden weitergehen soll. Hast du irgendwelche Vorschläge?"

Ich schaute ihn fragend an. Das Einzige, was er zustande brachte, war ein überhebliches Lachen.

„Eigentlich dumm von dir, du böser nutzloser Wolf. Das wäre die Gelegenheit gewesen, dich kooperativ zu zeigen. Vielleicht hätten wir ja ein Ergebnis zum beiderseitigen Vorteil erzielen können. Aber so…"

Ich ließ ihn erstmal alleine und stöberte weiter in der Wohnung herum. Nach einer Stunde systematischer Suche hatte ich größere Mengen Bargeld und weiteren ‚Schmuck' gefunden. Bei einigen Teilen fehlte mir tatsächlich die Phantasie, um die Anwendung zu erraten. Bei anderen Teilen wiederum musste ich nicht lange nachdenken.

Ich nahm zwei Fingerringe, die stabil miteinander verbunden waren. Als ich die Ringe von innen betrachtete, sah ich den Mechanismus, der so vermutlich auch bei meinem Ring der O zu Anwendung kam. In den Ringen waren kleine Nadeln befestigt, die schräg und federnd angebracht waren. Damit konnte man den Ring problemlos überstreifen. Nur beim Abziehen mussten sich die kleinen Nadeln unweigerlich aufrichten und ins Fleisch bohren.

„Das ist ja echt ein kleines Meisterwerk. Den probieren wir doch mal direkt aus."

Ohne Widerstand zu leisten, ließ er sich den Ring über Mittel- und Ringfinger seiner nicht lädierten linken Hand ziehen. Um zu testen, ob der Doppelring auch gut saß und so funktionierte, wie erwartet, zog ich ihn einmal mit einer schnellen Bewegung zurück. Sein Schmerzlaut bestätigte mir. Der Ring saß fest.

„So, mein Liebster. Ich lasse dich jetzt erstmal alleine. Ich muss schnell etwas einkaufen, das du leider nicht im Haus hast. Ich hoffe, du bleibst schön brav liegen?"

Zur Vorsicht sicherte ich die Knoten mit einigen Lagen Klebeband, nahm mir dann den Wohnungsschlüssel und ging in die Stadt. Die Blicke der Passanten zeigten mir, dass ich die Frisur noch eine zeitlang beibehalten würde.

Langsam wurde es Abend und ich näherte mich der Zeit zu der ich in den letzten Tagen mit meinen Gedanken schon zum größten Teil bei Jacque war. Für den Moment musste der aber noch ein bisschen warten. Wichtiger war, dass ich einen vernünftigen Laden für meine Besorgungen fand. Dem Verkehrsleitsystem zu Folge hatte der Masseur mich nach München gebracht. Ich hatte also auf der Heimfahrt noch einiges an Kilometern vor mir. Bei dem, was ich mit dem Masseur noch vor hatte, war frühestens morgen Mittag daran zu denken.

Endlich tauchte vor mir der gesuchte Laden auf. Ich bezahlte alles bar und war kurz danach wieder in der Wohnung. Der Masseur lag noch immer brav an seiner Stelle.

„So, mein kleiner Freund. Ich werde dir gleich den Knebel raus nehmen. Für dich gilt, dass du zu schweigen hast. Denk dran: Du bekommst deine Beine zwar nicht mehr auseinander, aber ich werde die Teile dort schon treffen. Und glaub mir, dass ich das gerne mache."

Ohne Aufforderung nickte er sein Einverständnis.

„Wenn du jetzt die Nummer: ‚Ich bin ja so kooperativ' durchziehen willst, dann soll mir das nur recht sein. Glaube aber nicht, dass ich deswegen schlechter auf dich aufpassen werde."

Ich löste die Schnalle und zog wenig behutsam den Ballknebel aus seinem Mund. Er fing an, seinen Kiefer vorsichtig zu bewegen, um das steife Gefühl zu verlieren. Ein Gefühl, dass ich nur all zu gut kannte.

„Unangenehm oder? Ich denke mir auch jedes Mal: Nie wieder."

Ich nahm mir einen Stuhl und setzte mich zu ihm.

„Pass auf. Wir werden das Problem mit uns beiden folgendermaßen lösen: Ich habe eben eine kleine Kamera gekauft. Du wirst in diese Kamera sprechen und dabei ziemlich entspannt aussehen. Der Inhalt deines Monologes wird sein, dass du der Kamera erklärst, dass du meinen Securitymann ermordet hast und dass du danach die Wohnung in Flammen gesetzt hast. Eigentlich ganz einfach. Die Aufnahme ist dann für mich die Sicherheit, dass sich unsere Wege nicht mehr kreuzen werden. Es sei denn, irgendwelche Ermittler kommen auf die Idee, dass ich all das gemacht habe. In dem Fall würde ich das Video dann doch weitergeben."

Er schaute mich verächtlich an.

„Du glaubst doch wohl nicht ernsthaft, dass ich das mache? Wie willst du mich denn dazu bringen? Ich schaufle mir doch nicht mein eigenes Grab."

„Kein Problem. Um ehrlich zu sein, habe ich auch nicht damit gerechnet, dass du dich so einfach dazu bereit erklären würdest."

Ich nahm den Knebel und steckte ihn, ohne auf seine Proteste zu achten wieder an seinen alten Platz zurück. Danach ging ich in das Nachbarzimmer, um noch ein bisschen in den Schmuckstücken zu wühlen. Schließlich kam ich mit weiteren Bändern zurück.

„Ich glaube, die packe ich dir mal direkt unter die Knie. Das müsste eigentlich so gerade eben passen. Muskelabbau kann man ohnehin nicht so gezielt nur an einer einzigen Stelle machen."

Da ich inzwischen schon etwas Erfahrung gesammelt hatte, saßen die beiden Edelstahlreifen ein paar Minuten später an Ort und Stelle.

„Da habe ich dann noch etwas anderes sehr interessantes gesehen. Warte mal kurz" Während ich in das andere Zimmer ging erklärte ich weiter: „Da waren nämlich noch mal zwei ähnliche Bänder. Eigentlich müssten die ganz gut da drunter passen."

Ich hielt sie ihm lächelnd vor die Augen.

„Schau. Die haben sogar extra Anschlüsse, um sie miteinander zu verbinden. Ich probiere das mal aus."

Aus jedem der neuen Bänder führte eine kleine Schiene heraus, die ich in die zugehörige Führung der bereits montierten Bänder einrasten ließ. Danach verschloss ich die neuen Bänder. Damit waren jetzt unterhalb jeden Knies zwei, etwa 5cm breite Bänder angebracht, die einen daumenbreiten Abstand voneinander hatten. Besonders die beiden unteren Bänder drückten sehr stark auf den Wadenmuskel.

„Ich lass dich mal einen Moment alleine. Damit du dich daran gewöhnen kannst."

Ich suchte ein Telefon und machte den lange überfälligen Anruf bei Jacque.

„Endlich meldest du dich. Was machst du? Du hast dich noch nicht mal in deiner Firma abgemeldet."

„Das haben die dir erzählt?"

„Klar. Die sind es schließlich gewohnt bescheid zu wissen. Eigentlich wollte ich den neuen Securitychef sprechen, aber der ist auch nicht da."

„Das hat alles miteinander zu tun. Kurz und schmerzlos: Der Securitymann ist tot, der Masseur hat mich mal wieder entführt und ich habe das Blatt mal wieder gewendet. Er ist jetzt in meiner Gewalt"

Nach Jacques besorgten Fragen erzählte ich ihm dann doch noch die ausführliche Variante. Sein Angebot, sofort Miro zu mir zu schicken, lehnte ich ab. „Ich habe hier noch einiges zu tun. Das muss ich unbedingt alleine machen. Anders geht es nicht. Ich melde mich morgen wieder. Mit ein bisschen Glück bin ich morgen Abend schon wieder bei dir."

Auf dem Weg zu meinem Masseur nahm ich noch ein paar kleinere, mit Nadeln ausgestattete Ringe mit.

„Wir machen das jetzt mal andersrum. Ich zeige dir immer das nächste Teil, das ich dir anlegen werde. Dann kannst du nicken, sobald du bereit bist das kleine Video zu drehen. Im anderen Fall trägst du eben wieder ein bisschen mehr von diesem wunderbaren Zeug. Achte genau auf die Aufgabenstellung: Kopfschütteln bedeutet, dass du das Teil angelegt bekommst."

Ich setze mich neben ihn und hielt einen Fingerring hoch.

„Der letzte Schrei aus unserer aktuellen Kollektion. Drei kleine Nadeln bohren sich in die Haut des Trägers. Das macht ein Ablegen des Ringes komplett unmöglich. Besonderes Augenmerk sollten Sie auch auf den sehr stabilen Ring legen, der als schmückende Applikation angebracht wurde. Er ist stabil genug, um zum Beispiel kleine Ketten daran zu befestigen. Ich halte den Ring noch einmal kurz zur näheren Begutachtung vor Sie und dann möchte ich Sie bitten ihr Angebot abzugeben."

Innerlich zählte ich langsam von zehn abwärts.

„Entscheiden Sie sich jetzt. Nicken bedeutet Video. Alles andere bedeutet Ring."

Langsam, aber entschieden schüttelte er den Kopf.

„Okay, die Entscheidung ist gefallen. Ich denke, den sollten Sie unbedingt an ihrem Daumen tragen."

Ich brauchte ein bisschen Kraft, um den Ring über die Gelenke zu bekommen. Als ich es endlich geschafft hatte, schob ich den Ring noch bis zum Ansatz des Daumens und zog ihn dann, begleitet von seinen Schmerzlauten wieder ein Stück zurück.

Danach nahm ich den nächsten Ring in die Hand.

„Dieses Modell trägt der modebewusste Mann am Zeh. Wie der Daumenring aus der gleichen Kollektion ist auch dieser Ring mit innen liegenden Nadeln ausgestattet. Auf weitere Applikationen hat unsere Designabteilung verzichtet. Das würde den Tragekomfort zu sehr einschränken. Wie sieht es aus? Video oder Ring?"

Als er sich nicht bewegte, näherte ich mich seinen Füßen. Bevor ich den Ring aber auf einen der Zehen stecken konnte, machte er wild nickend auf sich aufmerksam. Ich schaute ihn fragend an.

„Doch das Video?"

Er nickte. Wie ich fand ziemlich wild und übertrieben.

„Dann will ich mal nicht so sein. Ich bereite das mal eben vor und dann hole ich dich."

Nach einigem Sortieren hatte ich die Kamera in der Küche so platziert, dass ich damit eine gute Ausrichtung zum Tisch hatte. Danach nahm ich mir aus dem reichen Fundus des Masseurs ein paar klassische, mit einem Schlüssel verschließbare Handschellen. Der Masseur ließ sich damit ohne Gegenwehr die Hände auf dem Rücken verschließen und ging dann, durch die ganzen Edelstahlreifen an seinen Beinen stark eingeschränkt, langsam in die Küche.

Nachdem ich ihn vorsichtshalber mit weiteren Handschellen am Tisch gesichert hatte, erklärte ich ihm, wie ich mir die Aufnahmen vorstellte.

„Am besten du sagst den Text erstmal zur Probe auf. Dann korrigiere ich das und dann bist du wieder dran und immer so weiter. Am Ende nehmen wir dann auf. Noch Fragen?"

Er schaute mich fragend an und grunzte in seinen Knebel.

„Wie unaufmerksam von mir."

Nachdem ich den Knebel entfernt hatte, machte er erst einmal ein paar Übungen mit seinem Unterkiefer, bevor er dann wieder anfing zu reden.

„Bist du eigentlich völlig bescheuert? Wie soll ich denn mit den Sachen auf die Straße? Du weißt doch, dass die nicht zum Öffnen gebaut sind. Außerdem sind die alle viel zu eng!"

„Ich habe mich auch gewundert, was du da alles im Schrank hast. Aber wer, wenn nicht du soll sie denn tragen? Ich jedenfalls nicht."

„Was soll ich denn überhaupt anziehen?"

„Der Schrank im Schlafzimmer ist voll mit kurzen Röcken. Wo ist das Problem?"

„Ich bin ein Mann. Männer tragen keine Röcke."

„Stimmt. Hab ich jetzt nicht dran gedacht. Aber was soll's? Jetzt ist es eben passiert und du musst irgendwie damit umgehen. Ich bin mir sicher, dir fällt etwas ein. Wenn du willst, kann ich dir auch einen Perücke besorgen. Zwar erkennt man die verkleideten Männer immer an ihrem Adamsapfel, aber vielleicht kannst du ja etwas darüber tragen. In deinem Schmuckzimmer habe ich noch so einen fetten Reif gesehen. Soll ich dir den mal probeweise anlegen?"

„Du weißt genau, dass der nicht mehr geöffnet werden kann."

„Stimmt. Ich wollte nur helfen."

„Lass uns lieber das Video machen. Bringen wir es hinter uns."

„Dann schieß mal los. Zur Erinnerung. Mord an meinem Securitymann und Wohnungsbrand in dessen Wohnung."

Er räusperte sich und fing dann mit gelangweilter Stimme an.

„Ich habe den Mann umgebracht und dann die Wohnung angezündet."

Ich ließ einen kleinen Moment verstreichen bevor ich ihm meine Antwort gab.

„Du weißt selber, dass das nichts war. Beim nächsten Versuch stellst du dich erstmal vor, nennst den Namen und Wohnort meines ermordeten Securitychefs und die Umstände der Tat. Danach erklärst du, wie du die Wohnung in Brand gesteckt hast."

Ich sah ihn erwartungsvoll an. Schließlich gab er sich einen Ruck und legte wieder los.

„Mein Name ist Wolf. Ich habe einen gewissen Herrn Zimmermann umgebracht. Das ging eigentlich ganz einfach. Tüte über den Kopf, bis er nicht mehr atmete. Um dann meine Spuren zu verwischen, habe ich danach die Wohnung über eine Funkzündung in Brand gesetzt."

Wieder wartete ich einen Moment.

„Ich kann auch mit dem Schmuckprogramm weitermachen, wenn dir das lieber ist. Jedenfalls mache ich nicht mit dem ‚Sabienne lässt sich verarschen' - Programm weiter. Soviel ist sicher."

„Okay, ich versuche es noch mal."

„Dann lass hören."

Dieses Mal gelang ihm eine längere Fassung inklusive aller Details. Er nannte sogar das Motiv für den Mord.

„Das war doch schon ganz gut. Vielleicht verzichtest du darauf, mit den Ketten zu rasseln. Ich habe keine Lust hinterher Ewigkeiten an der Nachbearbeitung zu sitzen. Du weißt doch, dass so ein Video ohnehin immer schon etwas schwierig in die Überführung eines Straftäters einzubringen ist. Wenn dann auch noch Ketten rasseln, dann kommt jeder mittelmäßige Strafverteidiger auf die Idee irgendetwas von ‚unter Zwang entstanden' zu reden und unser ganzer schöner Deal ist vorbei. Das will ich aber nicht. Also versuche es jetzt noch mal ohne Kettengerassel."

Er verdrehte die Augen. „Das ist doch ohnehin alles Blödsinn. Damit kommst du nie durch."

„Ganz schlechtes Argument. Wenn ich dem folge, dann bleibt mir nichts anderes, als dich komplett unschädlich zu machen. Oder hast du eine bessere Idee?"

Ich konnte ihm ansehen, dass er die nicht hatte.

„Naja. ‚Auf Hoher See und vor Gericht ist man in Gottes Hand' sagt man ja. Kann natürlich sein, dass das Video doch verwertbar ist."

Ich applaudierte ihm.

„Gratuliere. Du hast einen Spruch gebracht, der tatsächlich in den Zusammenhang passt. Ich dachte schon, das würde ich nicht mehr erleben. Also machen wir den nächsten Versuch."

Nachdem er sich einige endlose Sekunden konzentriert hatte, fing er wieder an, den kompletten Ablauf des Mordes und des Brandes zu erzählen. Diesmal hielt er seine Knochen still und klang phasenweise sogar überzeugend.

„Bravo. So können wir das machen. Ich schalte schnell die Kamera an und dann machst du das direkt noch mal. Vielleicht kann ich dich ja sogar schon diese Nacht freilassen."

Ich hantierte an der Kamera herum und gab ihm dann das Zeichen von Neuem anzufangen.

Wie erwartet, blieb er nach einiger Zeit hängen und fing dann an, seine Situation zu beklagen. „Wie soll ich das auch alles schaffen? Hast du überhaupt eine Ahnung davon, wie sehr die Fesseln schmerzen? Alleine der Ring um meinen Bauch ist die reine Hölle."

„Tja, was soll ich da sagen? Ich habe keine Ahnung, wie man die Teile wieder auf bekommt. Du etwa?"

Das leichte Flackern in seinem Blick reichte mir, um die Antwort, die er mir dann gab, als Lüge einzustufen. „Das sind Weiterentwicklungen. Die lassen sich gar nicht mehr öffnen. Zumindest nicht ohne die Nutzung einer Flex."

„Dann ist es doch sinnlos, wenn du rummeckerst, dass die zu eng sind. Ich kann nichts dran ändern. Du hast es gerade selber gesagt. Das Einzige, was ich kann, ist dir noch mehr davon raussuchen. Du weißt schließlich selber, dass noch einiges da ist. Wenn ich das richtig gesehen habe, muss ich dich für ein paar von den Schmuckstücken sogar piercen. Das würde ich mir an deiner Stelle gut überlegen. Ich habe das noch nie gemacht. Nicht, dass sich das alles entzündet und du dir die Körperstellen vom Arzt aufschneiden lassen musst. Stell dir das nur mal vor. Wie peinlich."

„Du bist echt wahnsinnig. Du bist komplett durchgeknallt. Du würdet das doch nicht ernsthaft machen."

„Fang nicht an, mich herauszufordern. Ansonsten stellen wir die Aufnahme für ein Stündchen zurück."

„Okay, okay. Ganz ruhig. Ich mach es ja."

Ich bedeutete ihm mit einer Geste, dass er sofort starten konnte.

Als er fertig war, änderte ich meine Taktik

„Pass auf. Du weißt selber, dass du nicht so ganz perfekt warst. Immer diese kleinen Pausen mit einem andeutungsweise schmerzverzerrten Gesicht. Das geht wirklich nicht. Ich schau mir die bisherigen Aufnahmen trotzdem mal an. Schließlich habe ich keine Lust, mir die ganze Nacht um die Ohren zu schlagen."

Ich überspielte die Aufnahme auf meinen Laptop. Nachdem ich die Stelle gefunden hatte, hörte ich mir über Headset an, wie die letzte Probe vor dem offiziellen Beginn geworden war. Der Gedanke, dass ich ihn mit einem so plumpen Trick ausgetrickst hatte, ließ mich für einen Moment meine neuen Oberarmreifen vergessen. Jetzt ging es nur noch darum, die Show ein bisschen aufrecht zu halten.

„Die Aufnahmen sind Mist. Du solltest dich jetzt schon anstrengen."

Als er wieder mehrere Patzer machte, beendete ich die Aufnahmen.

„Du hast es nicht anders gewollt. Wir beide machen jetzt eine kleine Spazierfahrt. Warte mal kurz."

Ich holte einen der knappen Röcke und ein kurzes Oberteil aus dem Schrank und löste seine Handschellen.

„Zieh das an und wage es nicht, auch nur eine Sekunde zu zögern. Meine Geduld ist zu Ende."

Als zusätzliches Argument legte ich eine breite Halsmanschette auf den Tisch.

Er schaute widerstrebend auf die Kleidung und zog sie dann schließlich an. Er sah, wie nicht anders zu erwarten war, ausgesprochen billig und peinlich aus.

„Ich habe noch ein paar vernünftige Schuhe gesehen. Wenn ich mich nicht vertue, müssten die dir sogar passen."

Ein paar Minuten später hatte er kurze Stiefel mit Plateausohlen an.

„Mehr kann und will ich nicht für dich tun. Das muss reichen. Steh auf! Wir machen eine kleine Spazierfahrt. Ich griff die Halsmanschette und packte sie zusammen mit ein paar anderen Schmuckstücken, der Kamera und meinem Laptop in einen Rucksack.

„Wir können" Ich zeigte auf die Wohnungstüre „Abmarsch."

Da es inzwischen schon spät geworden war, begegneten wir auf dem langen und sehr langsamen Weg durch das Treppenhaus niemandem. Als ich ihn ins Auto gesetzt hatte, atmete ich erstmal tief durch. Danach trat ich aufs Gas.

„Was hast du denn jetzt vor? Wie soll das weitergehen?"

Zu meiner Genugtuung klang in seiner Stimme einiges an Angst durch.

„Du musst keine Angst haben. Wenn du brav bist, werde ich dir nichts von dem Schmuckvorrat mehr anziehen, den ich eben noch eingepackt habe. Da sind schon noch ziemlich verrückte Sachen bei. Zum Beispiel dieser Ballknebel mit den kleinen gemeinen Spitzen, die da so vorwitzig rausschauen. Meinst du nicht, dass so etwas schon ein bisschen sehr heftig ist? Das ist eigentlich schon richtige Folter. Nicht, dass ich mich über die komischen Reifen freue, für die du offenbar eine Schwäche hast, aber das mir den kleinen Stacheln. Ich weiß nicht."

Als er mir keine Antwort geben wollte, beruhigte ich ihn.

„Solange du dich so schön brav verhältst wie jetzt musst du keine Angst haben, dass ich die an dir ausprobiere."

Ohne den Versuch zu machen, ein weiteres Gespräch anzufangen, fuhren wir auf der A8 Richtung Westen. Irgendwo auf Höhe von Augsburg verließ ich die Autobahn und steuerte in das nächste beste Dorf.

Auf meinen Hinweis, dass ich ihn nun in die Freiheit lassen würde, machte er einige zaghafte Versuche, sich gegen mich zu wehren. Letztlich hatte ich einfach die besseren Karten und ein paar Minuten später saß er in dem Unterstand einer Bushaltestelle. Endlich hatte ich das Auto für mich alleine und konnte mit Vollgas in Jacques ausgebreitete Arme brettern.

Kapitel 16

Ich lag in meiner Lieblingsstellung auf dem Sofa und benutzt Jacques Schoß als Kopfkissen. Nachdem ich ihm die ganze Geschichte zweimal erzählt hatte, lehnte er sich zurück und sagte erstmal nichts mehr. Als ich schon Bedenken hatte, ob er vielleicht eingeschlafen war, holte er endlich tief Luft.

„Ich glaube nicht, dass er dich jetzt in Ruhe lässt. Er wird erstmal damit ausgelastet sein in seine Wohnung zurückzukommen aber er wird es schaffen. Dann wird er sich irgendwie den Schmuck abnehmen, den du ihm angelegt hast. Danach wird er sich zum nächsten Angriff sammeln und dabei nicht zimperlich sein. Du hast ihn zutiefst gedemütigt. Das wird er dir nicht verzeihen."

„Aber ich habe doch sein Geständnis. Er kann jetzt nicht mehr riskieren, weiterhin sein Spiel mit mir zu spielen. Der Einsatz ist für ihn jetzt viel zu hoch geworden."

„Eigentlich hast du ja recht."

„Und uneigentlich?"

„Ich habe nach deinem Anruf das Einzige getan, das ich für dich tun konnte, nachdem du mir nicht erlaubt hast, dir ein Taxi zu schicken. Ich habe mir den Hausbrand angeschaut. Oder besser gesagt: Ich wollte ihn mir anschauen. Das Problem war ganz einfach, dass alle Feuerwehreinsätze, die es in der fraglichen Zeit gab, nichts mit deinem Brand zu tun hatten."

„Vielleicht hast du einfach nur an der falschen Stelle gefragt. Ich habe die Zündflamme doch mit eigenen Augen gesehen."

„Habe ich mir auch gedacht. Also habe ich noch mal in deiner Firma angerufen und den Sicherheitschef verlangt. Als der nicht zu sprechen war, wurde mir zumindest seine Handynummer gegeben."

„Was hast du bekommen? Sind die eigentlich alle bescheuert? Wie kann dir denn jemand die Handynummer meines Securitychefs geben?"

„Nicht die private. Nur das Firmenhandy. Zumindest hat mir die nette Dame das so gesagt. Irgendwie schien die noch neu in ihrem Job zu sein."

„Und?"

„Sie muss sich wohl irgendwie vertan haben und mir dann doch die private gegeben haben. Jedenfalls meldete sich dein Zimmermann, der dann, als er merkte wer ich war, ziemlich schnell aufgelegt hat."

Mir fiel nichts mehr ein. Zimmermann war doch tot! Ich hatte es mit eigenen Augen gesehen.

„Komm mit", schlug ich vor. „Wir fahren jetzt zu dem Haus. Ich muss ohnehin noch meinen Cayenne abholen."

Er blieb noch einen Moment sitzen.

„Wenn du wütend bist, sieht deine neue Frisur noch besser aus. Ich finde, du solltest die noch eine Weile beibehalten."

„Für dich doch immer", antwortete ich ihm lächelnd. Was so eine kleine Bemerkung doch ausrichten konnte.

Eine halbe Stunde später standen wir vor dem Haus. Erst jetzt kam ich auf die naheliegende Idee, erstmal bei mir in der Firma anzurufen.

„Hier ist Weberlein. Haben Sie eine Nachricht von Zimmermann?"

Meine langjährige, routinierte Empfangsdame kam ohne jedes Stocken direkt auf den Punkt und informierte mich darüber, dass sie seit meinem letzten Verschwinden auch von Zimmermann keine Nachricht mehr bekommen hätte. Sie war davon ausgegangen, dass wir zusammen untergetaucht wären. Es hätte sich aber jemand nach ihm erkundigt. Unglücklicherweise hätte die Praktikantin sogar seine Privatnummer herausgegeben.

„Das ist mir bereits bekannt und hat in dem Fall zu einem Ereignis geführt, das mir sehr gelegen kam. Insofern lasse ich das durchgehen. Geben Sie mir seine Privatadresse."

Ich brauchte die Adresse nicht zu notieren. Wir standen tatsächlich davor.

„Jetzt erklär mir das mal, Jacque. Ich habe ihn oben mit Plastiktüte über dem Kopf gesehen. Er sah sehr tot aus. Danach hat der Masseur mich sicherlich noch eine halbe Stunde in dem Raum festgehalten. Ich habe die ganze Zeit neben dem Toten gesessen. Ich hätte doch merken müssen, wenn er noch geatmet hätte."

„Schon. Aber du hast ihn nicht mehr lange angeschaut und er hatte zudem am Ende einen Sack über dem Kopf. Außerdem warst du in einer extremen Stresssituation. Da kann einem so etwas schon mal durch die Lappen gehen."

Als wir auf das Klingelbrett schauten, sahen wir, dass das Schild „Zimmermann" wieder frei war. Zur Probe drückte ich auf den Knopf. Wie erwartet, wurde die Türe nicht aufgedrückt.

„Ich weiß im Moment nicht weiter. Zu dir oder zu mir? Morgen denken wir dann noch mal in Ruhe nach", schlug ich vor.

Kapitel 17

In den nächsten Tagen passierte nichts wirklich Besonderes. Jacque wich mir nur noch von der Seite, wenn ich meine Firma betreten hatte. Ansonsten waren wir immer zusammen.

Fabienne hatte es unter Verwendung martialisch anmutender und teilweise schmerzhafter Schutzinstallationen geschafft, meinen neu angelegten Oberarmschmuck zu entfernen. Zwar hatte er dafür fast einen Tag gebraucht, aber so eine ‚Operation' mit der Flex konnte natürlich sehr schnell bleibende Schäden hinterlassen. Insofern hatte ich den Tag gerne spendiert. Der Kleber hatte sich als nicht so wirkungsvoll herausgestellt, wie der Masseur behauptet hatte. Wenige Tage nach der Aktion waren die letzten Reste verschwunden und meine Oberarme sahen wieder ganz normal aus.

Nach der ersten Woche gewann bei mir langsam das Gefühl Oberhand, dass sich der Masseur tatsächlich zurückgezogen hatte. Scheinbar hatte er es, ohne größeres Aufsehen zu erregen, zurückgeschafft. Zumindest fanden wir keine entsprechenden Meldungen.

Meine einmal begonnene Aktion, die Firma zu verkaufen, lief auf vollen Touren. Genau so, wie es die Gerüchte, die der „Ihre Zeitung vor Ort und für den Ort" - Reporter aufgeschnappt hatte, trieb ich die Verkaufverhandlungen mit den chinesischen Interessenten immer weiter voran. Da mir vollkommen egal war, was die Zukunft für meine bisherigen Mitarbeiter brachte, gab es außer dem Preis nicht wirklich viel zu verhandeln. Meine einzige zusätzliche Bedingung war absolute Diskretion. Jede weitere Befeuerung der Gerüchteküche hätte die Verhandlungen nur in die Länge gezogen und das ganze Geschäft zu meinen eigenen und den Ungunsten der Chinesen beeinflusst.

Als ich dann, vielleicht drei Wochen nach den Ereignissen in München, am Abend in Jacques Büro saß, konnte ich ihm strahlend verkünden: „Die Chinesen haben eingeschlagen und unterschrieben. So schnell ist ein Unternehmen dieser Größe noch nie verkauft worden."

„Was machst du, wenn die nicht bezahlen?"

„Alles geregelt. Der Vertrag wird erst gültig, wenn 80% des vereinbarten Preises auf meinen Konten liegen."

„Und dann?"

Ich zuckte mit den Schultern. „Noch am gleichen Tag werde ich das Geld auf anderen Konten dieser großen weiten Welt verteilen und mich dann den Rest meiner Tage wunderbar davon durchschlagen können."

„Und wenn die restlichen 20% nicht gezahlt werden?"

„Damit rechne ich eigentlich. Deshalb habe ich den Preis auch ein bisschen überhöht festgelegt."

Jacque schaute mich überrascht an. „Jetzt ernsthaft?"

„Klar."

Ich hob lächelnd mein Glas „Und jetzt lass uns einen vorsichtigen kleinen Schluck dieses wunderbar prickelnden, alkoholhaltigen Getränkes nehmen."

Jacque kostete das Gefühl, das ihm der perlende Sekt bereitete, mit geschlossenen Augen aus. „Komm jetzt aber bloß nicht auf die Idee, mir zu erzählen, ich solle jetzt komplett in deine Luxushütte einziehen. Das würde mir überhaupt nicht gefallen."

„Keine Sorge", beruhigte ich ihn, „ganz im Gegenteil. Wenn du auch nur die kleinste Ambition äußern würdest, bei mir einziehen zu wollen, würde ich sofort Lunte riechen und dich als miesen kleinen Schmarotzer in die Wüste schicken. Mehr als dein Rasierzeug und ein kleines Ankleidezimmer ist beim besten Willen nicht drin."

„Du würdest mich ernsthaft wegschicken?"

„Täte mir zwar sehr leid, aber da bin ich absolut spaßfrei. Donna würde ich natürlich davon überzeugen, dass sie nur noch für mich arbeitet."

Er fing an zu lachen. „Das wird nicht klappen. Auf Dauer wäre ihr das viel zu langweilig. Apropos. Was machen denn die Heilungsfortschritte?"

„Alles Bestens. Keine Entzündung. So langsam werden die belastbar, wie Donna sich ausdrückte."

„Und du fühlst dich gut damit?"

„Könnte nicht besser sein. Ich kann es kaum abwarten", antwortete ich ihm strahlend.

„Damit die Wartezeit nicht zu lang wird habe ich für heute eine Erweiterung deiner anderen Körperverschönerung arrangiert."

„Kann ich diesmal denn zuschauen?"

„Natürlich nicht. Was denkst du? Schließlich bist du doch temporär sehbehindert."

„Das glaubt der Meister der Nadel aber nicht wirklich oder?" wollte ich lächelnd wissen. „Ich bin doch nicht die Erste mit der du da hin gehst. Vermutlich hast du das mit den anderen doch auch so gemacht."

„Nein. Du bist die Erste, die beim Tätowieren nichts sehen kann." Er hob lachend die Hand zum Schwur. „Bisher warst du doch sehr glücklich mit der Entwicklung. Ich kann mir nicht vorstellen, dass sich das in naher Zukunft ändern wird."

„Das kann ich auch nicht."

Bei der letzten Sitzung hatte sich der Hauptstrang über das Schulterblatt bis auf meinen Oberarm fortgesetzt. Die Linie der losen Blätter hatte den vorderen Weg über das Schlüsselbein gewählt und sich mit der Hauptlinie genau in der Mitte meines Bizepses getroffen. Ich war auf die Fortsetzung gespannt.

Als ich mit der blickdichten Brille auf dem Stuhl saß, musste ich mich wieder ganz auf mein Körpergefühl verlassen. Nach meinem Zeitempfinden war höchstens eine Viertelstunde vergangen, als ich schon aufgab, die Stellen, an denen ich gerade die Tätowiermaschine spürte, zu irgendwelchen Formen zusammenzufügen. Das Einzige, das ich sicher feststellen konnte war, dass sich die Schmerzen langsam als Schmerzen meldeten und nicht mehr so stark vom Adrenalin in den Hintergrund gedrängt wurden, wie noch ganz am Anfang bei meiner ersten Rose. Scheinbar arbeitete sich der Tätowierer an der Vorderseite meines Oberarmes bis zur Ellenbogenbeuge vor und verließ erst danach diese Linie. Jacque hatte mir schon vorher gesagt, dass diese Sitzung erst beendet wäre, wenn ich klar sagen würde, dass ich es nicht mehr aushalten würde oder wenn der Arm komplett fertig wäre. Insofern hatte ich mich auf eine wirklich lange Zeit eingestellt.

Nachdem die Schmerzen am Unterarm angekommen waren, schien die gerade Linie wieder verlassen zu werden. Ich konnte allerdings nicht so genau ausmachen, was passierte. Schließlich bat ich darum, die Musik voll aufzudrehen und ließ mich in einen halb dämmernden Zustand gleiten.

Als dann am Ende mein Handrücken bearbeitet wurde, war ich irgendwo in einem der Wahnsinnsstücke von einem Deep Purple Liveauftritt gefangen. Definitiv nicht der Moment, um irgendjemanden zu stoppen.

Nachdem mein neues Tattoo endlich verbunden worden war, gab Jacque mir irgendein hochgeschlossenes Teil, das sogar meinen Hals mit einem sehr eng anliegenden dehnfähigen Kragen bedeckte. Ich hatte gehofft, die Brille auf der

Straße abnehmen zu dürfen. Da Jacque aber von sich aus nichts sagte, beschloss ich, mein Körpergefühl zu trainieren und mich auf all die Reize zu konzentrieren, die mir entgegenkamen. Passieren konnte mir nichts, da ich mich fest an Jacques Arm eingehakt hatte.

„Geht's ins Bett oder hast du noch mehr vor?"

„Wir müssen noch kurz ein bisschen Arbeiten. Danach ist Bett angesagt. Das ist zumindest mein Plan."

„Wunderbar. Dann kann ich mich ja auch noch ein bisschen auf deine Akten stürzen."

„Das wird nicht klappen. Für dich habe ich noch ein bisschen mehr Praktikum vorgesehen."

„Wieder Drinks mixen?"

„Nein. Diesmal nicht. Und, um keine falschen Hoffnungen zu wecken: Der Job ist grundsätzlich eher langweilig."

Isabelle, die in dieser Nacht wieder das Hausmädchenoutfit trug, führte mich in den Ankleideraum. Dort lag ein bodenlanges Lackkleid in japanischem Stil für mich bereit. Der Kragen war hoch geschlossen und der Rock an beiden Seiten bis zur Oberschenkelmitte geschlitzt. Die Grundfarbe war ein sehr dunkles Blau. Als Verzierung waren diverse goldene Frauen in ziemlich eindeutigen Posen abgebildet. Meine Tätowierung, die ich noch immer nicht gesehen hatte, würde frei sichtbar sein, da das Kleid nur links über einen langen, engen Ärmel verfügte. Mein tätowierter Arm war damit ab der Schulter frei sichtbar.

„Du arbeitest heute an der Garderobe. Viel zu tun ist dort nicht. Trotzdem muss der Platz natürlich besetzt sein."

Bevor ich das Kleid anziehen durfte, nahm Isabelle mir den Verband ab.

Ich konnte den Blick natürlich erstmal nicht losbekommen. Auf meinem Handrücken befand sich eine wunderschöne dunkelrote Rosenblüte. Der Hauptast ging dann mit weiteren Blüten weiter über den Unterarm und schwenkte leicht bis zur Armbeuge. Die zweite Linie mit den losen Blättern wand sich fast zweimal um mein Handgelenk und fand dann ebenfalls ihren Weg bis zur Armbeuge. Es sah einfach nur fantastisch aus.

Isabelle wartete erst geduldig ab, ob ich von selber auf die Idee kommen würde, dass ich noch einen Job zu erledigen hätte. Schließlich räusperte sie sich laut und vernehmlich und half mir dann in das Kleid. Als das endlich saß, stellte sie mir ein paar einfache Flip Flops hin. „Das einzige Outfit ohne High Heels und auch das Einzige ohne Fesseln."

„Warum ohne?"

„Jacque weiß, dass der Job langweilig ist. Deshalb dürfen wir immer mal vor die Tür gehen und eine rauchen oder einfach nur frische Luft schnappen. Wenn wir das mit irgendwelchen Fesseln oder Ketten machen, könnte er Stress bekommen."

„Es gibt doch immer noch die Möglichkeit, die Fesseln so anzubringen, dass man die nicht sieht. Deinen Keuschheitsgürtel sieht man ja auch nicht", fing ich an zu argumentieren.

„Versuchst du jetzt dafür zu sorgen, dass wir auch den letzten Job ohne Fesseln und Schlösser verlieren sollen?" wollte Isabelle wissen. „Nur weil du komplett darauf abfährst, müssen doch nicht alle anderen genauso denken. Du darfst bitte nicht vergessen, dass wir das jeden Tag haben. Da ist so ein Dienst ohne Fesseln an der Garderobe auch mal ganz angenehm."

„Möglich."

„Das ‚möglich' hört sich wie ein Synonym für ‚schwer vorstellbar' an. Hab ich recht?"

„Ich finde das einfach toll", verteidigte ich mich. „Ich lasse mich von Jacque gerne fesseln. Macht mir Spaß. Find ich gigantisch. Möglicherweise sehe ich das irgendwann in der Zukunft mal anders, aber im Moment ist es so wie es ist."

Isabelle schüttelte lächelnd den Kopf und öffnete einen der Schränke.

„Alles klar Sabienne. Ich gebe auf. Unter den Umständen bekommst du noch eine Zugabe, die eigentlich nicht vorgesehen ist."

Sie zog einen Packen gummiartigen Stoff aus einem der Fächer heraus. Als sie es auseinanderlegte, bekam ich eine Idee, was das sein könnte.

„Das sind Gummistulpen für deine Oberschenkel", erklärte Isabelle. „Das Besondere daran ist, dass die Stulpen mit einer engen Gummihülle umgeben sind. Wenn die erstmal sitzen, kannst du deine Schritte nur so groß machen, wie du Kraft hast, um gegen das Gummi zu kämpfen. Meine persönliche Erfahrung ist die, dass du dich besser nicht mit dem Gummi anlegst. Du wirst den Kürzeren ziehen. Spätestens morgen, wenn der Muskelkater kommt, wirst du verstehen, was ich meine."

Fünf Minuten später trippelte ich glücklich Richtung Graderobe.

„Hallo, ich bin Sabienne."

Die ebenfalls in ein Kleid japanischen Stils gehüllte junge Frau sah mich skeptisch an, bevor sie sich als Éva vorstellte.

„Da hat sich Jacque ja mal wieder einen ganz besonders passenden Namen einfallen lassen", kommentierte ich, „und was macht der biblische Sündenfall an der Garderobe eines Bordells?"

Éva schaute mich verständnislos an.

„Garderobe annehmen und rausgeben."

„Okay. Ja. Die Frage war wohl etwas zu anspruchsvoll."

Nach meinen bisherigen Kontakten zu Jacques Angestellten hatte ich nicht damit gerechnet, jetzt auf ein Exemplar mit verminderter Auffassungsgabe zu treffen.

„Und was machst du hier? Sabienne? Hat der Chef dich schon satt? Glaubst du, du könntest hier an der Garderobe, wo es kaum etwas zu tun gibt, richtig gut helfen?"

„Wenn du schon weißt, wer ich bin, dann wäre ein bisschen mehr Zurückhaltung wohl angebracht. Ansonsten könnte es sein, dass du hier ganz schnell rausfliegst."

Éva stemmte die Hände in die Hüften und erklärte mir in herausforderndem Ton: „Du bist nur die aktuelle Freundin vom Chef. Du hast hier überhaupt nichts zu sagen. Also versuch auch gar nicht erst, mich hier irgendwie einzuschüchtern."

Bevor ich ihr antworten konnte, brachte Miro neue Gäste. Éva nahm die dünnen Sommermäntel entgegen, verstrickte die beiden Herren in ein kleines Gespräch und brachte sie dann bis in den Hauptraum.

„Wenigstens weißt du, wie man mit Gästen umgehen muss", kommentierte ich. „Letztlich ist das wichtiger als alles andere. Wo soll sonst das Geld herkommen?"

„Eigentlich erstaunlich, dass du den Zusammenhang erkennen kannst", antwortete Éva mit spitzer Stimme. „Von dir habe ich nämlich jetzt gerade so gar nichts gesehen, obwohl zumindest einer der beiden immer wieder deinen Blick gesucht hat."

„Ich soll mich von den Kunden ja auch nicht flach legen lassen."

„Ach. Hat der mich hier gerade flach gelegt? Das muss aber ein echter Quicky gewesen sein. Ich jedenfalls habe davon nichts mitbekommen."

„Du weißt ganz genau wie ich das meine. Du bist hier, weil du damit dein Geld verdienst. Du wirst mal hier und mal da eingesetzt und musst deinen Job machen. Ich bin nur hier, um den Laden besser kennen zu lernen, damit ich die Buchhaltung und die ganzen Standardgeschäfte übernehmen kann. So verhält sich das."

Éva machte übertrieben große Augen. „Da bin ich jetzt aber mal tief beeindruckt. Du bist also demnächst das kleine graue Büromäuschen. Dann empfehle ich dir, die Zeit in der du noch in solchen Klamotten herumlaufen darfst ganz besonders zu genießen. Demnächst ist dann ja wohl grauer Rock mir weißer Rüschenbluse angesagt."

Ich holte schnell aus, um Éva eine saftige Ohrfeige zu verpassen. Die wich jedoch mindestes ebenso schnell nach hinten aus. Dadurch ging mein Schlag ins Leere. Zudem musste ich auch noch, schnell trippelnd, mein Gleichgewicht halten. Insgesamt alles andere, als eine souveräne Vorstellung.

„Kannst du noch nicht mal richtig laufen? Bisher war das hier der einzige Job ohne künstliche Bewegungseinschränkungen. Aber für sein Büromäuschen macht der Chef dann auch mal eine Ausnahme."

Ich konnte Évas lachendes Gesicht einfach nicht ertragen.

„Was bildest du dir eigentlich ein, du dumme Kuh?"

„Was soll ich mir schon einbilden? Ich mache hier meinen Job und habe nicht die geringste Lust dazu, mir von einer Kollegin, die sich für was Besseres hält, dumme Sprüche servieren zu lassen."

„Ist doch nicht mein Problem, wenn deine Auffassungsgabe so dermaßen eingeschränkt ist", konterte ich. „Jedenfalls kein Grund direkt so aggressiv zu werden."

„Dumme Leute sind eben gerne mal aggressiv. Das ist doch das dämliche Klischee, das dir in deinem Kopf herumgeistert oder? Aber an eines solltest du denken: Du lässt hier die kluge Tussi raushängen und du hast gerade versucht mich zu schlagen. Da frage ich mich ernsthaft, wer hier die Primitive ist. Eigentlich zum Schlapplachen komisch, wie du in deinem Rock hinter deiner eigenen Hand her getrippelt bist."

Mir war klar, dass Éva recht hatte. Nur konnte ich ihr das natürlich nicht eingestehen. Glücklicherweise kam Miro wieder um die Ecke. Diesmal hatte er keine neuen Gäste, sondern ein Tablett mit zwei Tassen Kaffee dabei.

„Eine kleine Dosis Coffein für die Damen?"

„Du bist ein Schatz Miro." Éva strahlte ihn über das ganze Gesicht an.

„Hast du unserer neuen Kollegin denn auch schon alles gezeigt?"

„Aber sicher. Viel ist es ja nicht, was es hier zu tun gibt. Jedenfalls verstehen wir uns bestens. Mit Sabienne kann man richtig schön streiten." Sie drehte ihren Kopf langsam zu mir. „Oder?"

Ich war sprachlos. Wie konnte die Frau von einer Sekunde auf die andere so umschalten? Statt sofort darauf einzugehen, lächelte ich meinerseits jetzt ebenfalls Miro an und nahm mir bedächtig eine Tasse.

„Ach, eh ich es vergesse Éva", wendete er sich an sie. „Du sollst nach dem Kaffee mal eben zum Chef."

Während ich noch überlegte, ob Jacque die Unverschämtheiten vielleicht über eine Überwachungskamera gesehen und gehört hatte und Éva sofort rausschmeißen würde, setzte Miro kichernd den Satz fort. „Dem sein Neffe hat schon wieder so eine Matheaufgabe, die er nicht gebacken kriegt. Der will über irgendwelche Kurven reden. Jacque dachte, dass du vielleicht noch mal einspringen kannst?"

Mir rutschte meine Tasse unkontrolliert aus der Hand. Ohne den Kopf zu drehen, um die Kaffeepfütze, die ich gerade produziert hatte, zu begutachten, korrigierte Éva: „Der macht gerade Kurvendiskussion. Das hat überhaupt nichts mit dem Laden hier zu tun. Irgendwie kann der Junge sich nicht merken, welche Ableitung wofür benutzt werden soll."

Sie nahm einen kleinen Schluck und verabschiedete sich dann mit einem „Danke für den Kaffee", in Miros Richtung und einem, „schön dich endlich kennen gelernt zu haben. Du gefällst mir", in meine Richtung.

Während Miro den Tisch wischte, erklärte er mir: „Eigentlich überraschend, dass jemand mit der Ausbildung hier arbeitet. Aber nachdem sie mit dem Referendariat fertig war, hat sie sich für den höheren Verdienst entschieden. In ein paar Jahren, wenn sie hierfür zu alt ist, will sie schauen, ob man sie als Lehrerin noch haben will."

„Was…" Ich musste sich räuspern, damit meine Stimme wieder voll da war. „Was unterrichtet sie denn? Ich meine: Was würde sie denn unterrichten?"

„Psychologie und Mathe."

Ich merkte, wie ich innerlich anfing zu kochen. So, wie Éva mich bereits ‚angewärmt' hatte, konnte es eigentlich nicht mehr lange dauern, bis ich erneut die Beherrschung verlieren würde. Das mit der missratenen Ohrfeige war schon peinlich genug. Es musste definitiv nichts mehr dazu kommen.

„Miro, ist das schlimm, wenn ich dich kurz alleine lasse? Ich muss dringend etwas erledigen und im Moment sind scheinbar ohnehin alle da, die kommen wollten und die die gehen wollen, werden damit bestimmt noch eine ganze Zeit warten."

„Kein Problem. Mach ich gerne. Éva kommt in einer Viertelstunde ja auch wieder zurück."

So schnell ich konnte, ohne dabei meine Eleganz zu verlieren, trippelte ich in den Umkleideraum und zog mich schnell wieder um. Glücklicherweise hatte ich nicht darauf bestanden, eingeschlossen zu werden. Ohne, dass mich jemand gesehen hatte, nahm ich den Hinterausgang, durch den ich vor einiger Zeit zusammen mit dem Fahrer geradewegs in die Arme des Masseurs geflohen war. Ich gab, ganz wie in alten Zeiten mächtig Gas und kam in Rekordzeit an meiner Villa an. Während ich über die breite Einfahrt rollte, dachte ich darüber nach, mit welchem Drink ich beginnen würde. Heute war der Tag, an dem ich alle Regeln brechen würde. Sollte Éva ruhig Lehrerin sein. Wenn es darum ging, wer reicher und erfolgreicher war, dann war klar, wer siegen würde. Und zwar mit Abstand, sogar sehr großem Abstand, fügte ich meinen Gedanken noch hinzu.

Als ich den Schlüssel ins Schloss steckte, nahm ich im Augenwinkel eine Bewegung war. Bevor ich aber reagieren konnte, hatte ich schon einen übel riechenden Lappen vor dem Gesicht.

Kapitel 18

Ich war von vollkommener Dunkelheit umgeben. Hätte ich schon jetzt wieder klar denken können, hätte ich wohl „Was auch sonst?" gedacht. Aber ich konnte noch nicht klar denken. Ich war noch zu müde und ließ meinen Kopf wieder auf die Brust sinken.

Damit blieb mir noch für eine weitere Viertelstunde die Erkenntnis erspart, dass nicht weit entfernt von mir ein Zuschauer mit seinem Nachtsichtgerät saß, der sich schon auf den Moment freute, in dem ich komplett aufwachen würde und dann langsam aber sicher versuchen würde, meine Situation zu begreifen. Er hatte Zeit. Richtig viel Zeit.

Als ich endgültig wach wurde, machte ich den nutzlosen Versuch, die Dunkelheit mit meinen Augen zu durchdringen. Gleichzeitig machte ich den noch viel nutzloseren Versuch, mich zu bewegen. Ein bisschen, nur ein kleines bisschen ging, mehr aber auch nicht.

Hatte dieser blöde Idiot doch nicht aufgegeben!

„Du verdammter Schwachkopf! Was soll das denn jetzt schon wieder für eine dämliche Nummer werden? Legst du mir jetzt wieder deinen dämlichen Überwachungsschmuck an um mich dann gehen zu lassen oder ist diesmal was anderes geplant?"

„Nein, kein Schmuck Bienchen. Diesmal gibt es keine Schmuck."

„Und warum? Ist dir der Schmuck jetzt auch ausgegangen? Ach stimmt ja. Den trägst du ja jetzt selber."

„Muss ich dich denn wirklich daran erinnern, dass du nur deshalb in dieser Situation bist, weil du meine Frau und mein Kind umgebracht hast?"

„Red keinen Blödsinn. Du hast bei den beiden genauso gespannt, wie bei soundsoviel anderen. Und genau das ist dein Problem. Du bist nichts als ein kleiner elender Spanner. Und wenn du meinst, du hast jemanden erwischt, der was Böses gemacht hast, dann glaubst du mit deinem kranken Hirn auch noch, du dürftest den großen Rächer spielen."

Während ich auf eine Antwort wartete, versuchte ich wieder erfolglos die Dunkelheit zu durchdringen. „Was ist mein lieber Herr Wolf. Hast du die Sprache verloren oder was?"

Wieder konnte ich in der Stille nur meinen eigenen Atem hören. Dann kam plötzlich das Geräusch von Schritten hinzu. „Haust du jetzt ab oder suchst du den Lichtschalter?"

„Nichts von beidem Bienchen. Nichts von beidem."

„Mal ganz im ernst. Hast du schon immer die Neigung gehabt deine Sätze zu wiederholen oder bist du der Meinung, ich könnte dich nicht verstehen?"

„Nein, ich glaube, dass du mich gut verstehen kannst. Ich benutzte das rhetorische Mittel der Wiederholung nur, damit du eine Chance hast, das Gesagte besser aufnehmen zu können."

Ich hörte ein neues Geräusch. Irgendetwas plätscherte leise vor sich hin.

„Bist du jetzt am Pinkeln? Hast du noch nicht einmal den Anstand, den Raum zu verlassen?"

„Da kann ich dich beruhigen Bienchen. Nichts liegt mir ferner, als so etwas in deiner Anwesenheit zu tun. Das Geräusch, das du hörst hat einen anderen Ursprung."

„Und wäre der gnädige Herr so nett mir zu verraten, welchen Ursprungs?"

„Nein, ist er nicht. Ich vertraue ganz darauf, dass du das alleine herausbekommst."

„Penner."

„Ganz, wie du meinst. Schade eigentlich, dass unsere letzte Zusammenkunft wieder in so aggressiver Grundstimmung abläuft. Du solltest dein Gesicht mal sehen. Der pure Zorn. Ich möchte fast glauben, dass sich dein kleiner bunter Strauss an Zöpfen von selber noch etwas höher aufstellt."

„Wieso kannst du mich überhaupt sehen? Klar. Der Herr benutzt ein Nachtsichtgerät. Das muss dich ja jetzt richtig antörnen. Wie hältst du das nur aus?"

„Ganz gut. Mach dir da keine Sorgen. Dieses Teil hat mir schon so einige gute Dienste erwiesen. Ich liege schon seit einiger Zeit jede Nacht in deinem Garten und warte darauf, dass entweder die Morgenröte aufzieht oder du nach Hause kommst. Ihr habt irgendwie so eine Art Zweierrhythmus entwickelt. Eine Nacht bei ihm und dann wieder eine bei dir. Und immer so schön zusammen. Dir ist gar nicht aufgefallen, wie dein Jacque jedes Mal ängstlich in der Gegend herumgeschaut hat, wenn ihr über den Hof gegangen seid. Du bist da wirklich ein bisschen zu leichtsinnig liebes Bienchen. Dir muss doch inzwischen klar geworden sein, dass dieses lächerliche Geständnis, dass du mir in München abgenommen hast, völlig wertlos ist. Kein niedergebranntes Haus, kein toter Zimmermann. Alles nutzlos."

Ich versuchte weiterhin den Ursprung des Plätscherns zu finden. Eigentlich hörte sich das ein bisschen nach Waschbecken an. Im gleichen Moment, in dem mir der Gedanke kam, merkte ich, wie meine Füße, die in der Luft hingen, nass wurden. Der automatische Versuch, die Füße hochzuziehen scheiterte natürlich an den Fesseln.

„Na, hast du jetzt eine Idee, wo das Geräusch herkommen könnte?", fragte der Masseur, ohne die Freude in seiner Stimme zu verbergen.

„Willst du extra für mich das ganze Haus fluten? Das wird wohl eine Weile dauern."

„Du bist wirklich sehr erstaunlich Bienchen. Eigentlich wäre doch langsam mal der Moment gekommen, in dem du die Ausweglosigkeit deine Situation begreifen solltest. Stattdessen machst du hier immer noch einen auf ‚starke Frau'. Wirklich erstaunlich. Wirklich erstaunlich."

„Und du machst immer noch einen auf Rhetorikgenie. Auch sehr erstaunlich, sehr erstaunlich."

„Du verkennst deine Situation. Du ver…"

„Auch ein gutes Mittel", belehrte ich ihn. „Wusstest du, dass dies einer der Gründe dafür sein kann, dass den ganzen Tag eine bestimmte Melodie nicht mehr aus deinem Kopf will? Du hörst ein bekanntes Lied im Radio und dein Gehirn reagiert darauf, indem es immer ein kleines Stück vorausdenkt. Wenn das Lied dann zu früh aufhört, kommt dein

Gehirn manchmal in eine Endlosschleife und du musst den ganzen Tag immer wieder an diese Melodie denken."

„Das ist aber interessant", antwortete er mir in gelangweiltem Tonfall.

Ich merkte, dass das Wasser bereits die Zehen überdeckte. Scheinbar saß ich in einer Art Wanne. Jedenfalls irgendetwas mit kleiner Grundfläche. Die Frage war jetzt einfach nur, wo die Oberkante war. Unterhalb oder oberhalb meines Kopfes? Automatisch versuchte ich, mich in den Fesseln zu bewegen und herauszubekommen, ob ich vielleicht eine Chance haben würde, diese zu öffnen.

„Ah, ich sehe, du probierst deine Fesseln aus. Das sei dir unbenommen. Allerdings würde es mich doch sehr verwundern, wenn sich da irgendetwas machen lässt. Ganz im Gegenteil. Sobald die Stricke sich der Reihe nach mit Wasser vollsaugen, werden die Knoten eher stabiler als lockerer. Aber nur zu: Wenn du die Fesseln lösen kannst, dann will ich dir den Vorteil gönnen."

Ich schaute ungefähr in die Richtung, aus der die Stimme kam und merkte erst jetzt, dass ich dafür leicht nach oben schauen musste. Ich versuchte mir die Erkenntnis, dass ich in einem Becken sitzen könnte, das seinen Rand oberhalb meines Kopfes hatte, nicht ansehen zu lassen.

„Und jetzt?"

„Ich beobachte dich."

„Das würde ich an deiner Stelle auch machen. Schließlich muss man seinen nahenden Sieg bis zum Ende auskosten. Zu schnell ist der Moment vorbei und damit nur noch Vergangenheit."

„Freut mich, dass du die Situation erkennst ohne gleich in Hysterie zu verfallen. Ein ehrenvoller Abgang ist immer besser, als ein unwürdiger Abgang."

„Wenn es dein Plan ist, mich hier langsam ertrinken zu lassen, dann ist die Art des Abganges für mich völlig unbedeutend." Eigentlich würde ich dann sogar alles dafür tun, um den Abgang so zu gestalten, dass der Spanner da oben so wenig Spaß, wie möglich dabei haben würde. Nur musste ich aufpassen, die Balance zu halten, damit er nicht anfing, meine Situation noch unangenehmer zu mache. Zum Beispiel mit diesem widerlichen Knebel. Danach würde dann nur noch Langeweile kommen. Eindeutig keine gute Option. Dann schon besser noch ein bisschen Smalltalk, um die Zeit totzuschlagen. Bei dem Gedanken musste ich unwillkürlich grinsen.

„Was ist denn jetzt so lustig?"

„Das würde deine Auffassungsgabe überfordern. Besser, wir unterhalten uns über etwas Einfacheres."

„Bienchen, Bienchen. Aufmüpfig bis zum bitteren Ende."

„Weißt du was ich die ganze Zeit nicht verstehe?"

„Wenn du es mir sagst, kann ich dir sagen, ob ich es schon weiß."

„Na, das war ja mal eine richtig intelligente Antwort. Was ich mich frage, ist Folgendes: Weshalb machst du mit deinen Fähigkeiten nichts Vernünftiges?"

„Mach ich doch. Irgendjemand muss sich doch darum kümmern, wenn sich Menschen so benehmen wie du und dafür nicht zur Rechenschaft gezogen werden. Das ist mein Job und den mache ich gut."

„Das Einzige, was du machst, ist andere Menschen auszuspionieren. Mehr nicht. Das mit mir war reiner Zufall."

Inzwischen war das Wasser an meinen Knien angekommen. Erstaunlicherweise ließ er angenehm warmes Wasser ein. Ich wollte jetzt nicht wissen, weshalb er mir diesen Komfort bot. Wichtiger war es, weiter mit ihm zu reden.

„Du könntest in Sicherheitsfirmen arbeiten. Nur als Beispiel."

„Woher willst du denn wissen, dass ich das nicht mache? Etwa nur, weil deine Weltklassetruppe nichts dergleichen in meinen Unterlagen gefunden hat?"

„Klar", antwortete ich mit fester Stimme, „meine Jungs haben schließlich deinen Bude intensiv auseinandergenommen."

„Schade, dass ich hier nicht die Mittel habe, um eine kleinen Filmvorführung für dich zu arrangieren. Ich glaube, du wärest ehrlich überrascht von der Intensität mit der deine ‚Jungs' meine Bude auseinandergenommen und gescannt haben", antwortete er mir, ohne sich die Mühe zu geben, sein Kichern zu unterdrücken.

„Dann sind die entsprechenden Unterlagen eben nicht in der Wohnung, sondern irgendwo anders gewesen."

„Das ist eigentlich schon der Punkt. Die Typen haben so derartig wenig Bock gehabt, irgendetwas herauszufinden, dass ich schon überlegt habe, ob sich der ganze Aufwand mit dem verschiedenen Unterkünften überhaupt gelohnt hat."

„Und? Hat er sich dann doch gelohnt?"

„Immer gut, wenn man ein wenig Sicherheit in der Hinterhand hat."

„Weichei. Wenn ich meine Firma nach dem Angsthasenprinzip geleitet hätte, wäre ich jetzt nicht da wo ich bin."

„Und was hast du davon? Du sitzt jetzt in einer großen Badewanne und kommst nicht an den Wasserhahn." Er fing an zu applaudieren. „Gratulation. Du hast es geschafft. Dann mal immer weiter mutig voran. Steh einfach auf und geh deinen mutigen forschen Weg. Wenn ich dir noch einen kleinen Tipp geben darf: Schmeiß dein komplettes Sicherheitsteam raus. Also den Rest davon. Die taugen nichts. Und wenn du dann neue einstellst, dann behandle die so, als ob es Menschen wären. Ich weiß natürlich, dass dir solche Utopien sehr fremd sind. Aber es ist einen Versuch wert."

Scheinbar war ihm der abgeschlossene Verkauf meiner Firma entgangen.

„Da haben wir jetzt aber mal eine richtig lange Rede gehalten. Muss ich mir Sorgen machen, ob du damit das Wortkontingent für heute aufgebraucht hast?"

Ich lauschte demonstrativ angestrengt in die Richtung, in der ich ihn vermutete. Als keine Antwort kam, hätte ich mich fast auf den Wasserstand konzentriert, der sich inzwischen auf dem Sitz meines Stuhles und an meinen Händen bemerkbar machte.

„Jetzt mal ganz im ernst. Es gibt doch viel zu viele Leute, die von deiner Existenz wissen", versuchte ich das Gespräch wieder in Gang zu bringen. „Du kannst es dir doch gar nicht leisten, mich hier ersaufen zu lassen. Aus der Nummer kommst du nie wieder raus."

„Na, wenigstens das funktioniert. Ich habe zwar schon früher damit gerechnet, dass du das ansprichst, aber besser spät als nie." Nach einer Pause fügte er die Frage an: „Du bist also der Meinung, dass man mich finden und verhaften wird?"

„Natürlich. Was denn sonst? Der arme Kerl dem die Finger zerquetscht worden sind und der andauernd mit mir Essen gehen wollte. Wie glaubst du denn, dass du dich verstecken kannst."

„Hm, lass mal überlegen. Vielleicht sollte ich mich einfach verkleiden. Irgendetwas ganz auffälliges. Pilot oder Bauarbeiter oder Drag Queen. Was meinst du? Nein halt. Letzteres hatte ich ja schon. Das führt zu Komplikationen."

„Wundert mich nicht. Du hast wirklich Scheiße ausgesehen. Wenn du mich fragst."

„Okay, dann vielleicht etwas anderes. Nur was? Du musst mir schon helfen. Was würdest du in meiner Situation machen?"

„Ein für mich vorteilhaftes Geschäft abschließen. Ganz einfach."

„Dann würde ich mich aber in den Bereich der Erpressung begeben. Das mag ich gar nicht. Da musst du dir schon etwas anderes einfallen lassen."

Irgendwie schien das Wasser schneller zu steigen. Inzwischen war es schon an meinem Bauchnabel angekommen. „Ich habe dir einen Tipp gegeben. Wenn du den nicht gut findest, dann werde ich jetzt bestimmt nicht anfangen, mein Hirn noch weiter zu strapazieren."

Das Wasser stieg jetzt sehr schnell weiter an. Ich bewegte mich ein wenig in meinen Fesseln. Meine Ellenbogen und mein gesamter Bauch waren bereits bedeckt. Wie konnte das sein, dass der Wasserstand auf einmal so schnell ansteigen konnte?

„Ist etwas nicht in Ordnung Bienchen?"

„Das Wasser. Weshalb steigt das auf einmal so schnell?"

„Da habe ich eine ganze Nacht drüber nachgedacht", antwortete er lachend. „Ich gebe dir mal einen Tipp. Die Parameter sind die Zulaufmenge und der Querschnitt."

„Sind wir jetzt hier in der Rätselstunde?"

Ich wusste nicht, ob ich mich mehr über den beschleunigten Wasseranstieg oder über meine gerade gezeigte Schwäche ärgern sollte.

„Nein. Sind wir nicht. Ich gehöre auch nicht zu diesen völlig durchgedrehten Typen, die sich von ihrem Opfer unbedingt noch loben und hofieren lassen müssen. So kurz vor dem endgültigen Ende des Spiels."

„Na dann haben wir ja endlich doch noch einen Punkt gefunden, in dem wir uns einig sind. Ich kann so etwas nämlich auch überhaupt nicht leisten. Mir ist es lieber, wenn ich warte, bis ich oben auf meinem Wölkchen sitze und mir alles in Ruhe anschauen kann."

„Da habe ich allerdings meine Zweifel. Bis die dich auf ein Wölkchen lassen, wird wohl noch ziemlich viel Zeit vergehen. Vermutlich wird dieses kleine Arrangement bis dahin schon abgebaut sein. Bedauere."

Das Wasser hatte gerade meine Brustwarzen erreicht.

„Na dann… Vielleicht findet sich ja jemand, der die Kamera drauf hält." Als keine Antwort kam, fügte ich noch an: „Für dich übrigens eher schlecht. Diese Selbstjustiz deckt sich glaube ich nicht so richtig mit den Idealen der hohen Herren und Damen, die da oben die Wolken bewachen."

„Ich bin Atheist."

„Ah."

Das Wasser war an meinem Hals angekommen. Gleich würden meine Lebenserhaltungstriebe mich dazu zwingen den Kopf nach oben zu strecken um noch möglichst lange Luft zu bekommen. Ich hatte meinen fertig tätowierten Arm erst einmal anschauen können. Das war ärgerlich. Auch die ganze Pflege meiner Piercings war umsonst. Was hätte ich mit Jacque für wundervollen Sex haben können…

Inzwischen war die erste Rose, die Jacque mir hatte stechen lassen, komplett bedeckt. Weniger als eine Minute und mein Mund würde unter der Wasserlinie sein. Ich konzentrierte mich darauf, meinen Kopf so lange wie nur möglich in seiner normalen Haltung zu lassen. Meine Ohrläppchen waren inzwischen auch nass. Ich hatte gar nicht mehr, so wie Donna es mir empfohlen hatte, den zweiten Perlenohrring eingesetzt.

Jetzt war das Wasser auf Höhe meiner Lippen. Ich merkte, wie der große Nasenring eintauchte. Um wieviel kommen die Nasenlöcher eigentlich höher, wenn man den Kopf in den Nacken legt? Viel konnte das eigentlich nicht sein. Zum Fragen war es jetzt zu spät. Das Wasser wäre reingelaufen.

Noch zwei, vielleicht sogar drei Atemzüge ohne den übermächtigen Überlebenswillen, den mein Körper dann entfalten würde. Dagegen war jeder noch so starke Wille ohne jede Chance.

Ich sog die Luft mit allem Bewusstsein und jeder Faser meines Körpers ein.

Das Wasser kitzelte schon an meiner Nasenscheidewand.

Noch ein letzter Zug als Mensch und das sichere Wissen, dass ich ihm nicht das unwürdige Spiel gespielt hatte, auf das er gehofft hatte. Vielleicht sollte ich jetzt die Luft so lange anhalten, wie möglich und dann, wenn es gar nicht mehr anders ging einfach den Mund sehr weit öffnen und meine Lungen mit einem einzigen großen Sog füllen.

Ich stellte meine Atmung ein und wartete mit geschlossenen Augen darauf, dass die Nasenlöcher überflutet würden. Vermutlich hatte ich für eine Minute Luft. Maximal eine Minute. Schließlich war ich in diesen Dingen nicht trainiert. Wie lang konnte eine Minute eigentlich sein, wenn man sonst nichts zu tun hatte? Ich befragte meinen Luftvorrat. Die Rückmeldungen waren positiv. Es würde noch eine Zeit dauern.

Angeblich sollten jetzt Filme über mein Leben laufen. Ich wartete, aber nichts geschah. Wieso war meine Nase eigentlich immer noch frei? Eine Irritation meines Nervensystems? Wollte mein Körper mir vorgaukeln, dass ich noch immer gefahrlos atmen konnte? Ich versuchte mich auf den großen Atemzug unter Wasser zu konzentrieren, den mein Körper gleich mir aller Kraft nehmen würde.

Endlich merkte ich, wie der Vorrat an Sauerstoff zur Neige ging. Noch immer meldete meine Nase die absolute Freiheit. Ob ich das Risiko eingehen sollte? Warum nicht? Ich atmete vorsichtig aus. Er sollte nicht merken, dass ich die Luft angehalten hatte. Meine Nase war noch frei. Ich konnte, ohne jede Hektik, weiter einatmen und ausatmen.

Was passierte da? Hatte er den Hahn abgedreht? Dann hätte ich eigentlich hören müssen, wie er seinen Beobachtungsposten verlassen hätte. Außerdem wäre er dann auch das Risiko eingegangen, meine Panikreaktion zu verpassen. Wenn ich denn eine gezeigt hätte. Die Lösung musste irgendwie anders sein.

Klar. Es konnte nur eine Lösung geben. Er hatte sehr genau ausgemessen, wie er meinen Stuhl stellen musste, damit irgendein Abfluss genau in der richtigen Höhe liegen würde, um mich so gerade eben nicht ertrinken zu lassen.

Unwillkürlich musste ich lächeln. Sollte er ruhig glauben dass ich lächelte, weil ich mich über ein paar Minuten mehr an Leben freute. Es reichte mir, dass ich wusste, dass es anders war. Ich freute mich nur, weil ich die Lösung mit dem Abfluss gefunden hatte.

Wurde ich jetzt verrückt? Wie konnte ich mich über so einen schwachsinnigen Gedanken freuen? Vermutlich war die Situation doch wesentlich stressiger, als ich es zugeben wollte. Was, wenn ich jetzt doch noch die Kontrolle verlieren würde? Das durfte nicht passieren. Ich musste meine Konzentration aufrecht erhalten. Eiserne Disziplin war das Gebot der Stunde. Gut, dass es mir ansonsten gut ging. Gut, dass das Wasser nicht kalt war. Nichts konnte mich ablenken. Volle Konzentration!

Ich hatte mich wieder im Griff. Das Wasser blieb konstant.

Ohne jede Vorwarnung fing mit gnadenloser Lautstärke „Time to say good bye" an. Als ich mich von dem Schock, der mich in den Fesseln zucken ließ, erholt hatte, fragte ich mich, ob er versuchen wollte, mich mit einem Hörsturz in die Ewigkeit zu schicken. So mussten sich die Wale fühlen, wenn sie mal wieder von Schiffsschrauben oder den schwachsinnigen Versuchen irgendwelcher Militäridioten genervt wurden. Wieso mussten die unbedingt in irgendwelchen unerträglichen Frequenzen irgendwelche völlig nutzlosen Kommunikationsmethoden für U-Boote ausprobieren? Warum gab man den Typen nicht einfach eine großen Sandkasten und einen Swimmingpool? Sollten sie doch da, zusammen mit den anderen Kindern spielen.

Meinem Gefühl nach, musste das Gesangsduett jetzt irgendwo in der Mitte des Stückes angekommen sein. Eigentlich ab und zu mal ganz nett. So etwas völlig überzogen Gefühlvolles. Da konnte man sich mal so richtig gehen lassen, wenn man gerade nichts anderes zu tun hatte.

Von Emmylou Harris gab es auch so eine wundervolle CD. Die war zwar alles andere, als eine Opernsängerin, aber es hätte auch gepasst. Wenn die Endphase von „Time to say good bye" nicht diese unvermeidliche Steigerung hätte, die solche Stücke einfach immer haben, hätte ich mir sogar noch überlegt, ob ich meinen nächsten Musikwunsch herausschreien sollte. Aber so brauchte ich gar nicht erst anzufangen. Er hätte mich garantiert nicht verstanden.

Noch ein letzter tiefer Atemzug des Sängers und die letzten Heldentenortöne kamen heraus. Das Wasser stieg wieder. Ich nahm ebenfalls meinen letzten tiefen Atemzug. Egal, dass ich dafür den Kopf leicht nach hinten legen musste. Diesen kleinen Scheinsieg sollte er ruhig genießen. Dafür wäre mein erster Wasseratemzug umso vernichtender.

Wieder konzentrierte ich mich darauf, dass ich keine Panik brauchte, da meine Lungen ausreichend Luft zur Verfügung hatten. Was für Musik würde jetzt eigentlich passen?

Ich kramte in meinem Gehirn, aber nichts wollte so richtig passen. Alles war viel zu lang. Dann eben ohne stillen Musikwunsch. „Ich glotz TV" setzte mit ohrenbetäubender Lautstärke ein. Meine Lungen sendeten die erste vorsichtige Anfrage. Lange konnte ich meinen Körper nicht mehr täuschen. Ich merkte, wie überall Alarm geschlagen wurde. Jetzt hieß es so lange dagegen zu halten, wie nur eben möglich. Volle Konzentration.

Plötzlich sank der Wasserstand rapide ab. Meine Nase war wieder frei. Frische Luft und gleichzeitig die Erkenntnis, dass der verfluchte Masseur ein sehr böses Spiel mit mir spielen wollte. Aber er würde mich nicht zermürben. Nicht mich. Sollte er das ruhig so oft machen, wie er wollte. Ich würde hart bleiben und siegen. Und wenn das nur bedeuten würde, dass ich nicht um Gnade winseln würde.

Durch meine geschlossenen Augendeckel drang ein rötlicher Schein bis zu meiner Netzhaut durch. War das eine Folge von dem langen Luftanhalten? Schwachsinn. Das war einfach das, was es war. Der Masseur hatte das Licht eingeschaltet.

Ich schlug die Augen auf und schaute in die panischen Augen von Jacque, der mir scheinbar irgendetwas zu schrie. Warum machte er nicht einfach die Musik aus? Nichts gegen Nina Hagen, aber alles zu seiner Zeit und in seiner Lautstärke. Ich versuchte, ihn mit den Augen anzulächeln. Er musste sich unbedingt beruhigen. Ansonsten wäre er keine wirkliche Hilfe für mich. Plötzlich war die Musik weg.

Irgendwo hinter mir hörte ich eine besorgte Stimme. Das konnte eigentlich nur Miro sein. „Was ist mit ihr Chef?"

Ich sah, wie Jacque den Daumen hob. Ein kleines Lächeln hätte ihm jetzt gut gestanden. Stattdessen musste er immer noch einen auf ‚besorgter Held' machen. Was sollte denn die Show? Ich konnte bis in alle Ewigkeit durch die Nase atmen. Das Einzige, was mir jetzt nicht passieren durfte, war eine Erkältung. Aber solange das Wasser warm war...

Jacque schaute weiterhin besorgt in meine Richtung. „Sie scheint ganz okay zu sein. Im Moment kann sie sich nur nicht mit uns unterhalten, da ihr Mund noch unter der Wasserlinie liegt."

„Ich suche mal den Haupthahn. Dann kann wenigstens nichts mehr passieren. Wer weiß schon, ob dieser perverse Typ den Überlauf irgendwie begrenzt hat."

Jacque wendete den Blick nicht von mir ab.

„Bekommst du mit, was hier passiert? Du kannst mit den Augen nicken. Dann bringst du das Wasser nicht in Bewegung"

Ich tat ihm den Gefallen. Zwar hätte ich auch problemlos mit dem Kopf nicken können, aber wenn er schon so rührig um mich besorgt war, dann wollte ich das natürlich nicht kaputt machen. Als Lohn erntete ich ein fast schon entspanntes Lächeln.

„Miro, ich kann mit ihr kommunizieren!"

Ich konnte nicht verhindern, die Augen zu verdrehen.

„Sorry Sabienne. Wenn wir dich da raus haben, werde ich dir erzählen, was wir in den letzten Stunden durchgemacht haben. Aber eines schon jetzt: Deine Securityfuzzis solltest du wirklich rausschmeißen. Ein riesiger Haufen von Vollpfosten. Mann oh Mann. Sind die dämlich."

Ich verdrehte wieder die Augen.

„Ach, richtig. Der Laden gehört dir ja gar nicht mehr."

Diesmal nickte ich mit den Augen und schaute ihn dann fragend an. Vielleicht hatte er ja noch andere Themen, die er gerne mit mir durchsprechen würde.

„Miro wird den Hahn schon finden. Er hat mein volles Vertrauen."

Wieder nickte ich auf die gleiche Weise.

Ich hatte fast Mitleid mit ihm, als ich in seinem Gesicht sah, wie er nach Worten suchte. Vermutlich wollte er irgendetwas Beruhigendes sagen. Endlich kam es ihm.

„Du musst noch ein bisschen warten. Wir wollen erst Wasser ablassen, bevor wir deine Fesseln durchschneiden können. Wäre ja doof, wenn du jetzt, so kurz vor der Rettung noch ertrinkst."

Gleichzeitig mit meinem braven Augenaufschlag hörte das Gurgeln auf. Miro hatte den Hahn gefunden. Jetzt fehlte nur noch der Stöpsel zum Ablassen des Wassers.

„Er hat den Hahn abgedreht!"

Ja, Jacque, ich bin ja nicht blöd.

Miros mächtige Statur erschien mit einem langen scharfen Messer hinter Jacque.

„Hi Sabienne. Pass auf. Ich lasse mich langsam ins Wasser gleiten. Also atme einmal tief ein. Das Wasser, das ich verdränge läuft zwar ab, aber wenn du eine kleine Welle im falschen Moment abbekommst, dann ist es vorbei mit der Ruhe. Ein Hustenanfall wäre jetzt einfach schlecht."

Ich nickte wieder mit den Augen und holte dann deutlich hörbar Luft.

„Nicht so schnell. Ich sage dir bescheid, wenn ich fertig bin."

Er zog sich bis auf die Unterwäsche aus und setzte sich an den Beckenrand.

„Jetzt."

Als ich die Lungen gefüllt hatte, glitt er ins Wasser und machte sich an meinen Fesseln zu schaffen. Nachdem er meine Füße frei hatte, stellte er sich neben mich. Da er jetzt kaum noch Wasser verdrängte, war mein Mund wieder frei.

„Wo seid ihr so lange gewesen?"

Beiden fiel zeitgleich der Unterkiefer herunter. Sie fingen sich erst wieder, als ich anfing zu lachen.

„Wenn es recht ist, mach ich jetzt erstmal die restlichen Fesseln lose", erklärte Miro. „Du willst doch vermutlich aus dem Becken raus?"

„Klar. Und, bevor ich das vergesse: Ich bedanke mich sehr ausdrücklich bei euch und freue mich sehr über die Rettung. Ich muss gestehen, dass ich schon mit dem Gedanken gespielt habe, abzudanken."

Kurz danach stand ich auf wackeligen Beinen am Beckenrand und ließ mich durch die kräftige Umarmung Jacques stabilisieren.

„Wieviel Uhr haben wir eigentlich?"

Ich merkte, wie Jacque kurz verkrampfte, bevor er mich darüber aufklärte, dass es schon fast Mittag sei.

„Dann schlage ich vor, dass ihr mich kurz nach Hause bringt. Ich zieh mir was Ordentliches an und lade euch dann zum Essen ein. Ist das okay?"

Miro sah fragend zu Jacque, der für ihn mit antwortete.

„Hervorragende Idee. Aber Miro braucht noch einen Moment. Am besten, ich bringe dich erstmal zu dir. Dort warten wir auf Miro und dann geht es los. Okay? Er möchte hier noch ein bisschen aufräumen."

„Wo ist eigentlich mein Wolf?"

„Ich sage ja. Miro muss noch ein bisschen aufräumen."

Er nahm mich am Arm, gab mir etwas zum Anziehen und führte mich dann aus dem Keller. Ohne auf meine Frage zu warten, fing er an zu erzählen.

„Nachdem du abgehauen warst, habe ich mir gedacht: Soll sie sich erstmal beruhigen und dann wird sie schon zurückkommen. Èva hat mir natürlich erzählt, dass sie dich, wie sie es nennt, ‚zurückgeärgert' hat. Sie hat dich wohl so verstanden, dass du sie für ein bisschen unterbelichtet hältst. Das kann sie nicht ab. Wie gesagt: Wir haben uns keine großen Gedanken gemacht. Erst ein paar Stunden später ging der Alarm so richtig los. Miro war aufgefallen, dass dein Cayenne nicht da stand, wo er stehen sollte. Oder besser gesagt. Es gab kein Signal mehr."

„Wie? Kein Signal?"

„Miro hat alle deine Autos verwanzt. Er hat der Ruhe nicht getraut."

„Geht das hier nach dem Motto: Wenn der böse Wolf nicht verwanzt, dann der liebe Miro?"

„Ich habe dem Frieden auch nicht getraut. Deshalb hat er deine Autos mit einem kleinen Sender ausgestattet. Und das war gut so. Sonst wärest du jetzt vielleicht schon ertrunken."

„Glaube ich nicht. Der hatte mit seinem komischen Spiel gerade erst angefangen. Wasser reinlassen und gerade eben genug Wasser wieder ablassen. Vermutlich wollte der mich betteln hören."

Jacque schaute mich fragend an. „Wieso hast du eigentlich eben den Kopf nicht nach hinten gelegt? Ich war davon ausgegangen, dass er ihn fixiert hatte."

„Aus Prinzip. Als das Wasser direkt unter meiner Nase war, habe ich mir geschworen, den Kopf nicht nach hinten zu legen. Das hätte mein Leben maximal um ein oder zwei Minuten verlängert. Dachte ich in dem Moment zumindest. Die Freude, mich so zu sehen, wollte ich ihm nicht gönnen."

„Okay. Kann ich verstehen. Aber bei mir hättest du doch eine Ausnahme machen können. Und wenn es nur wäre, um die Rose besser sehen zu können."

„Ging doch auch so", gab ich ihm lächelnd zur Antwort. „Und wie habt ihr mich dann gefunden?"

„Daran hatte Miro wesentlichen Anteil. Den Triumph, dir das selber zu erzählen, möchte ich ihm nicht nehmen."

Eine halbe Stunde später saß ich mit Jacque zusammen im Wohnzimmer. Ich hatte eine meiner Edelsektflaschen geöffnet und begutachtete mit einem Spiegel meine Tattooerweiterung. Ich würde niemals wieder in die Öffentlichkeit gehen können, ohne dass man irgendetwas von den Rosen sehen würde. Sei denn ich würde mich ziemlich vollständig einpacken. Ich konnte den Blick gar nicht mehr wegbekommen.

Als es klingelte, ging ich, nur mit Muscleshirts bekleidet zur Schließanlage und drückte auf. Miro kannte den Weg schließlich.

Erst als jemand an der Türe klopfte und sich verlegen räusperte, merkte ich, dass ich zwei wildfremde Personen hereingelassen hatte.

„Guten Tag Frau Weberlein. Mein Name ist Polizeiobermeister Rednich. Meine Kollegin Smidt. Ist mir wirklich sehr unangenehm, Sie hier in Ihrer Privatsphäre stören zu müssen. Wir ermitteln in einem Autounfall mit Fahrerflucht. Eigentlich hätten wir schon viel früher kommen müssen aber zu unserer Schande muss ich gestehen, dass wir einer falschen Spur gefolgt sind. Jetzt müssen wir wieder ganz von vorne anfangen. Sie sind doch im Besitz eines Toyota RAV4. Können wir den einmal sehen? Reine Routine."

Nachwort von Gabriel Erbé

Zu meinem großen Bedauern kamen die Polizisten vor Miro in der Villa an. Das Fehlen des Autos führte natürlich noch nicht zur unvermeidlichen Verhaftung. Die kam erst einige Tage später. Wie es Miro geschafft hat, Sabienne und den Masseur aufzuspüren, obwohl der Sender an Sabiennes Wagen kein Signal mehr gab, hörte sich Sabienne etwa eine Stunde nach dem Besuch der Polizisten an. Aus dramaturgischen Gründen konnte ich das Buch aber nicht über den Auftritt der Polizei hinaus weiterschreiben.

Einen anderen offenen Punkt kann ich aber gerne noch aufklären. Einige Jahre nach den hier geschilderten Ereignissen fand man durch Zufall eine männliche Leiche, die in einem kleinen, aber völlig unnützen Betonblock lag. Vermutlich war das alte Tauchbecken einer privaten Sauna einfach verfüllt worden.

Was die in diesem Buch dargestellten Personen angeht, so entspringen die ausschließlich meiner Phantasie. Sollte sich irgendjemand in einer der Figuren wiedererkennen, so ist dies reiner Zufall.

Bei nicht wenigen der erzählten Passagen möchte ich sehr hoffen, dass sie so auch nur in einem Roman geschehen können und in der Realität an den vielen nicht kalkulierbaren Unwägbarkeiten scheitern würden, die das Leben so mit sich bringt.

Eine letzte Kleinigkeit noch:
Die Leser werden es vermutlich nicht gemerkt haben oder sich auch gar keine Gedanken darüber gemacht haben. So sind wir Männer nun einmal.
Die Leserinnen dahingegen, werden sehr schnell gemerkt haben, dass die Ich-Erzählerin ein Ich-Erzähler ist. Ich wollte es einfach mal probieren. Hat Spaß gemacht.

Bisher erschienene Geschichten aus der Reihe „Ein Fall für Smidt und Rednich"

Als ebook bei Amazon

Eine seltsame Erpressung	April 2012
Frau Weberlein und ihr Masseur	Januar 2013
Muse, das Fetischmodell	Januar 2014
Doris, Modell wider Willen	Dezember 2014

Gebunden bei BoD

Eine seltsame Erpressung	Januar 2015
Frau Weberlein und ihr Masseur	März 2015